이등

시민

엄마를 위한 페미니즘 소설 선집

# 이등 시민

**초판 1쇄** 2019년 6월 20일 발행

**엮은이** 모이라 데이비

**지은이** 틸리 올슨 · 그레이스 페일리 · 로젤린 브라운 · 부치 에메체타 · 린다 쇼어 · 마거릿
애트우드 · 아니 에르노 · 토니 모리슨 · 리디아 데이비스

**옮긴이** 김하현

**펴낸이** 김성실

**책임편집** 김태현

**표지 디자인** 이경란

**본문 디자인** 책봄

**제작처** 한영문화사

**펴낸곳** 시대의창    **등록** 제10−1756호(1999. 5. 11)

**주소** 03985 서울시 마포구 연희로 19−1

**전화** 02)335−6121    **팩스** 02)325−5607

**전자우편** sidaebooks@daum.net

**페이스북** www.facebook.com/sidaebooks

**트위터** @sidaebooks

**ISBN** 978−89−5940−696−8 (03840)

잘못된 책은 구입하신 곳에서 바꾸어드립니다.

이 도서의 국립중앙도서관 출판시도서목록(CIP)은
서지정보유통지원시스템 홈페이지(http://seoji.nl.go.kr)와
국가자료공동목록시스템(http://www.nl.go.kr/kolisnet)에서 이용하실 수 있습니다.
(CIP제어번호: CIP2019021359)

*Mother Reader: Essential Writings on Motherhood*
Copyright©Moyra Davey
Korean Translation Copyright©2019 by Window of Times

Korean edition is published by agreement with Seven Stories Press through Duran Kim
Agency, Seoul.

# 이 등 시 민

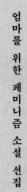

엄마를 위한 페미니즘 소설 선집

틸리 올슨
그레이스 페일리
로젤린 브라운
부치 에메체타
린다 쇼어
마거릿 애트우드
아니 에르노
토니 모리슨
리디아 데이비스

모이라 데이비 엮음 ─ 김하현 옮김

시대의창

**일러두기**

1. 이 책은 2001년에 출간된 《*Mother Reader: Essential Writings on Motherhood*》(ed. Moyra Davey)에 실린 소설 9편을 묶어 펴낸 것입니다. 부록으로 원서에서 에세이 3편을 골라 수록했습니다. 에이드리언 리치 등이 쓴 이 책에 실리지 않은 에세이 16편은 《분노와 애정: 여성 작가 16인의 엄마됨에 관한 이야기》(2018)에 수록되어 있습니다.

2. 원서 엮은이의 말(Introduction) 중 개별 작품에 대한 해설은 해당하는 글의 저자 소개 부분 두 번째 문단에 옮겨 수록하였습니다.

3. 소설 작품들은 발표 순서대로 수록하였습니다.

## 옮긴이의 글

김하현

사진작가 모이라 데이비는 첫 아이를 낳고 나서 "고립감에서 벗어나기 위해, 앞으로 나아가면서 더 잘 해낼 수 있도록 자극받기 위해, 책 속에서 내가 겪는 경험과 꼭 같은 것을 발견하는 희열을 느끼기 위해, 죄책감 없이 탁월한 문학 작품을 감상하는 즐거움을 만끽하기 위해" 엄마로서의 경험이 담긴 책들을 찾아 읽었고, 이후 지난 60년간 엄마됨을 주제로 한 글 중 훌륭한 것을 선별해 책 한 권을 만들었다. 《이등 시민》은 《분노와 애정》의 쌍둥이 자매로, 모이라 데이비가 엮은 글 중 에세이는 《분노와 애정》에, 소설은 《이등 시민》에 들어 있다. 엄마들이 자기 자신으로서 말한 글이 읽고 싶다면 《분노와 애정》을, 엄마가 주인공인 소설을 읽고 싶다면 《이등 시민》을 집어 들면 된다.

"페미니스트는 자기 삶에 관해 진실을 말하는 여성이다." 버지니아 울프의 말이다.

하지만 사회가 진실을 말하려는 엄마들의 입을 막기에, 그 이전에 엄마가 개인적인 욕망과 고통에 대해 말하는 것은 이기적인 행동이라고 생각하게 만들었기에, 또는 생각을 글로 정리하고 입 밖에 낼 시간 자체가 없기에 엄마들의 목소리는 이토록 부족하다.

그렇다면 엄마가 주인공인 소설은 어떨까? 그동안 여성 서사는 비주류이자 비문학적인 것으로 여겨졌고(그러므로 희귀했다. 먼 옛날 어슐러 르 귄은 어머니가 "왜 여성에 관한 소설은 쓰지 않니?"라고 묻자 "어떻게 써야 하는지 몰라서요"라고 답했다 한다. 더 궁금하신 분들은 《분노와 애정》에 실린 글 "지금 이모랑 낚시하러 가도 돼?"를 읽어보시길), 여성 창작자가 진지한 예술가로 인정받으려면 자신이 어머니라는 사실을 숨겨야 했다. 그러므로 (아비와 아이의 행복을 위해 내 한 몸 희생하는 전형적인 어머니가 아닌) 어머니가 주인공인 소설은 흔치 않을 수밖에 없었을 것이다.

《이등 시민》에는 당당하게 엄마로서 소설 속 주인공 자리를 꿰찬 여성들이 있다. 이 엄마들은 이기적이고, 시니컬하고, 싸움꾼이고, 한없이 부족하고, 자신의 무능을 부끄러워하지 않는다. 어떤 엄마는 엄마들의 절절한 공감을 이끌어내기도 하고 어떤 엄마는 현실에선 불가능한 엄마의 판타지를 실현하기도 한다. 하지만 기본적으로 《이등 시민》 속 모든 엄마는 힘 있는 캐릭터다.

더 많은 엄마가 말하고, 더 많은 여성 예술가가 자신의 엄마됨 경험을 주제로 창작 활동을 하고, 더 괴짜 같은 엄마 주인공이 등장하고, 엄마가 아닌 이들이 더욱 귀 기울여 엄마들의 이야기를 들어야 한다.

그렇기에 《이등 시민》 속 작품들은 너무나도 소중하다.

# 목차

**틸리 올슨**

# 나는 다림질을 하며
# 여기 서 있다

〈나는 다림질을 하며 여기 서 있다 Stand Here Ironing〉
《수수께끼 내주세요 Tell Me a Riddle》 중에서

---

틸리 올슨은 1912년 또는 1913년에 네브래스카 오마하에서 태어났다. 저서로는 단편 모음집인 《수수께끼 내주세요 Tell Me a Riddle》와 소설 《요논디오: 30년대부터 Yonnondio: From the Thirties》, 페미니즘의 고전이 된 《침묵 Silences》, 여러 작가의 말을 모은 《엄마가 딸에게, 딸이 엄마에게 Mother to Daughter, Daughter to Mother》가 있다. 국립예술기금과 최고의 단편소설에게 주어지는 오헨리 상, 구겐하임 펠로십 등 여러 명예로운 상을 수상했다. 캘리포니아 버클리에 살았고, 2007년 영면했다.

이 글에서 틸리 올슨은 경제적 어려움에서 아이를 보호할 수 없는 엄마의 무능력이 끝없이 이어지는 현실을 가슴 아프도록 생생하게 묘사했다.

나는 다림질을 하며 여기 서 있다. 당신이 내게 요구한 것이 다리미를 따라 몸부림치며 앞뒤로 왔다 갔다 한다.

"시간 내어 학교에 좀 오셔서 따님에 대해 함께 이야기 나눴으면 합니다. 제가 그 애를 이해할 수 있도록 분명히 도와주실 수 있을 겁니다. 도움이 필요한 아이입니다. 저 또한 진심으로 아이를 돕고 싶습니다."

"도움이 필요한 아이"… 내가 간다 해도 무슨 소용이 있단 말인가? 내가 그 애의 엄마니까 열쇠를 쥐고 있을 거라고, 아니면 나를 어떻게든 열쇠로 이용할 수 있을 거라고 생각하는가? 아이는 19년을 살아왔다. 아이에게는 나의 바깥에, 나의 너머에 있는 삶이 있다.

그리고 내게 기억하고, 가려내고, 따져보고, 평가하고, 정리할 시간이 어디에 있단 말인가? 시작을 한다 해도 중단될 것이고 그러면 다시 처음부터 그러모아야 할 것이다. 아니면 내가 하거나 하지 않았던 그 모든 일들, 내가 했어야 했거나 어쩔 수 없었던 그 모든 일들이 나를 집어삼킬 것이다.

그 애는 예쁜 아기였다. 다섯 아이 중 처음이자 유일하게 아름답게 태어난 아기였다. 지금 그 애가 세 낸 사랑스러움이 얼마나 생경하고 어색한지 당신은 짐작도 못 한다. 그 애가 못생겼다는 소리를 들었던 그 수많은 시간들을 당신은 모른다. 그 애가 어렸을 적 사진을 들여다보며 다른 이들의 눈에 자기가 얼마나 예뻐 보였었는지(앞으로 얼마나 예쁠까, 나는 아이에게 그렇게 말해주곤 했다), 지금은 얼마나 예뻐 보이는지 계속계속 이야기해달라고 하던 모습도 당신은 보지 못했다. 하지만 그때 아이를 바라봐주는 사람은 거의 없거나 존재하지 않았다. 나를 포함해서.

나는 아이에게 젖을 먹였다. 요즘은 젖을 먹이는 게 중요하다고들 말한다. 나는 아이들 모두에게 젖을 먹였지만, 초보 엄마다운 지독한 엄격함으로 그 애한테만큼은 당시 책에서 말하는 대로 했다. 아이 울음소리로 온몸이 덜덜 떨리고 가슴이 아플 정도로 부어올라도 나는 정해진 시간까지 기다렸다.

왜 나는 이 이야기부터 하는가? 나는 이 사실이 중요한지, 이 사실이 뭔가를 설명해주는지조차 모른다.

그 애는 예쁜 아기였다. 반짝이는 비눗방울 같은 소리를 냈다. 움직임을 사랑했고, 빛을 사랑했고, 색과 음악과 질감을 사랑했다. 위아래가 붙은 파란색 아기 옷을 입고 바닥에 누워서는 어찌나 황홀해하며 격하게 바닥을 쓸었는지 손과 발이 지저분해질 정도였다. 그 애는 내게 기적이었다. 하지만 아이가 8개월이 되었을 때 나는 아래층에 사는 여자에게 낮 시간 동안 아이를 맡겨야만 했다. 그 여자에게 아이는 전혀 기적이 아니었다. 나는 일을 했거나 일을 찾아야만 했고, "우리와의 가난한 삶을 더 이상 견딜 수 없다"던(그가 마지막으로 남긴 쪽지에 쓰여 있었다) 에밀리의 아빠를 찾아야만 했다.

나는 열아홉 살이었다. 세상은 공황에 빠져 있었고, 공공사업진흥국이 구호 정책을 펴기 전이었다. 전차에서 내리자마자 뛰기 시작해 계단을 달음질쳐 시큼한 냄새가 나는 곳으로 뛰어 올라갔다. 아이는 깨어 있거나 자다가 놀라서 깨어났다. 나를 보면 꺽꺽거리며 눈물을 와락 터뜨렸고 쉬이 진정하지 못했다. 아직도 그 울음소리가 귀에 선명하다.

얼마 후 밤에 할 수 있는 일을 구해 낮 시간에 아이와 함께 있을 수 있었고 상황은 전보다 나아졌다. 하지만 결국 다시 아이를 아이 아빠에게 맡기고 떠나야 했다.

아이를 다시 데려올 수 있을 만큼 돈을 벌 때까지는 오랜 시간이 걸렸다. 그때 아이가 수두에 걸렸고 나는 다시 기다려야 했다. 마침내 그 애가 돌아왔을 때 나는 아이를 거의 알아보지 못했다. 아이는 자기 아빠처럼 종종거리며 빠르게 걸었고 아빠를 닮았으며 말랐고 피부가 누랬고 얽은 자국을 더 눈에 띄게 하는 조잡한 빨간색 옷을 입고 있었다. 아기의 사랑스러움은 전부 사라지고 없었다.

그 애는 두 살이었다. 사람들은 유아원에 보내도 충분하다고 했다. 그때 나는 지금 내가 알고 있는 걸 알지 못했다. 긴 하루 끝의 피곤함과, 아이들을 위한 장소라고는 주차장밖에 없는 유아원 단체 생활이 주는 상처를.

하지만 내가 그걸 알았더라도 달라지는 건 없었을 것이다. 그곳은 유일한 장소였다. 그것이 우리가 함께할 수 있는 유일한 방법, 내가 일자리를 잃지 않을 수 있는 유일한 방법이었다.

나는 알지 못하면서도 알았다. 아이의 선생님이 악마라는 걸 알았다. 그 선생이 구석에 웅크려 있는 작은 남자아이에게 "앨빈이 너를 때렸다고 안 나가는 거니? 그건 이유가 못 돼. 어서 나가, 이 겁쟁이야"라고 거칠게 말하던 장면은 수년이 지난 지금도 내 기억 속에 단단히 남아 있다. 나는 에밀리가 그곳을 싫어하는 걸 알았다. 하지만 그 애는 다른 아이들처럼 아침마다 나를 움켜잡고 "가지 마 엄마"라고 애원하지 않았다.

아이는 언제나 우리가 집에 있어야 하는 이유를 댔다. 엄마, 아파 보여. 엄마, 나 아파. 엄마, 오늘 선생님이 아파서 안 온대. 엄마, 우리 거기 못 가. 지난밤에 불이 났대. 엄마, 오늘 휴일이래. 문 안 연대. 선생님이 그랬어.

하지만 대놓고 말을 안 듣거나 반항한 적은 한 번도 없었다. 그 애 동생들이 세 살, 네 살이었을 때를 떠올려본다. 폭발, 분노, 비난, 요구. 갑자기 마음이 좋지 않다. 다리미를 내려놓는다. 나의 무엇이 그 애에게 착해질 것을 요구했는가? 그 대가는, 그 선량함의 대가는 무엇이었는가?

한번은 뒷집에 사는 할아버지가 조심스레 말한 적이 있다. "에밀리를 바라볼 땐 좀 더 웃어줘야 해." 그 애를 바라보는 내 얼굴에 무엇이 있었는가? 나는 그 애를 사랑했다. 내 얼굴에는 사랑에서 나오는 그 모든 것들이 있었다.

나는 다른 사람들하고 있을 때만 할아버지의 말을 기억했다. 내가 사람들에게 보여준 얼굴은 걱정과 긴장, 염려가 아닌 기쁨의 얼굴이었다. 에밀리에겐 이미 너무 늦었다. 거의 항상 웃고 있는 동생들과는 달리 그 애는 잘 웃지 않는다. 아이의 얼굴은 무뚝뚝하고 침울하다. 하지만 자기가 원할 때는 어찌나 표정을 잘 바꾸는지. 당신은 분명 연기할 때의 아이 얼굴을 봤다. 그러니 무대 위에서 희극을 연기하며 관객을 웃게 할 수 있는 아이의 특별한 재능에 대해 말하는 거겠지. 관객은 박수를 치고 또 치며 아이를 보내려 하지 않는다.

희극은 어디에서 오는가? 내가 아이를 또다시 다른 곳으로 보낸 후 두 번째로 아이가 내게 돌아왔을 때 아이 안에는 희극이랄 게 전혀 없었다. 이번에는 아이에게 사랑을 배울 수 있는 새 아빠가 있었다. 아마 아이에겐 더 좋은 시간이었을 것이다.

우리가 그 애는 충분히 컸다고 되뇌며 아이를 홀로 남겨두고 떠난 밤들을 빼면.

"엄마, 다른 때 가면 안 돼요? 내일요." 아이는 물었다. "금방 돌아올 거죠? 약속할 거예요?"

우리가 돌아왔을 때 대문은 열려 있고 시계는 복도 바닥에 있었다. 아이는 똑똑히 깨어 있었다. "금방 온다고 했잖아요. 난 안 울었어요. 나는 세 번, 겨우 세 번밖에 전화 안 했어요. 그리고 아래층으로 뛰어 내려가서 문을 열어놨어요. 엄마가 더 빨리 들어올 수 있게요. 시계가 너무 시끄러웠어요. 그래서 던져버렸어요. 시계 소리가 무서웠어요."

아이는 내가 수전을 낳으러 병원에 간 날 밤에도 시계가 너무 시끄러웠다고 했다. 그때 그 애는 홍역 전에 찾아온 고열로 정신을 가누지 못했지만 내가 없었던 그 주 내내 정신을 온전히 차리고 있었고 우리가 집에 돌아온 다음 주에는 홍역 때문에 아기와 내 근처에 오지 못했다.

아이는 나아지지 않았다. 해골처럼 말라갔고, 먹으려 하지 않았고, 매일 밤 악몽을 꿨다. 그리고 나를 불렀다. 나는 피곤한 채로 일어나 졸려하며 대답했다. "괜찮아, 아가야. 다시 자. 그냥 꿈이야." 그래도 나를 계속 부르면 더 엄격한 목소리로 말했다. "이제 자, 에밀리. 아무도 널 해치지 않아." 두 번, 단 두 번, 그것도 수전 때문에 일어날 수밖에 없었을 때, 나는 에밀리의 곁에 있어주었다.

너무 늦어버린 지금에야 나는 (마치 아이가 내가 다른 애들에게 하듯 자기를 안아주고 달래주게 놔둘 것처럼) 아이가 끙끙거리거나 계속 뒤척이면 바로 자리에서 일어나 아이 곁으로 간다. "일어났니, 에밀리? 뭐라도 갖다 줄까?" 대답은 항상 같다. "아니, 괜찮아요. 다시 자요, 엄마."

병원에서 아이를 시골에 있는 요양원으로 보내라고 나를 설득했었다. 거기서는 "내가 주지 못하는 음식과 보살핌을 아이에게 제공해주고, 그러면 나는 수전에게 오롯이 집중할 수 있다"는 것이었다. 사람들은 여전히 아이들을 그곳에 보낸다. 신문 사회면에 실린 사진을 볼 때가 있다. 사진 속에서는 세련된 젊은 여성이 기금을 모으기 위해 행사를 계획하고 있거나 행사에서 춤을 추고 있거나 부활절 달걀을 색칠하고 있거나 아이들을 위해 크리스마스 양말에 선물을 넣고 있다.

하지만 아이들 사진은 없다. 그래서 나는 "따로 연락이 없으면" 부모가 찾아올 수 있는 (우리는 아이를 보낸 후 6주 동안 따로 연락을 받았다) 격주 일요일마다 여자애들이 여전히 그 거대한 붉은색 리본을 매고 피폐한 얼굴을 하고 있는지 알지 못한다.

음, 그곳은 멋진 곳이다. 푸른 잔디밭과 키 큰 나무들, 장식된 화단이 있다. 건물마다 붙어 있는 높은 발코니 위에 아이들이 서 있다. 여자애들은 붉은 리본에 하얀 치마를, 남자애들은 하얀 의복에 거대한 붉은색 타이를 하고 있다. 부모들은 발코니 아래에 서서 아이가 들을 수 있도록 위를 향해 소리를 지르고 아이들은 부모가 들을 수 있도록 아래를 향해 소리를 지르며 부모와 아이 사이에는 "신체 접촉으로 부모의 세균이 옮지 않도록" 보이지 않는 벽이 있다.

에밀리 곁에는 항상 에밀리의 손을 잡고 서 있는 자그마한 여자아이가 한 명 있었다. 그 아이의 부모는 한 번도 오지 않았다. 어느 날 가 보니 그 아이는 없었다. "사람들이 걔를 로즈 코티지로 보냈어요." 에밀리가 소리를 질러 설명해주었다. "여기선 누구든 사랑하는 걸 싫어해요."

아이는 일주일에 한 번 편지를 썼다. 일곱 살짜리가 고심해서 쓴 글이었다. "저는 잘 지내요. 아기는 어때요. 내가 편지를 훌륭하게 잘 쓰면 별을 받을 수 이써요. 사랑해요." 하지만 별 같은 건 없었다. 우리는 이틀에 한 번씩 아이에게 편지를 썼다. 하지만 아이는 절대 편지를 손으로 만지거나 간직할 수 없었고, 오로지 들을 수만 있었다. 딱 한 번. "저희에게는 아이들이 개인 소지품을 보관할 수 있는 공간이 없습니다." 어느 일요일 서로 소리를 지르며 대화를 나누다 편지는 에밀리에게 매우 의미가 크며 에밀리는 자기 것을 간직하는 걸 너무나도 좋아하므로 아이가 편지와 카드를 보관할 수 있게 허락해달라고 애원하자 그들이 차분한 목소리로 내놓은 대답이었다.

방문할 때마다 에밀리는 더 약해졌다. 그 사람들은 우리에게 이렇게 말했다. "애가 먹질 않아요."

(이후 에밀리가 이런 말을 했다. 아침밥으로 안 익은 계란하고 덩어리진 옥수수죽을 줬어요. 난 입에 넣고 삼키진 않았어요. 맛있는 게 하나도 없었어요. 닭고기 줄 때를 빼면요.)

아이를 다시 집으로 데려오는 데 8개월이 걸렸다. 7파운드 줄 었던 아이의 몸무게가 아주 조금 늘었다는 사실로 겨우 사회복지사를 설득할 수 있었다.

아이가 돌아오고 나서 나는 아이를 안아주고 사랑해주려고 애썼지만 아이의 몸은 뻣뻣했고 얼마 지나지 않아 아이는 나를 밀어냈다. 아이는 조금밖에 안 먹었다. 아이는 음식에, 그리고 내 생각엔 삶 자체에 구역질을 냈다. 아이의 몸은 민첩했고 명랑했고 스케이트를 타며 반짝거렸고 줄넘기를 하며 마치 공처럼 위아래로 팔짝팔짝 뛰었고 언덕을 날래게 오르기도 했다. 하지만 이것도 찰나일 뿐이었다.

그 애는 자기 외모가 걱정이었다. 마르고 머리칼이 어두운 색이었고 외국인 같았다. 당시 어린 여자애들은 아역 배우 셜리 템플Shirley Temple의 모형처럼 통통하고 금발이어야 했다. 아니 그래야 한다고 여겨졌다. 가끔 아이를 찾는 초인종 소리가 울리기도 했지만 집에 찾아와서 놀거나 친해 보이는 친구는 아무도 없었다. 아마도 우리가 이사를 너무 많이 다녀서일 것이다.

아이가 두 학기 동안 고통스러울 정도로 사랑했던 남자애가 한 명 있었다. 몇 달 후 아이는 내 지갑에서 동전을 훔쳐 그 애에게 사탕을 사줬다고 말했다. "걔는 감초 사탕을 제일 좋아해요. 그래서 매일 조금씩 갖다 줬어요. 그런데도 걔는 나보다 제니퍼를 더 좋아해요. 왜 그런 거예요 엄마?" 답이 존재하지 않는 그런 질문이었다.

학교도 아이의 걱정거리였다. 말주변과 민첩함을 학습 능력으로 혼동하는 세계에서 아이는 말주변도 없고 민첩하지도 않았다. 과로로 짜증이 나 있는 선생님들에게 아이는 따라잡으려 노력하지만 결석을 너무 자주 하는, 지나치게 성실한 "지진아"였다.

아프다는 아이의 말이 핑계일 때도 있었지만 나는 아이가 학교에 빠지도록 내버려뒀다. 엄격하게 그 애 동생들의 출석을 관리하는 지금의 내 모습과는 너무나도 다르다. 당시 나는 돈을 벌지 않았다. 아이를 또 한 명 낳았고, 나는 집에 있었다. 수전이 어느 정도 자란 후로는 가끔 수전도 학교에 가지 말라고 했다. 아이들 모두와 함께 있기 위해서였다.

에밀리는 천식이 있었다. 괴로워하는 아이의 거친 호흡은 이상하게도 평온한 소리가 되어 집안을 가득 채웠다. 나는 오래된 화장대 두 개와 그 애의 보물 상자를 침대 옆으로 가져다 주었다. 그러면 아이는 상자에서 구슬과 귀고리 한쪽, 병뚜껑과 조개껍질, 말린 꽃잎과 조약돌, 오래된 엽서와 오려둔 종이들 같은 온갖 종류의 잡동사니들을 골랐다. 그리고 수전과 함께 마을을 만들고 가구를 놓은 다음 작은 물건들이 그곳에 사는 사람인 것처럼 왕국 놀이를 했다.

하지만 그것도 에밀리와 수전이 평화롭게 지낼 때뿐이었다. 나는 둘 사이의 악의적 감정에서 물러서 있었다. 상처와 욕구 사이의 그 불균형 사이에서 나는 뭐라도 했어야 했다. 하지만 그 옛날 나는 너무 미숙했다.

다른 아이들도 서로 다툰다. 각각 한 명의 인간으로서 무언가를 필요로 하고, 요구하고, 상처를 주고, 원하는 걸 취한다. 하지만 에밀리와 수전 사이의, 아니 수전을 향한 에밀리의 분노는 마음속을 파고들며 좀먹었다. 둘의 관계는 겉으로는 너무 뻔해 보여도 사실은 뻔하지 않다. 둘째인 수전, 금발에 곱슬머리에 통통한 수전은 재빠르고 자기 생각을 잘 말하고 자신감이 있다. 외모나 행동의 모든 면에서 에밀리는 그렇지 않았다. 수전은 에밀리가 소중하게 여기는 물건들을 건들지 않고는 못 참았다. 그렇게 에이미의 물건을 잃어버리고 가끔은 어설프게 부서뜨리기도 했다. 수전은 친구들에게 농담도 하고 수수께끼도 내면서 박수를 받았지만 에밀리는 조용히 앉아 있었다(이후 에밀리가 내게 말했다. 그건 내가 지은 수수께끼였어요, 엄마. 내가 수전한테 말해준 거예요). 수전은 에밀리보다 다섯 살 어렸지만 신체 발육 면에서는 에밀리와 일 년 정도밖에 차이가 나지 않았다.

나는 에밀리의 느린 발육이 기쁘다. 하지만 그건 에밀리와 또래 간의 차이를 더욱 벌려놓았고 에밀리는 괴로워했다. 그 애는 어린애들의 경쟁이라는 그 끔찍한 세계에 너무 취약했다. 멋을 부리고 과시하고 자신을 다른 사람과 끊임없이 비교하고 질투하는 세계 말이다. "저 적갈색 머리카락이 내 거였으면", "내 피부가 저랬으면…". 아이는 다른 사람과 다르게 생겼다는 이유로 스스로를 너무 많이 괴롭혔다. 너무 불안정했고, 말하기 전에 단어를 조심스럽게 골라야 했고, 끊임없이 신경을 썼다. 저 사람들은 나를 어떻게 생각할까? 무자비한 신체적 충동이 이 모든 걸 부풀리기 전이었는데도.

로니가 나를 찾는다. 오줌을 싼 아이의 기저귀를 갈아준다. 이제 아이가 이렇게 우는 일은 흔치 않다. 내 귀가 나의 것이 아닌 것처럼 항상 아이 울음소리에 시달리던 시기는 지나갔다. 나는 로니와 잠시 앉아 있다가 아이를 안아 들고 부드러운 한 줄기 빛이 흐르는 암회색 도시를 내다본다. "슈길리." 로니가 숨을 내쉬며 몸을 더 가까이 웅크린다. 아이를 다시 침대에 누여 재운다. 슈길리. 우스운 단어다. 에밀리에게서 시작된 우리 가족끼리의 단어. 아이가 만들어낸, 위안이라는 뜻의 단어.

에밀리는 이런저런 방식으로 자기 표시를 남긴다, 라고 소리내어 말한다. 그리고 내 말에 깜짝 놀란다. 무슨 뜻이지? 내가 무엇을 그러모아서 설명하려 했던 거지? 나는 끔찍한 경제 성장 시대에 있었다. 전쟁의 시대였다. 기억이 잘 나지는 않는다. 나는 일을 하고 있었고, 에밀리의 동생이 넷이나 있었고, 에밀리를 위한 시간은 없었다. 그 애는 엄마가, 가정부가, 장 보는 사람이 되어 일을 도와야 했다. 그 애는 자기 표시를 남겨야만 했다. 도시락을 싸고, 머리를 빗기고, 코트와 신발을 찾고, 모두가 제시간에 학교나 탁아소에 가고, 아기를 유모차에 태우려고 애쓰는 위기의, 아니 거의 히스테리에 가까운 아침들. 그리고 언제나 어린애들이 무엇인가를 휘갈겨놓은 종이들, 수전이 보고 아무 데나 던져둔 책, 하지 않은 숙제가 있었다. 에밀리가 달려간 그 큰 학교에서 아이는 혼자였고 갈피를 못 잡았고 뒤떨어졌다. 수업 시간에는 준비 부족으로 힘들어했고 말을 더듬었고 자신이 없었다.

밤이 되어 아이들을 재우고 난 후에는 시간이 거의 없었다. 에밀리는 책들과 씨름했고 언제나 무언가를 먹었으며(그 애가 우리 가족에게는 전설과도 같은 엄청난 식욕을 보인 시기가 이때다) 나는 다림질을 하거나 다음날 먹을 음식을 준비하거나 다른 나라로 파병된 빌에게 편지를 쓰거나 아기를 돌봤다. 가끔 에밀리는 나를 웃게 하기 위해, 아니면 본인의 절망으로 인해 학교에서 있었던 사건이나 사람 흉내를 내곤 했다.

한번은 내가 이렇게 말했던 것 같다. "이런 걸 학교 공연에서 해보면 어때?" 어느 날 아침 에밀리는 일터에 있는 내게 전화를 했다. 울고 있는 탓에 말을 거의 알아들을 수 없었다. "엄마, 나 해냈어요. 내가 차지했어요. 내게 1등을 줬어요. 사람들이 박수를 치고 또 치면서 나를 무대에서 떠나질 못하게 했어요."

순식간에 에밀리는 중요한 사람이 되었다. 그리고 그 전까지 익명성에 갇혀 있었던 것만큼이나 자기 특색에 갇혔다.

에밀리는 다른 고등학교, 심지어 대학교, 주 전체 행사에서까지 공연 요청을 받기 시작했다. 우리가 처음 공연을 보러 갔을 때 나는 공연을 시작하던 그 순간에만 그 애를 알아볼 수 있었다. 깡마르고 부끄러움이 많은 그 애는 숨이 막힐 정도로 커튼에 파묻혀 있었다. 하지만 그 다음에는, 저 사람이 에밀리라고? 그 장악력, 그 말주변, 갑작스럽게 터지는 웃음과 배꼽 빠지게 하는 연기, 그 마력, 그러고는 와자지껄 웃으며 발을 구르는 관객, 자기 삶에서 흔치 않은 이 귀중한 웃음을 떠나보내고 싶지 않은 마음들.

그 이후. 이런 재능을 가진 아이에겐 뭐라도 해줘야 한다. 하지만 돈도 없고 어떻게 해야 할지도 모르는데, 무엇을 할 수 있단 말인가? 우리는 모든 책임을 아이에게 넘겼다. 재능은 발휘되고 성장하기도 하지만 내면에서 휘몰아치다 막혀서 엉겨버리는 일도 잦다.

에밀리가 들어온다. 가볍고 우아한 발걸음으로 한 번에 두 칸씩 계단을 뛰어 올라온다. 오늘 밤 아이는 행복하다. 오늘 왜 전화가 걸려온 것인지는 몰라도 오늘 있었던 일 때문은 아니다.

"다림질 언제까지 할 거예요, 엄마? 화가 휘슬러는 자기 엄마가 흔들의자에 앉아 있는 모습을 그렸다는데, 아마 나는 다리미판 앞에 서 있는 엄마를 그릴까 봐요." 오늘은 에이미가 말이 많은 밤이다. 그 애는 접시에 얼굴을 박고 냉장고에서 꺼낸 음식을 먹으며 내게 시시콜콜한 일들을 이야기한다.

아이는 너무나도 사랑스럽다. 왜 당신은 내가 학교에 와야 한다고 생각하는가? 왜 걱정을 하는가? 아이는 길을 찾을 수 있을 것이다.

아이가 자러 2층으로 올라간다. "내일 아침에 나 깨우지 마세요." "하지만 중간고사 중인 줄 알았는데." "아, 그거요." 아이가 다시 내려와 내게 뽀뽀를 하며 대수롭지 않은 듯이 말한다. "핵전쟁 때문에 몇 년 안에 우리 모두 죽을 거예요. 그러니 중간고사 따위는 전혀 중요하지 않아요."

아이는 전에도 이 말을 한 적이 있다. 그 애는 정말로 그걸 믿는다. 하지만 나는 과거를 쭉 돌아보고 있었으므로, 한 명의 인간을 이루는 모든 것은 내게 너무나도 중요하고 의미가 크므로, 오늘밤은 아이의 농담을 참을 수가 없다.

나는 이 모든 걸 정리하지 않을 것이다. 가서 이렇게 말하지 않을 것이다. 그 애는 사람들이 많이 웃어주지 않는 아이였어요. 아이 아빠는 아이가 한 살도 되기 전에 우릴 떠났어요. 아이가 여섯 살이 될 때까지 일을 해야 했기 때문에 그동안 아이를 유아원에 보내거나 아이 아빠에게 맡겼어요. 몇 년 동안 아이는 자기가 싫어하는 곳에서 치료를 받았어요. 아이는 금발과 곱슬머리와 보조개를 선망하는 세상에서 머리칼이 어두웠고 말랐고 외국인 같아 보였어요. 말주변을 높게 쳐주는 세상에서 느릿느릿했어요. 자신감이 넘치고 사랑스러운 아이가 아니라 불안해하는 아이였어요.

우리는 가난했고 맘 편히 자라날 수 있는 환경을 제공해주지 못했어요. 나는 어린 엄마였고, 집중하지 못하는 엄마였어요. 그 애의 동생들이 저를 끌어당기고 징징댔어요. 아이 여동생은 아이가 갖지 못한 모든 걸 가진 것처럼 보였어요. 아이에겐 제가 자기를 만지는 걸 원치 않았던 시기가 있었어요. 그 애는 자기 안에 너무 많은 걸 눌러 담았고, 그 애의 삶은 자기 안에 너무 많은 것을 눌러 담아야만 하는 그런 삶이었어요. 저는 너무 늦게 깨달았어요. 아이는 너무 많은 것을 감당하고 있기에 아마 의지가 강하지 못할 거예요. 그 애는 자기 시대의, 불경기의, 전쟁의, 두려움의 아이예요.

아이를 내버려두자. 아이 안에 있는 것이 꽃피지 못하도록. 하지만 그렇다고 얼마나 사라지겠는가? 그래도 삶에 필요한 것은 충분히 남아 있을 것이다. 그저 아이가 알게끔 도와주기를. 아이가 알아야 할 이유를 만들어주기를. 너는 다리미판에 놓여 있는, 다리미 앞에 무력한 이 옷가지보다 더 강하다는 사실을.

그레이스 페일리

어린 시절의 문제

〈어린 시절의 문제A Subject of Childhood〉
《남자의 작은 괴로움The Little Disturbances of Man》 중에서

◆——————————————————————————————

그레이스 페일리의 소설집으로는 《남자의 작은 괴로움The Little Disturbances of Man》, 《마지막 순간의 엄청난 변화Enormous Changes at the Last Minute》, 《그날 늦게Later the Same Day》, 《단편선집The Collected Stories》이 있다. 시집과 시와 산문 모음집을 썼고, 에세이집인 《내가 생각한 대로Just As I Thought》를 출간했다. 1997년 소설 부문에서 래넌 문학상을 수상했고 1994년 소설 부문에서 내셔널 북 어워드를 수상한 후, 시집 《비긴 어게인 Begin Again》을 냈다. 뉴욕과 버몬트 더포드 힐을 오가며 살다가, 2007년 영면했다.

뉴욕 주 공식 작가(1986~1988), 버몬트 주 계관시인(2003~2007)이자 평화운동가였던 그녀는 생애 마지막 인터뷰에서 "인종차별과 군국주의와 탐욕이 없는 세상, 그리고 여성이 자신의 자리를 찾기 위해 싸울 필요가 없는 세상에서 후손이 살아가기를 바란다"고 말했다.

어느 토요일 그리고 매주 토요일, 집에서 리처드는 가로 8인치 세로 11인치의 손을 흔드는 막대 인간 그림을 여러 장 그렸다. 톤토는 플라스틱 말을 들고 말의 눈이 자기 눈처럼 파랗게 칠해져 있다면서 말에게 톤토라는 이름을 붙여주었다. 나는 작년에 산 드레스의 치맛단을 유행하는 스타일로 세련되게, 한창인 봄에 잘 어울리게 수선했다. 사람들은 수군댈 것이다. "저 여자 좀 봐. 아름답지 않아? 어떤 디자이너의 옷일까?"

클리퍼드는 샤워기 아래에서 러시아 민요를 부르며 몸을 씻었다. 차가운 물이 나오자 목소리가 높은 도까지 날카롭게 올라갔고, 뒤이어 찬물이 맨살을 채찍질했다. 네 번의 뜨거운 물과 세 번의 차가운 물이 지나간 후, 마침내 그는 강하고 행복한 상태로 김을 내뿜으며 거실로 들어왔다. 그의 얼굴은 둥글고 발그레했다. 머리카락이 눈에 띄게 빠져 있었다. 그렇다면 비나 샤워기에서 나오는 물이 얼굴로 줄줄 흘러내리는 걸 무엇으로 막을까? 바로 진하고 숱이 많은, 아래로 쳐져 있는 눈썹이다. 눈썹 아래에 있는 눈은 동그랗고 짙었으며, 휘둥그레했다. 내 친한 친구인 클리퍼드는 매우 정직한 사람이다. 파리 새끼 한 마리도 죽이려 하지 않으며, 채식주의자다.

언제나처럼 클리퍼드는 우리와의 만남을 반가워했다. 그는 일광욕할 때 쓰는 커다란 수건으로 축축한 몸을 감싸고 있었다. "이 남자를 보라!" 그는 이렇게 소리를 지르고 수건을 떨어뜨렸다. 그리고 즐거움으로 환하게 빛나며 잠시 그대로 서 있었다. 리처드와 톤토가 흘끔거렸다. 내가 말했다. "클리퍼드, 몸 좀 가려, 제발."

"뭐 어때, 페이스." 그는 이렇게 말한 후 이유를 설명했다. "세상은 변하고 있다고." 실제로 그는 예의범절로 난처해하지 않았다. 예의범절을 지키지도 않았다. 그는 고무나무 뒤에 뒤집어진 채로 내팽개쳐 있던 바지를 집어 들었다. 그리고 바지 단추를 다 잠그고 나타나서 말했다. "모두 일어나요, 일어나. 뭣 때문에 그렇게 늘어져 있는 거야?" 그리고 리처드의 배를 쿡쿡 찔렀다. "복근이 좀 있는데? 일어나라구."

리처드가 말했다. "클리퍼드, 난 그림 그리고 싶어요."

"그림은 언제나 그릴 수 있잖아. 난 언제나 여기 있는 게 아니야. 그림은 내일 그려, 리처드. 자, 한판 해보자. 싸우자. 해보라고…. 자, 덤벼 봐. 당장 하는 게 좋을 걸. 안 그러면 내가 너를 한 방 먹일 테니까. 준비 됐든 안 됐든, 간다!"

톤토가 장난감 말을 던지며 말했다. "간다." 그리고 클리퍼드의 배를 세게 쳤다.

"이게 누구야?" 클리퍼드가 말했다. "누가 그랬어?"

"저요, 저요." 톤토가 폴짝폴짝 뛰며 말했다. "제 주먹 셌어요?"

"죽을 뻔했어, 살려줘, 진짜 아팠어. 그럼 이젠 내 차례다." 클리퍼드가 홱 몸을 돌렸다. "내가 뭘 할 거냐면, 널 간질일 거야." 클리퍼드는 일회용품이나 다름없는 자기 머리 위로 톤토를 번쩍 들었다가 푹신푹신한 소파 위로 내던졌다.

리처드가 테디베어를 들고 살금살금 다가가더니 조심스럽게 소파 쿠션을 들어 올렸다가 클리퍼드의 머리를 세 번 내리쳤다.

"이런, 이러다 죽겠네." 클리퍼드가 소리를 질렀다. "둘이 같이 이러기야? 너무 심하다고." 리처드가 클리퍼드의 정강이를 걷어찼다. "이제 됐어. 그만해! 그만하라고! 이 자식들아! 끝이야! 끝!"

톤토가 클리퍼드의 눈에 침을 뱉었다. 클리퍼드가 얼굴을 훔쳤다. 그리고 가만히 있는 척하다 자기 머리 위로 날아오는 테디베어를 홱 피했다. 톤토가 클리퍼드의 등으로 기어올라 두 귀를 움켜쥐었다. 클리퍼드가 말했다. "아, 아파."

리처드가 책장에서 고무 접착제 튜브를 찾아서 털이 부숭부숭한 클리퍼드의 가슴 위에 쭉 짰다.

리처드가 말했다. "난 거친 사람이야. 진짜야, 나 정말로 거칠어."

"나도야." 톤토가 말했다. "나는 공원 전체에서 가장 거친 남자야." 그러고는 클리퍼드의 귀를 억세게 잡아당겼다. "너를 타고 달릴 테다. 난 코끼리 소년이야."

"클리퍼드는 게으른 낙타야." 리처드가 소리를 질렀다. "낙타야, 좀 움직여 봐."

"내가 아랍의 신이다." 톤토가 쩌렁쩌렁하게 외쳤다.

"이랴, 클리퍼드."

"나, 나, 나." 리처드가 바닥에 엎드리며 말했다. "나는 독사야." 그리고 턱을 클리퍼드의 발등에 올린 다음 엄중하게 말했다. "나는 무시무시한 독사야." 그런 다음 살모사처럼 머리를 들어 쉭쉭 하는 소리를 내더니 새로 난 앞니로 가엾은 클리퍼드의 뼈를 물어버렸다. 그의 아킬레스건인 왼쪽 발목이었다.

클리퍼드가 신음했다. "아, 아파…." 그리고 온몸의 관절에서 힘이 빠졌다.

몸무게가 80킬로그램인 클리퍼드가 자기 몸 위로 넘어지자 리처드가 울기 시작했다. "엄마, 엄마, 엄마."

"엄마, 나." 자기 말에서 내던져진 코끼리 소년 톤토가 비명을 질렀다. 테이블의 다리 사이로 머리부터 떨어진 것이었다.

나는 가장 먼저 톤토에게 달려갔다. 톤토를 내 무릎 위로 안아 올렸다. 톤토가 훌쩍훌쩍 울며 말했다. "엄마, 머리 아파. 나 엄마 안으로 들어갈 수 있으면 좋겠어." 바닥 한가운데에서 짓눌린 리처드는 숨도 쉬지 않고 눈물도 흘리지 않고 화가 잔뜩 나 있었다.

그럼 클리퍼드는? 애처로운 자기 몸뚱이를 들어 올려 안락의자에 앉았다. 그리고 씹어서 피가 나는 혀로 혀 짧은 소리를 하고 있었다. "페이스, 페이스, 이 축재자, 축재자 같으니!"

눈물로 얼룩져 부루퉁한 얼굴을 한 아이들은 순순히 침대로 향했다. 아직 낮잠 자기엔 너무 이른 시간이라고 말하는 것도 잊었다. 곰 인형을 갖다달라고 말하는 것도 잊었다. 둘은 나란히 누워 서로의 엄지손가락을 꼭 쥐었다. 엄지손가락에 관한 미신 또는 전설 때문에 형제 간에 생긴 사랑이었다.

다시 거실로 돌아가자 클리퍼드는 방금 넘어졌던 자리에 마치 점성술사의 모자처럼 뾰족한 모양으로 앉아 있었다. 바로 그 지점에 우주의 에너지가 모여들었다. 행성이 공전하는 우주의 고요한 태양과 숨 막히는 공기가 지금은 놀라운 재주로, 마치 아스피린처럼 클리퍼드의 몸을 낮게, 움직이게 만들고 있었다.

"우리 진지하게 얘기 좀 해." 클리퍼드가 말했다. "난 저 애들이 도저히 감당이 안 돼. 페이스, 내가 노력하고 또 노력했다는 건 너도 알 거야. 하지만 무슨 짓을 했는지는 몰라도 네가 애들의 본성을 망쳐놨어. 봐봐, 우린 실컷 소리를 지르고 굴러다니면서 놀랍도록 근사한 시간을 보내고 있었어. 그런데 무슨 일이 일어났는지 봐. 언제나처럼 누군가가 다쳤지. 이번엔 내가 진짜로 다쳤다고. 우린 휴식을 취해야 했어. 편하게. 모든 게 편안해야 했다고. 몸은 편안해야 해. 페이스, 누구도 다치면 안 됐어."

"너하고 애들이 다친 게 내 잘못이란 얘기야?"

"당연하지, 페이스. 네가 형편없었던 거야."

내가 말했다. "형편없다고?"

클리퍼드가 말했다. "후지다고."

그에게 다시 한 번 기회를 줬다. 내가 되물었다. "후지다고?"

그가 말했다. "그래! 구역질난다고!"

그래서, 오늘까지 나의 의욕과 고뇌, 삶은 대략 다음과 같았다.

솔직히 월요일부터 토요일까지 나의 자아는 (일이 잘 풀리므로) 따뜻하다. 나는 별이다. 그게 누구든 따뜻하게 품어줄 수 있다. 베풀 수 있다. 이 속도감 있는 대기에 날아오는 별것도 아닌 모욕이라는 운석은 완전히 전소된다. 나는 어떤 것에도 상처받지 않고 나만의 열역학적 방식으로 타오른다.

하지만 토요일 아침마다 우리 집에서 나는 반박의 여지가 없는 참견이라는 사회적 법칙에 직면한다. 왜냐하면 나는 생계를 꾸리기 위해 한 손으로는 타이핑을 하며 힘들게 아이들을 키워왔기 때문이다. 나는 아이 아빠 없이 혼자 화장실에서, 놀이터에 있는 다른 남자애들처럼 우리 아이들을 키워냈다. 하하. 나는 냉혹한 경영진 때문에 노조에 가입하지 않겠다는 조건으로 보헤미아와 계약을 맺을 수밖에 없었고, 그 계약은 아직 유효하다. 그리고 친척들이 스키용 바지와 피아노 레슨, 로데오 경기 티켓을 제공해주겠다며 침략을 해오는 와중에도 그 계약을 고수해왔다. 한편으로 나는 리처드와 톤토에게 서비스를 제공했다. 청결을 유지하는 법과 어린 시절의 문제들에 열린 마음을 갖는 법을 가르쳐왔다. 실제로 우리는 복도 화장실에서 힘차게 일어나 속옷과 양말을 찾기 위해 구세군의 종이 상자들을 뒤졌다. 이 모든 걸 혼자 해낸 건 내 고집 때문이었다. 애들 아빠가 시카고에서 클라우디아 로웬스틸과 함께 살았던 1년을 제외하면 말이다. 그 여자는 애들 아빠가 아이의 다섯 살 생일에 자전거만 보냈다는 사실에 충격을 받았다. 그리고 1년 치의 가스비와 전기세, 집세, 전화 요금을 줬다. 어느 날 그녀는 휘몰아치는 진실의 빛 안에서 그를 목격했다. 그 대단한 인물은 비누 거품 위에서 뻔뻔한 태도를 취하다 말끔한 상태로 내려왔다. 지금 그는 다른 대륙의 고급 주택가에서 은밀한 고급문화가 살아남은 것에 황홀해하고 있다. 평범한 사람들의 드라마를 다루는 법원은 그를 건드리지 못한다.

그럼에도 불구하고 나는 클리퍼드에게 자기가 한 말을 취소하고 내 친구로 남을 수 있는 기회를 다시 한 번 줬다. 나는 말했다.

"구역질난다고? 내가 애들을 후지게 키웠다고?"

이번에는 굳이 대답을 하려고 하지도 않았다. 방 여기저기에 떨어져 있는 자기 옷을 줍느라 바빴기 때문이다.

나의 두 폐에서 공기가 빠져나가고 있었다. 물이 차올라 보글대며 폐로 밀려들어와 만약 내가 손에 유리 재떨이를 붙잡지 않았다면, 내 개인적 결정과는 전혀 상관없이 재떨이를 던져버리지 않았다면 나는 아마 순간적 폐렴(한 번도 들어보지 못한 증상이다)으로 죽었을 것이다.

클리퍼드는 손과 무릎을 땅에 짚고 금요일에 자기가 안락의자 아래에 던져둔 양말을 찾고 있었다. 그는 나에게 등을 돌리고 있었고, 그의 머리는 재떨이의 궤도에 가까웠다. 눈물 때문에 앞이 보이지 않았기에 망정이지 그게 아니었다면 순 멍청이인 그는 세상을 하직했을 것이지만 어쨌든 찢어진 건 쓸데없는 귓불뿐이었다.

그럼에도 불구하고 클리퍼드는 젠틀한 사람이며 상냥한 기질을 가진 짝이다. 그는 피가 흐르는 눈앞의 광경에 몸이 마비되어 버렸다. 그리고 덜덜 떨며 제대로 움직이질 못했다. 그렇게 무릎을 꿇고 스틱스 강에서 온 사신이 다시 신호를 보내기를 기다리고 있었다.

"여자에게 그런 말 하는 거 아니야." 나는 조용히 말했다. "재수 없는 멍청한 새끼. 그런 말은 여자한테 하는 게 아니라고. 세수나 해, 멍청한 자식아. 피 흘리다 죽겠네."

나는 그가 우주 대성단이나 다가올 전쟁에서의 응급처치 시행에 관한 현재의 방침에 따라 자기 숨통에 지혈대를 매거나 자가 치료를 하도록 내버려두었다.

나는 아이들을 보러 살금살금 침실로 들어갔다. 둘 다 잠들어 있었다. 아이들에게 이불을 덮어주고 나의 아기 톤토에게 키스를 했다. "리처드, 정말 많이 컸구나." 나는 이렇게 말하고 리처드에 게도 키스를 해주었다. 그리고 바닥에 앉아 깊은 잠에 빠진 아이들의 달콤한 숨소리가 나를 진정시킬 때까지 리처드의 양털 담요에 뺨을 비볐다.

몇 시간 후 리처드와 톤토가 일어나 코를 후비고 재채기를 하고 잠투정을 하다 기분이 좋아졌다. 둘은 아이들의 상처를 기념하기 위해 내가 반창고를 붙여 만든 간단한 보드게임에 감탄했다. 리처드는 수프를 먹고 톤토는 햄을 먹었다. 내게 클리퍼드가 어디 갔냐고 묻지 않았다. 그에게는 언제나 문을 열고 들어올 수 있는 열쇠가 있었기 때문이다.

그 열쇠는 고무나무 밑에 놓여 있었다. 단절된 느낌이 들었다. 이제는 그 열쇠를 주고 싶은 사람이 없었다.

"아직 배고프니, 얘들아?" 내가 물었다. "아니요." 톤토가 눈을 가리키며 말했다. "여기까지 가득 찼어."

"있잖아." 내가 근사한 의견을 내놓았다. "내려가서 놀아."

"강요하지 마요, 엄마." 리처드가 말했다.

나는 창문을 내다보았다. 아래에서 레스터 스투코프트가 완전 무장을 한 채 적을 기다리고 있었다. 나는 당장 이 기밀 정보를 리처드에게 알려주었다. "걔 혼자 있어?" 리처드가 물었다.

내가 말했다. "응."

"알았어, 알았어." 리처드가 슬픈 눈으로 나를 쳐다봤다. "엄마, 이건 알아둬. 나는 내가 나가고 싶어서 나가는 거야. 엄마가 나가라고 해서 나가는 게 아니라구."

내가 말했다. "그럼, 당연하지."

"난 안 나가." 톤토가 말했다.

"말도 안 되는 소리 마, 톤토. 너도 나가. 해가 쨍쨍하니 날이 좋은걸. 아빠가 새로 사준 총 가지고 나가. 어서, 톤토."

"싫어. 난 리처드도 싫고 레스터도 싫어. 저 총들도 싫어. 저건 애기 총이야. 아빠는 내가 애기인 줄 알아. 아빠한테 내 사진 좀 보내줘."

"이런, 톤토."

"아빠는 내가 아직도 손가락 빠는 줄 안다니까. 아빠는 내가 아직도 침대에 쉬하는 줄 알아. 그래서 아빠가 나한테 애기 총을 보내는 거야."

"아냐, 그렇지 않아. 톤토는 아가가 아냐. 네가 다 큰 아이라는 걸 모두가 아는걸."

리처드가 말했다. "아닌데. 그리고 애 엄지손가락도 빨고 침대에 오줌도 싸."

"리처드." 내가 말했다. "리처드, 좋은 말이 안 나올 것 같으면 그 입 다물어. 그 얘기 계속 해봤자 톤토한테 아무 도움도 안 돼."

"나 나간다." 리처드는 이 문제로 나와 더 얘기하려 하지 않았다. 하지만 리처드는 기품이 있는 첫째다. 가끔 못되게 굴 때도 있지만 절대 게으름 피우지는 않는다. 리처드는 45초 만에 1층에 갔다 다시 돌아와 소리를 질렀다. "걔가 내 침대에 오줌 싸지만 않으면 나는 아무 상관 안 한다고!"

톤토는 리처드의 말을 듣지 못했다. 이를 닦고 있었기 때문이다. 가끔은 이가 빨리 흔들리기를 바라면서 하루에 일곱 번이나 열심히 이를 닦을 때도 있다. 내 생각에도 아이의 이는 곧 흔들릴 것 같다.

나는 거실에서 뜨거운 커피를 마셨다. 안락의자에 편안히 앉아 엄마MAMA라고 쓰여 있는 하얀 머그잔에 블랙커피를 따르고 리처드가 손으로 빚은 도자기 재떨이에 담뱃재를 털었다. 나는 한낮의 햇빛이 쏟아져 들어오는 네모난 창문을 바라보며 기운 빠지는 질문을 던져보았다. 남자가 무엇이기에 여자는 그를 사랑하기 위해 바짝 엎드리는가?

그때 톤토가 양말을 신고 살금살금 가만히 다가와 말했다. "나 형한테 할 말 있어, 엄마."

"창문에 기대지 마, 톤토. 제발, 걱정된단 말이야."

"형한테 말해야 할 게 있다구."

"안 돼."

"아냐, 돼." 톤토가 말했다. "엄마, 너무너무 중요한 말이야. 난 꼭 해야겠어."

어떻게 그러라고 하겠는가? 아이가 창문으로 떨어지면 다들 내가 부엌에서 맥주를 마시거나 문을 닫고 화장대 앞에 앉아 아이크림이나 바르며 아이를 방치했다고 생각할 것이다. 게다가 나는 평생 아이 잃은 슬픔을 안고 살아가게 될 것이다. 우리 할머니는 귓병으로 다섯 살에 죽어버린 아이를 그리워하며 평생 슬퍼하셨다. 자기도 연금과 복지 수당을 받을 나이가 된 할머니의 다른 자식들은 아흔한 살이 되신 할머니의 임종을 지키며 투덜대기 위해 모였다가 할머니가 이렇게 중얼거리시는 걸 듣게 되었다. "오, 이런, 아니타, 숨을 쉬어야지, 조금이라도 숨 좀 쉬어 봐. 내 아가."

눈물이 맺힌 내가 말했다. "알았어, 톤토. 내가 붙잡아줄게. 형한테 하고 싶은 말 해."

톤토가 바깥으로 몸을 기울였다. 나는 톤토의 통통하고 자그마한 무릎을 꽉 잡았다. "형." 톤토가 악을 썼다. "형, 여기 좀 봐, 형!" 리처드가 손으로 눈에 그늘을 만들며 목소리가 들려오는 곳을 찾기 위해 위를 올려다보았다. "형, 잘 들어. 나 형이 생일 선물로 받은 새 전쟁 기지 장난감이랑 군인 장난감으로 놀고 있다."

그러고 나서 톤토는 유리의 속성에 대해서는 아무것도 모른다는 듯이 창문을 쾅 닫고는 의기양양한 의례로 다시 한 번 이를 닦으러 화장실로 뛰어 들어갔다. 톤토는 콧노래를 부르며 치약을 짜고 양치질을 하며 말했다. "분명 머리끝까지 화가 났을 거야." 그리고 낮은 목소리로 말했다. "그래도 싸. 형은 구역질나."

"너도 마찬가지야." 나는 분노에 휩싸여 고함을 질렀다. 내가 할머니의 상실을 안타까워하는 동안 톤토는 그 커다란 입을 형 쪽으로 벌려 소리를 질렀던 것이다. "형은 진짜로 구역질나!"

"내 얘기 잘 들어. 밖으로 나가 있어. 내려가서 놀아. 난 10분만 혼자 있고 싶어. 앤서니, 네가 계속 여기 있으면 내가 널 죽일지도 몰라."

톤토는 크리스마스에 먹는 페퍼민트맛 사탕 같은 냄새를 내뿜으며 나타났다. 그러고는 한 발로 서서 내 눈을 올려다보며 말했다. "좋아, 엄마. 날 죽여."

나는 바로 자리에 앉아야 했다. 눈높이를 맞추기 위해서, 아이의 괴롭힘을 멈추기 위해서.

"제발." 나는 부드럽게 말했다. "형이랑 놀아. 엄만 생각할 게 있어, 톤토."

"난 나가기 싫어. 내가 가기 싫은데 왜 나가야 해." 톤토가 말했다. "난 여기서 엄마랑 같이 있고 싶어."

"제발, 톤토. 엄만 청소도 해야 해. 그럼 넌 아무것도 못 해. 게임도 뭣도 못 한단 말이야."

"괜찮아." 톤토가 말했다. "난 여기서 엄마랑 같이 있고 싶어. 엄마 바로 옆에 있을 거야."

"알았어, 톤토. 알았어. 그럼 말이지, 몇 분만 방에 들어가 있어. 아가야, 어서."

"싫어." 톤토가 내 무릎으로 기어오르며 말했다. "난 아기처럼 계속 엄마 바로 옆에 있고 싶어."

"이런, 톤토." 내가 말했다. "제발, 톤토야." 톤토를 떼어놓으려 했지만 톤토는 내 목에 한쪽 팔을 감고 내 무릎에 웅크리고 누워 엄지손가락을 빨았다. 아기가 되기 위해서.

"톤토." 나는 단 1분도 혼자 있을 수 없다는 사실에 절망하며 말했다. "형이랑 같이 왜 안 놀아. 재미있을 거야."

"아냐." 톤토가 말했다. "리처드나 클리퍼드가 사라져버려도 나는 신경 안 써. 가서 자기들이 하고 싶은 거 하라지. 난 절대 신경 안 써. 나는 절대 사라지지 않을 거야. 나는 영원히 엄마 옆에 있을 거야."

"이런, 톤토." 톤토는 입에서 엄지손가락을 빼서 다섯 손가락을 쫙 펴고 손바닥을 내 가슴 쪽에 갖다 댔다. 그리고 말했다. "엄마, 사랑해요."

"엄마도 사랑해." 내가 말했다. "사랑해, 앤서니. 그렇고 말고."

나는 그렇게 톤토를 얼싸 안고 얼러주었다. 두 눈을 감고 톤토의 짙은 머리칼에 기댔다. 시내 건물에 있는 급수탑 사이로 해가 떠올라 갑자기 하얗고 밝은 빛을 내게 비추었다. 나의 마음은 짧고 통통한 내 아들의 손가락으로 영원히 수감되어, 마치 알카트라즈 감옥 철창에 갇힌 왕처럼 흑백 줄무늬를 그리며 빛났다.

로젤린 브라운

훌륭한 살림살이

〈훌륭한 살림살이Good Housekeeping〉
《로젤린 브라운 리더Rosellen Brown Reader》중에서

---

로젤린 브라운은 작가로 《내전Civil Wars》, 《한없는 자비Tender Mercies》, 《이전과 이후 Before and After》, 《반쪽 마음Half a Heart》, 《코라 프라이의 필로우 북Cora Fry's Pillow Book》, 《레이크 온 파이어The Lake on Fire》 등의 소설을 발표했다. 그 외에도 시집, 단편집 《스트리트 게임Street Games》, 에세이와 소설과 시를 모은 《로젤린 브라운 리더A Rosellen Brown Reader》를 출간했다. 한 엄마와 아이에 관한 이야기 〈이기는 방법How to Win〉은 존 업다이크가 편집한 《금세기 최고의 미국 단편 소설The Best American Short Stories of the Century》에 실렸다. 번팅 연구소와 구겐하임 재단에서 펠로십을 수상했고 국립예술기금에서 수여하는 상을 받았다. 현재 시카고에 거주 중이며 시카고 예술 대학원에서 창작 프로그램을 가르치고 있다.

책에 실린 로젤린 브라운, 마거릿 애트우드, 그레이스 페일리, 린다 쇼어의 글은 참을성의 한계에 도달한 가정생활을 사실적이고도 상세하게 그려내고 있다.

그녀는 카메라의 렌즈를 아기 엉덩이에 바싹 갖다 댔다. 그러다 갑자기 아기가 이 빌어먹을 카메라에 똥을 싸면 어쩌지 하는 생각이 들었다. 하지만 별일 없이 사진을 찍고, 다시 기저귀를 채우고, 커튼을 치고, 문을 닫았다. 커피포트의 방향을 돌려 찌든 때 때문에 광이 사라져버린 부분이 빛에 가리지 않도록 했다. 변기 위에서 카메라를 들고 카메라가 변기 물에 비치지 않도록 기울였다. 산더미처럼 쌓인 빨래 더미를 뒤졌다. 당근, 파스닙, 양파. 그러다 멈춰서 카메라를 내려놓고 전부 껍질을 깎은 다음 동그랗게 말린 껍질을 흩뿌렸다. 아름다웠다. 손가락 크기로 자른 채소, 통통하고 투명하고 동그란, 마치 매끄러운 보석 같은 양파, 쓰레기 더미에서 되는 대로 골라 전경에 초점을 맞춘, 오롯이 기하학적인 의미.

그녀는 매우 빠르게 일했다. 가능성이라는 조수가 다 빠져버리기 전에 아이디어가 떠올랐다. 그녀는 침대 시트가 거대하고 따뜻한 산맥과 골짜기를 만들고 담요가 저 멀리 한쪽 끝으로 부드러운 곡선을 그리며 사라지도록 주름진 시트 위에 카메라를 올려놓았다. 누군가가(남편 쪽에 가까웠다) 침대에 누웠던 자국이 희미하게 남아 있었다. 마치 햇빛을 받으며 잔디 위에서 낮잠을 잔 후 잔디가 눌린 것처럼. 유령을 찍는 것 같았다. 그녀는 팬티를 벗고 침대 위에 앉아 산부인과 의자 위에서처럼 다리를 벌리고 카메라를 침대 위에 올려놨다. 뷰파인더를 들여다보진 않았지만 카메라를 제대로 놓은 것 같았다. 아, 카메라의 셔터 소리, 그 냉담한 만족의 소리, 차가운 찰나의 찰칵 소리가 그녀의 중심부를 빨아들이고 마치 멜론의 씨처럼 축축하고 달콤한 어둠을 밝혔다. 그건 오랫동안 그녀의 얼굴이었으므로 후대를 위해 그 주름진 특성을 밝은 빛 아래서 찍어두는 것도 좋다. 어쨌든 어떤 얼굴들은 더 천연덕스레 벌어져 있는 것이다. 그건 상당히 객관적이었고, 음란과 분노, 욕정의 기억을 초월했다. 카메라의 렌즈는 의사처럼 오직 사실만을 보았다. 그녀는 양말 사이에서 반쯤 드러나 있는, 사용하지 않은 콘돔 상자를 찾아냈다. 상자를 열고 몇 개를 꺼내 무작위로 펼쳐놓았다. 그저 쉽게 알아볼 수 있게끔 말린 가장자리만 보이게 했다. 그런 다음 마치 부모님의 옷장 서랍을 뒤지는 10대처럼 콘돔을 다시 상자 안에 잘 정리해 넣고 상자를 제자리에 밀어 넣었다.

그리고 더러운 창문, 마치 석판으로 찍어낸 것처럼 규칙적인, 그 흐릿한 형태. 싹이 나길 기다리는 화분의 흙에는 물을 준 자리에 아름다운 점무늬가 남아 있었고 거칠고 검은 흙 위에 질석이 진주처럼 빛났다. 화분이 놓여 있는 선반에는 무언가 단정하고 단호한 것이 있었다. 흙을 확대해 볼 때 예전에 알던 소녀들이 떠올랐다. 피터팬 칼라가 달린 하얀 블라우스를 입고 아무리 화가 나는 일이 있어도 고분고분하게 가만히 앉아 있던 소녀들. 몇 년 동안이나 그렇게 앉아 있었다. 그녀의 후추와 토마토는 그 고요하고 안전한 어둠 아래 착실히 자라고 있다.

음식은 알맞지 않았다. 일렬로 늘어선 깡통도, 그녀가 특별히 산처럼 쌓아 만든 오믈렛도. 지나치게 훌륭한 살림살이 같다. 열쇠와 영수증, 모든 전자기기의 보증서, 씨앗 카탈로그 등 온갖 것들을 조금씩 넣어둔 식탁 서랍. 너무 제멋대로 진열되어 있어서 웃음이 났다. 담배를 마는 종이. 안에 넣을 마리화나는 '호로파'라고 쓰여 있는 양념통에 들어 있었다(사실 마리화나가 아니라 잘게 부순 바질이나 사철쑥처럼 보였다. 손님이 그걸로 요리를 할 때까지 기다려 보자…). 그다음은 연필깎이의 구멍 안. 열 배로 당겨 보는 칼날의 돌출부가 섬뜩하다. 벽지는 서양 장미 사이에 별들이 그려진, 볼품없는 대칭 무늬가 그대로 드러나 있다. 발깔개에는 풀이 납작하게 눌린 채 어지럽게 흩어져 있고 마치 말이 발굽을 쓱 닦은 것처럼 반달 모양의 진흙 자국들이 잔뜩 말라붙어 있다.

그녀는 화장실에서 깃털 더미를 발견했다. 고양이가 또 새를 죽인 다음 훌륭한 선물을, 훼손되지 않은 증거를 자랑스럽게 남기고 간 것이다. 깃털 한쪽은 얼룩덜룩했고 다른 한쪽은 회색의 빗살 무늬였다. 깃털들은 마치 절로 움직인 것처럼 고르지 않게 흩어져 있다. 안 된다. 사람들은 이해하지 못할 것이다. 대상은 그 기능을 암시하거나, 아니면 적어도 그곳에 어떻게 오게 되었는지를 나타내야 한다. 하지만 깃털들은 고양이를 필요로 하고, 고양이가 있다 하더라도… 죽은 새는 모든 가정의 일부인가?

그녀는 사진을 어떻게 전시할지 생각 중이었다. 처음부터 끝까지 무작위로, 무광으로. 암묵적인 순서 없이, 반어적 의미 없이. 지금쯤 암실에 있는 화학 약품이 사용하지 않은 채 너무 오래 두어 못 쓰게 되었겠지만 속상하지 않았다. 사실 가까이에 있는 이 시시한 것들 안에 아름다움이 있었기에 그녀는 겸손함을 느꼈다. 그녀의 남편이 하는 설교처럼 셔터 안에는 그녀가 다시 한 번 틀렸다는 증거가 차곡차곡 쌓였다. 그녀는 옳으면서도 틀렸다. 그녀는 앞발로 걸으며 신이 나서 그럴듯한 곳과 그럴듯하지 않은 곳을 전부 염탐했다.

아기가 깨어나 소리를 지르다 숨을 크게 한번 삼키고는 다시 소리를 질렀다. 그녀는 차분하게 카메라를 들고 작은 방으로 들어가 거리를 두고 자기를 바라보며 해야 할 일을 하는 자신에 대해 해야 할 일을 했다. 그녀는 커튼을 활짝 걷은 다음 아기 침대 앞에 무릎을 꿇고 앉았다. 빛이 환하게 쏟아져서 막 떨어질 듯한 고드름처럼 떨리는 아기의 목젖까지 보였다… 카메라를 본 아기가 입을 다물고 손을 뻗으며 눈을 크게 떴다. 카메라 같은 두 눈. 아이의 엄마는 아이의 두 눈 속에서 자신의 모습을 바라보았다. 그녀의 무릎 위에는 한가운데에 기묘한 빛의 별이 있는 검은색 박스가 있었다.

"안 돼!" 그녀가 일어나 발을 굴렀다. "이런, 젠장. 너 뭐하는 짓이야?"

아기가 천진난만하게 웃으며 침대의 난간 사이로 손을 뻗었다.

엄마는 두 손으로 머리를 감싸 쥐었다. 그러다 한 손으로 카메라의 포커스를 맞추며 아기에게 다가갔다. 아기는 침대의 난간 사이로 손을 뻗어 엄마를 쳤고, 활짝 웃으며 쌕쌕거리는 소리를 냈다. 엄마는 아기의 서늘한 맨 허벅지를, 그 분홍빛 탄탄함을 보았다. 그리고 세 손가락으로 아기의 허벅지를 꼬집었다. 그렇게 화가 난 목젖을, 축축하게 젖은 혀를 다시 볼 수 있을 때까지 점점 더 세게 꼬집었다. 확대 렌즈를 통해 바라본 혀는 마치 어떤 식물처럼, 아니면 바다 아래에 있는 해면처럼 우툴두툴했다.

**부치 에메체타**

# 이등 시민

《이등 시민*Second Class Citizen*》 중에서

부치 에메체타는 1994년 나이지리아 라고스의 이부자 마을에서 태어나 영국 런던
대학에서 사회학 학위를 받았다. 《이등 시민*Second Class Citizen*》, 《신부대*Bride Price*》, 《모
성의 기쁨*The Joys of Motherhood*》, 《달빛 신부*Moonlight Bride*》, 《파괴된 샤비*The Rape of Shavi*》,
《가족*The Family*》 등 수많은 소설을 발표했다. 런던에서 살았고, 2017년 1월 영면했
다. 그녀는 스무 권이 넘는 책을 출간한 아프리카를 대표하는 작가로 항상 여성의
관점에서 가부장제, 인종주의, 식민주의 등을 다뤘다.

정신을 차린 아다는 자신이 커다란 병동에 있다는 걸 깨달았다. 아다는 병동의 가장 끝, 문 옆에 있는 침대에 누워 있었다. 무거운 눈으로 병동 전체를 훑다가 예전에 다녔던 학교의 기숙사가 떠올랐다. 하지만 침대에는 키득거리는 어린 흑인 소녀들이 아니라 성인 여자들이 있었다. 그리 어리지 않은 사람도 몇몇 있었지만 대부분은 아다처럼 젊은 엄마들이었다. 사람들은, 아니 사람들 대부분은 이야기를 나누고 있었다. 잡지를 읽으려 애쓰고 있는 사람도 한두 명 있었다. 주변에서 웅성대는 대화 소리가 끊임없이 들려왔다. 여기 있는 여자들은 모두 행복하고 자유로웠다. 서로 몇 년씩 알고 지낸 사이 같았다.

아다는 부끄러웠다. 누군지는 몰랐지만 어쨌든 누군가가 그녀를 웃음거리로 만들기로 결정한 것 같았기 때문이다. 그녀의 온몸은 소인국 사람들이 걸리버를 묶어놓은 것처럼 고무 튜브로 침대에 묶여 있었다. 팔에 연결된 고무 튜브는 물 같은 것이 들어 있는 유리병으로 이어졌다. 유리병 안에 있는 물 같은 것이 한 번에 한 방울씩 떨어졌고, 떨어진 액체는 튜브를 통해 아다의 팔로 흘러들었다. 아니, 아다에게는 그렇게 보였다. 이 액체는 아다의 오른쪽에 있었다.

왼쪽에는 커다란 풍선 같은 유리병이 있었다. 하얗고 투명했다. 와인을 담는 잔처럼 투명한 이 병에는 약간 탁한 액체가 들어 있었다. 그 액체에는 거무스름한 것이 들어 있었다. 마치 비 오는 날 철로에 흐르는 검은 물 같았다. 누군지 알 수 없는 사람들이 그녀를 이 거무튀튀한 유리병에 묶어놓았다. 그리고 이 병과 이어진 고무 튜브를 그녀의 코로 넣어 목 뒤로 넘겼다. 말하기가 힘들었다. 움직이는 건 아예 불가능했다. 아다는 왜 자기만 이런 치료를 받고 있는지 골똘히 생각하며 그저 침대에 누워 있었다.

마치 이 모든 게 충분치 않다는 듯 한 젊은 간호사가 스탠드를 하나 들고 행진해 들어와 아다의 머리 근처에 놓았다. 투명한 유리병에 달려 있는 것과 똑같았다. 얼마 안 있어 또 다른 간호사가 피가 반쯤 들어 있는 병을 들고 들어왔다.

"아, 완전히 깨어나셨네요. 잘됐어요!" 첫 번째 간호사가 인사차 말했다.

새 스탠드를 연결하기 위해 아다의 침대 아래에서 나사를 조이던 두 번째 간호사는 위를 올려다보며 희미한 미소로 인사를 했다. 나사를 다 조인 간호사가 말했다. "이게 필요할 것 같진 않지만, 혹시 모르니까요." 1번 간호사와 2번 간호사는 피가 들어 있는 병을 거꾸로 뒤집어 다른 튜브에 연결한 다음 그렇게 두고 갔다. "필요하지 않을지도 모르지만, 혹시 모르니까요." 2번 간호사가 말했다.

두 간호사는 들어올 때처럼 씩씩하게 걸어 나갔다. 아다는 자기 오른쪽에 있는 여자에게 눈을 돌렸다. 여자가 미소를 지으며 배는 좀 어떠냐고 물었다. 아다는 대답하려 했다. 화가 난 신이 내 배 안에 고기 가는 기계를 넣어놓은 것 같다고, 그 기계가 안에 있는 모든 걸 남김없이 깔끔하게 갈아버리고 있는 것 같다고, 그 기계가 자기 배 안을 더 빨리 갈아버리게 하려고 의사와 간호사들이 와서 액체가 든 유리병을 팔 왼쪽에 연결해놨다고, 그 기계가 계속 움직이고 액체가 계속 흘러드는 동안 몸은 뜨겁고 입술은 사막을 헤매는 사람처럼 바싹 마르고 머리는 무명실 잣는 통처럼 빙빙 돈다고 말하고 싶었다. 하지만 아다는 한마디도 하지 못했다. 코에서 목구멍으로 연결된 고무 튜브 때문이었다.

병동에 있는 여자들은 친절했다. 아다가 삶이 붙잡고 있을 만한 가치가 있는 것인지 고민하던 처음 며칠 동안, 병동의 여자들은 그녀에게 많은 것을 보여주었다. 그들은 아다에게 이렇게 말하고 있는 것 같았다. 주변을 돌아보라고, 아직 당신이 보지 못한 아름다운 것들이 많다고, 아직 당신이 경험하지 못한 즐거움이 많다고, 당신은 아직 어리다고, 아직 당신 앞에 많은 삶이 남아 있다고.

아다가 절대로 잊지 못할 여자가 한 명 있었다. 아다의 엄마와 비슷한 나이처럼 보였다. 이 여자는 17년 동안이나 결혼 생활을 하면서도 아이가 없었다. 유산한 적도 없었다. 그러다 신이 아브라함의 아내 사라를 찾았듯 불현듯 그녀를 찾기로 결심했고, 그렇게 임신을 했고, 사라처럼 아들을 낳았다. 이 여자는 한시도 쉬지 않고 자기 아들을 데리고 다녔다. 아직 몸이 약해서 잘 걸을 수 없을 때조차도 그랬다. 아다는 이 여자가 17년 동안 아들을 기다려야만 했었다는 걸 알지 못했고 전선처럼 빳빳하게 뻗은 아기의 두꺼운 갈색 머리칼을 칭찬하는 그녀의 말에 진절머리가 났다. 아다가 더 짜증이 났던 건 목에 있는 튜브 때문에 그 여자한테 말을 할 수 없다는 점이었다. 이 병동에 있는 모두가 아이를 낳았거나 아이를 낳을 예정이라고, 도대체 당신 아들의 어떤 점이 그렇게 특별해서 아이가 무슨 상인 것마냥 여기저기 보여주고 다니느냐고 묻고 싶었다. 하지만 감사하게도 아다에겐 이 말을 할 기회가 없었다. 그로부터 4일 후 아다가 튜브를 제거하자 아버지뻘은 되어 보일 정도로 늙은 남편을 둔 아다 옆의 여자가 저 빳빳한 머리카락을 가진 아기 엄마는 아기를 17년 동안이나 기다려야 했다고 말해주었다. 아다의 입이 딱 벌어졌다. 17년이나! 아다는 온갖 것을 물어보고 싶었다. 예를 들면, 남편은 어땠는가? 아다는 여자 입장에서 상상을 해보았다. 세상에 나올지 나오지 않을지를 천천히 결정하고 있는 아이를 17년 동안 기다리고 또 기다리는 것. 아다는 만약 자신이 프랜시스에게 아이를 낳아주지 않았다면 프랜시스와 함께하는 삶이 어땠을지 상상해보려 애썼다. 티티가 태어나던 날이 떠올랐다. 길고 고통스러웠던 시간을 보낸 후 아다는 여자아이를 안고 프랜시스가 있는 집으로 돌아왔다. 모두가 "이게 다야?" 하는 얼굴로 티티를 바라보았다. 뻔뻔하게도 아다는 9개월을 기다리고 4일을 잠 못 이룬 사람들에게 고작 여자아이를 낳았다는 말을 전했다. 9개월을 낭비한 것이다. 하지만 아다는 얼마 지나지 않아 비키를 낳음으로써 빚을 갚았다.

　그 모든 것을 위해 17년을 기다려야 했다면? 아마 심리적 압박감으로 죽어버렸거나 프랜시스가 새 아내를 샀을 것이다. 그는 자기가 이슬람교도라고 선언했을 것이다. 어렸을 때 한 번 이슬람교도였던 적이 있기 때문이다. 그는 기회주의자였다. 자기 변덕에 따라 종교를 바꾸었다. 아다가 피임 장치를 하면 임신이라는 속박에서 벗어날 수 있다는 걸 깨닫자 그는 카톨릭이 되었다. 시험에서 줄줄이 떨어지고 같은 나이지리아인들에 비해 자신이 열등하다는 느낌이 들자 그는 여호와의 증인이 되었다.

이제 아다는 그 소중한 아기를 낳은 여자를 다른 눈으로 바라보게 되었다. 그녀는 절대 말을 멈추지 않았고, 절대 웃음을 멈추지 않았다. 그녀의 웃음소리는 남자 웃음소리만큼이나 컸다. 그녀는 투박했고, 아다의 옆에 있는 세련되고 젊은 여자와는 달리 교양이 없었다. 11번 침대에 있는 그 세련된 여자는 평소에는 매우 조용했지만 항상 아다에게 먼저 말을 걸어왔다. 아마 그건 그녀에게 매우 힘든 일이었을 것이다. 아직 아기를 낳기 전이었기 때문이다. 복잡한 사례였다. 그녀는 아다에게 예정일이 수 주나 지났다고 말했다. 외과의와 다른 의사들은 수술을 해야 할지 말아야 할지 몰랐다. 모두가 그저 기다리고만 있었고, 그건 그녀의 남편도 마찬가지였다. 그녀의 남편은 키가 크고 잘생겼으며 좋은 옷을 입었고 옷차림이 단정했고 아폴로 신을 닮았다. 그 남자에겐 분명 무언가 특별한 점이 있을 것이다. 왜냐하면 그는 정해진 시간과 상관없이 아무 때나 아내를 만나러 왔기 때문이다. 간호사와 의사들은 그를 들여보내주었다. 아다의 수술을 집도한 외과의도 피부가 까무잡잡한 미남이었다. 그는 백인이었지만 백인이 햇빛 아래에서 수년을 보냈을 때 갖게 되는, 또는 백인 여성이 더욱 건강해 보이기 위해 인위적으로 피부를 태웠을 때 갖게 되는 피부색을 갖고 있었다. 외과의의 머리카락은 두껍고 검은색이었으며 쭉 뻗었다. 코와 입은 흑인처럼 커다랬지만 그는 잉글랜드 인이었다. 아니 사람들이 그렇다고 했다. 그는 좋은 남자였다. 자기 칼을 어떻게 다룰지 아는 남자, 자기가 수술한 환자 모두에게 특별한 관심을 쏟는 남자였다. 그는 수술 이후 아다가 이 세상과 저세상 사이에 있었던 4일 동안 낮밤 할 것 없이 계속해서 아다의 상태를 보러 왔다.

자기 칼을 어떻게 다룰지 알았던 이 외과의는 아다에게 살아야 한다는 설교나 잔소리는 전혀 하지 않았지만 하얀색 가운을 입은 자기 제자들에게 자기가 수술한 환자 중 죽은 사람은 거의 없다는 이야기를 계속해서 했다. 그뿐만 아니라 상처도 언제나 훌륭하게 아물어 몸을 망가뜨리지 않았다고도 했다. 아다는 이 외과의와 그의 자신감이 좋았다. 모두에게, 심지어 아다 스스로에게도 자신이 그가 잃고 만 몇 안 되는 환자 중 한 명이 될 것 같아 보였던 밤들에도 그랬다. 그래서 아다는 자신이 저세상이 아니라 이 세상에 있어야 한다는 그의 이야기를 믿기 시작했다. 어쨌든 아직은 아니야. 그 까무잡잡하고 잘생긴 외과의가 이겼다. 아다는 살아남아 이 병동의 살아 있는 표본이 되었다.

아무도 아다를 진짜 이름으로 부르지 않았다. 아다에게는 여러 이름이 주어졌다. 어떤 것은 받아들이지 않을 수 없었고, 어떤 것은 그리 필요한 것 같지 않았으며, 나머지는 그녀가 낳은 그 독특한 아기 때문에 주어진 이름이었다. 병동에 있는 다른 여자들에게 아다는 카이사르였다. 외과의의 뒤를 일렬로 졸졸 쫓아다니는 젊은 의사들에게 그녀는 무슨 뜻인지는 모르겠지만 "탯줄 위cord presentation"였다. 야간 간호사들에게 그녀는 무하마드 알리의 엄마였는데, 아기가 목소리가 크고 손이 많이 가고 전혀 말을 듣지 않앉기 때문이다. 아기 부부Bubu는 오후 내내 잠을 잤다. 다른 아기들이 악을 쓰며 울어도 부부는 깨어나지 않았다. 아기들의 울음소리는 부부를 전혀 방해하지 못했다. 하지만 밤만 되면 다른 아기들은 전부 자려고 하는데 부부만 깨어 있었다. 그것도 시끄럽게 자기주장을 하면서. 물론 다른 아기들은 부부의 울음소리에 잠에서 깨어났다. 그러니 부부는 낮에는 인기가 많았지만 밤에는 공포의 대상이 되었다. 결국 부부만을 위해, 특별히 응급실 간호사가 복도 끝에서 부부를 전담해주었고, 아다는 언제나 그곳에 가서 부부를 볼 수 있었다. 부부는 병원의 그 복도 끝에서 VIP 대우를 받았다.

4일째 되는 날에 의사들이 아다의 입을 막고 있던 튜브를 제거했다.

그 4일은 아다에게 400년과 같았다. 이제는 말을 할 수 있지만 아직 침대에서 나올 수는 없었고 등이 아팠다. 하지만 아다는 신경 쓰지 않았다. 마침내 자유롭게 말할 수 있게 되지 않았는가?

아다는 11번 침대에 있는 세련된 여자에게 질문 공세를 퍼붓기 시작했다. 어떻게 저렇게 잘생긴 남자와 결혼하게 되었는가? 아빠만큼 나이 든 남자와 결혼하면 기분이 어떤가? 그렇게 사랑과 존중을 받는 기분은, 매일 한아름의 꽃과 괴상한 소리를 내는 웃긴 인형과 화사하고 아름다운 리본으로 장식하고 온갖 것들을 담고 있는 아름다운 상자를 선물 받는 기분은 어떤가? 상자 한두 개에서는 재미난 용수철 인형이 튀어나왔다. 모두 다르게 생겼고 다른 몸짓을 했다. 크고 남자답게 생겼지만 다정한 자매처럼 행동하는 사람에게 그렇게나 존중받는 기분은 어떨까? 세련된 여자는 대답 대신 미소를 지었다. 그녀는 하고 싶은 것을 마음껏 하고 응석을 부리는 데 익숙해져 있었지만 그럼에도 불구하고 매우 소박한 사람이었다. 그녀는 그 커다란 남자의 비서였다. 남자의 아내는 아다도 본 적 있는 아들 두 명을 남기고 수년 전에 세상을 떠났다. 그랬다. 아다는 두 아들을 본 적이 있었다. 아버지처럼 키가 컸지만 아다의 취향보다는 너무 말랐다. 더 많이 먹여야 해. 아다는 생각했다. 한 명은 대학에서 법을 공부하고 다른 한 명은 어떤 회사의 파트너라고, 그 세련된 여자가 아다에게 이야기해주었다. 그 둘의 아버지와 결혼한 것은 그녀의 삶에서 가장 좋은 일이었다. 그녀는 입양아였고, 친모나 친부에 대해서는 전혀 알지 못했다. 친부모가 죽었는지 살았는지 알아보려고도 해봤지만 결국 실패했다. 양부모도 좋은 사람이었다고, 그 여자는 재빨리 덧붙였다. 하지만 아다가 보기엔 지나치게 재빨랐다. 아다는 마치 자기 자식인 것처럼 누군가를 사랑하는 것이 가능한지 짐작조차 할 수 없었다. 양부모는 여자를 사랑해주었지만 여자는 스스로 행복한 가정을 꾸리기로 결정했다. 사랑받을 수 있는, 진정으로 사랑받을 수 있는, 자유롭게 사랑할 수 있는 그런 가정 말이다. 그녀는 운이 좋았다. 그녀의 꿈은 이뤄지고 있는 것 같았다.

"이뤄지고 있는 게 아니라 이뤄진 거예요. 지금 당신은 꼭 공주 같아요." 아다는 눈물을 꾹 참으며 말했다.

둘의 대화는 세련된 여자의 영화배우 같은 남편이 도착하면서 끊겼다. 아다의 주의는 몸집이 큰 외과의와 그의 여섯 제자에게로 분산되었다. 아다는 의사인지 의사가 아닌지 외과의인지 외과의가 아닌지 모를 그 사람들을 보고 싶지 않았다. 왜 의사는 두리번거리는 독수리처럼 배고픈 눈을 한 저 사람들 없이 혼자서 진찰을 할 수 없는 걸까?

의사들은 아다의 사생활을 조금이라도 지켜주기 위해 꽃무늬 스크린을 쳐주었다. 아다는 그것이 맘에 들지 않았다. 세련된 여자의 남편이 그녀의 침대 옆에 앉아 부드럽게 그녀의 손을 잡고 둘이 잔잔하게 웃는 모습을 보는 게 좋았기 때문이다. 그는 가끔씩 그렇게 가만히 앉아 아무 말 없이 그녀의 이마를 쓰다듬곤 했다. 둘은 아다가 집에서 봤던 싸구려 영화의 연인들처럼 그냥 그렇게 앉아 있었다. 이런 이야기를 읽어도 봤고 돈을 벌기 위해 이런 장면을 연기하는 배우들을 본 적도 있다. 하지만 아다는 이게 현실에서도 가능한 일일 거라고는 생각조차 하지 못했었다.

몸집이 큰 외과의가 의대생인지 외과의인지 이들이 자격증을 따면 얻게 될 이름이 뭔지 알 수 없는 사람들에게 아다를 보이자마자 아다는 눈물을 터뜨렸다. 뭐지, 문제가 뭐지? 몸집이 큰 남자가 물었다. 사람들은 산후 우울증이라는 결론을 내렸다. 아다는 눈물을 그치지 않았다. 눈물을 그치면 횡설수설하며 진실을 말하고 싶어질 것 같았다. 여태껏 살아오면서 처음으로 자신이 자신인 게 싫어졌다고 말하고 싶어질 것 같았다. 왜 나는 한 사람의 개인으로서 사랑받을 수 없는가? 일을 하고 고분고분한 아이처럼 자기가 번 돈을 넘겨줘서가 아니라, 저 세련된 여자가 사랑받는 것처럼 있는 모습 그대로 사랑받을 수는 없는가? 왜 나는 아들을 17년이나 기다려야 했던 여자와는 달리 남편 복이 없는가? 세상 전체가 너무나도 불공평하고 부당해 보였다. 어떤 사람은 그들을 위해 이미 준비되어 있는 온갖 좋은 것들과 함께 창조되고, 어떤 사람은 한낱 실수처럼 창조된다. 신의 실수다.

그때 아다의 눈에는 세련된 여자가 남편에게 키스와 사랑을 받는 것, 17년을 기다려야 했던 여자가 아들을 안고 병동을 자랑스럽게 걸어 다니는 것밖엔 안 보였다. 아다는 자신이 입양아라는 사실을 아는 어린 소녀의 삶이 어땠을지 생각하지 못했다. 때때로 그 어린 소녀가 자기 친부모는 정말 한 번도 자신을 원한 적이 없었는지 궁금했을 수 있다는 걸, 심지어 때로는 양부모조차도 자신을 원하지 않는다고 느꼈을 수 있다는 걸 몰랐다. 아들을 낳은 여자에 관해서는, 아다는 그 17년 동안 그 여자가 느꼈을 고통과 아픔을 떠올리지 못했다.

아다는 몸집이 큰 외과의사와 그의 여섯 제자에게 더 이상 적의를 느끼지 않게 되었지만 눈물을 제어하지 못했다. 그들은 아다가 눈물을 멈출 때까지 기다리고 있었다. 제자 중 한 명인 인도 여자는 누가 억지로 똥을 먹이는 것 같은 표정을 하고 있었다. 못생겨 보였다. 그녀는 아다와 함께 울고 싶어 했다. 아다는 그 여자의 흰색 가운 아래에 있는 사리sari가 병동 바닥을 쓸고 다니는 걸 보고 그녀가 인도인인 것을 알았다. 길게 한 줄로 땋은 여자의 길고 검은 머리칼은 그녀의 등 뒤에서 달랑거리고 있었다. 꼭 아프리카 추장이 남들 앞에서 파리를 쫓을 때 쓰는 말 꼬리 같았다.

외과의는 동정하는 목소리로 아다에게 걱정할 것 없다고 말했다. 그리고 아다와 이야기를 나누러 다시 오겠다고 했다. 외과의가 옆에 서 있는 간호사에게 무슨 말을 속삭였다. 제자들은 모두 멋쩍어하며 아다에게 미소를 지었다. 외과의는 아다가 기특하다고, 매우 빠른 속도로 회복하고 있다고 말했다. 그들이 떠나갔다. 아무도 뒤돌아서서 아다를 바라보지 않았다. 그들은 재빨리 모습을 감추었다. 마치 혀가 뽑혀서 말을 못 하고 침묵하는 사람들 같았다.

병동으로 방문객이 밀려들어올 시간이 되었다. 아다의 자리는 문 옆이었다. 그래서 꽃과 선물을 한아름 안고 이제 들어가도 된다는 담당자의 말을 안절부절못하며 기다리는 친인척들을 지켜볼 수 있었다. 민첩한 간호사들이 옷매무새를 만져준 엄마들에게 초조하게 손을 흔드는 모습이 마치 어린애 같았다. 엄마들 대부분은 빗으로 머리를 빗고 코에 분을 발랐다. 모두 화려한 잠옷을 입고 행복하고 기대된다는 표정을 하고 있었다. 아다는 기뻤다. 본인도 그 장면의 일부여서가 아니라, 훌륭한 관찰자였기 때문이다. 아다의 테이블은 병동 전체에서 아무것도 놓여 있지 않은 유일한 테이블이었다. 아다에겐 꽃다발도, 카드도 없었다. 친구도 없었다. 프랜시스는 꽃이 필요하다고 생각하지 않았다. 아다는 프랜시스에게 왜 꽃을 사오지 않느냐고 묻지 않았다. 어쩌면 그는 다른 여자들 옆에 꽃이 있다는 걸 알아챘을지도 모른다. 아다는 이 문제로 그를 질책하지 않았다. 라고스에서는 아이를 낳은 엄마에게 꽃을 사주는 사람이 별로 없기 때문이다. 하지만 미래를 위해 한 번 지적해줘도 좋을 것이다. 어쩌면 당장 내일 꽃을 사들고 올 수도 있다고, 아다는 생각했다. 하지만 그렇다면 그건 기적이리라. 왜 남자는 바뀌고, 적응하고, 새로운 상황을 받아들이는 데 그토록 오랜 시간이 걸리는 걸까?

8번 침대에 있는 여자는 그리스인으로, 몸집이 크고 입담이 좋았다. 그녀는 아다에게 자기가 캠든 타운에 살며 어린 딸이 하나 있다고 말해주었다. 그 여자아이는 아다의 딸 티티와 나이가 같았다. 하지만 그 여자는 아주 화려했다. 옷 가장자리가 주름으로 아름답게 장식된 실내복을 열 벌이나 갖고 있었다. 자기는 재봉사라고, 그녀가 말했다. 그녀는 마크앤스펜서 기업에서 일을 했기 때문에 회사의 승인을 받아 흠이 있는 옷을 상당히 많이 가져

올 수 있었다. 그날 저녁, 그녀는 커다란 나일론 잠옷을 입고 있
었다. 새틴으로 된 리본이 그녀의 커다란 가슴 사이에 맵시 있게
묶여 있었다. 아래로 늘어뜨린 머리칼은 남은 자투리 새틴으로
묶었다. 자리에 앉아 있는 그녀는 파란색 꽃 같았다. 커다란 장식
용의, 아직 바깥에 서 있는 남편을 향해 미소를 지으며 손을 흔드
는 파란색 꽃.

　아다는 자기 잠옷이 걱정되기 시작했다. 친절한 간호사들이 깨
끗한 잠옷으로 갈아입혀주긴 했지만 그건 병원 잠옷이었다. 병
원 잠옷은 남자 셔츠 같았다. 소매와 깃에 아무 장식이 없는 빨간
색 줄무늬 잠옷이었다. 바탕은 분홍색이었지만 줄무늬가 마치 붉
은 정맥처럼 두드러졌다. 아다는 셔츠 같은 새빨간 피 색깔 잠옷
을 입는 것에 그리 개의치 않았다. 가장 신경이 쓰이는 것은 그녀
가 병동에서 그 옷을 입은 유일한 여자라는 점이었다. 다른 여자
들은 전부 자기 잠옷을 입었다. 아다는 이 문제에 관해 프랜시스
에게 말을 할 작정이었다. 그리고 마크앤스펜서에서 잠옷을 하
나 사다달라고 부탁하려 했다. 마크앤스펜서에서 산 그녀의 특별
한 잠옷은 그리스 여자의 것처럼 파란색일 것이다. 하지만 주름
장식이 너무 많은 건 싫다고 말할 것이다. 장식이 너무 많으면 지
나치게 많이 꾸민 크리스마스 트리처럼 보일 텐데, 아다는 그렇
게 되기 싫었다. 아다가 원하는 건 평범하고 단정한 파란색 나일
론 잠옷이나 테릴렌 잠옷이었다. 아니, 부드럽고 속이 비치고 파
란색이면 무엇이든 좋았다. 아다는 안이 비치는 잠옷에 대해 잠
시 생각해보고는 프랜시스는 그런 옷을 좋아하지 않을 것이라
는 결론을 내렸다. 프랜시스는 아다가 호기심에 찬 눈과 냉소 어
린 미소를 가진 의사들에게 스스로를 뽐내려 한다고 비난할 것이

다. 안 된다. 아다는 프랜시스에게 속이 비치는 잠옷을 사달라고 하지 않을 것이다. 그 대신 안에 패티코트가 누벼진 두 겹 잠옷을 사달라고 할 것이다. 그런 잠옷들은 정말로 아름답다. 패티코트는 보통 사랑스러운 레이스로 마감이 처리되어 있기 때문이다. 그렇다. 그것이 바로 아다가 프랜시스에게 사달라고 할 잠옷이었다. 아다는 그가 단 한 벌만 사 오더라도 괜찮았다. 하루 이틀 정도 지나면 다음날 잠옷이 멋지고 깨끗해 보이도록 화장실로 몰래 들어가 잠옷을 빨 수 있을 정도로 회복할 수 있으리라 확신했기 때문이었다. 하지만 프랜시스가 레이스 달린 파란 패티코트 잠옷의 가격을 보고 투덜거리지는 않을까? 옆 사람을 질투하고 남보다 뒤지지 않고 싶어 한다고 아다를 비난하지는 않을까? 그럼 아다는 무슨 대답을 해야 할까?

아다는 생각하고 또 생각했다. 왜 프랜시스는 한 번도 아다에게 선물을 주지 않았을까. 결국 아다는 그에게 무하마드 알리 같은 아들을 안겨주지 않았는가. 아다가 평생 제왕 절개 자국을 갖고 살아가더라도 결국 그 아들은 아다의 이름이 아닌 아버지의 이름을 부르짖을 것이 아닌가. 그녀가 아직까지도 겪고 있는 고통은 또 어떻고? 그렇다. 아다는 프랜시스에게 선물을 받을 자격이 있었다. 아다는 프랜시스가 아다의 돈으로 선물을 산대도 상관없었다. 그럴대도 아다는 잠옷을 입고 병원을 한 바퀴 돌면서 세련된 여자에게, "봐요, 내 남편이 두 겹으로 된 레이스 달린 패티코트 잠옷을 사왔어요. 딱 내가 꿈꾸던 거예요"라고 말할 것이다. 아다는 정말로 그렇게 할 작정이었다. 그녀는 배우고 있었다. 로마에서는 로마법을 따르라. 가워 거리의 유니버시티 칼리지 병원에서는 가워 거리의 유니버시티 칼리지 병원 법을 따르라. 됐다. 훌륭하다.

종이 울렸다. 방문객들이 더 많은 꽃, 더 많은 꾸러미, 더 많은 선물을 들고 활짝 웃으며 밀려들었다. 아다는 어느 때처럼 그저 지켜볼 준비를 하고 있었다. 프랜시스는 아이들 때문에 일찍 오는 일이 드물었기 때문이다. 아다는 아무렇지 않았다. 어차피 프랜시스는 사람들 앞에서 키스를 해주지 않았다. 아다에게 지금 어떤지 묻는 일도 거의 없었다. 그에게 아다는 언제나 자기 것이었고 그 어떤 질병이나 신도 그에게서 아다를 빼앗아갈 수 없었다. 어쨌든 결국엔 나아질 걸 아는데 지금 어떤지를 왜 굳이 물어보겠는가? 그래서 보통 둘은 할 얘기가 없었다. 아다는 티티와 비키만을 걱정하며 아이들의 안부를 물었다. 비키는 점점 자기 엄마를 책망하는 얼굴을 하기 시작했다. 아다는 나아지고 있다는 확실한 표시라고 스스로를 다독였다. 며칠 전만 해도 그녀는 자신에게 티티와 비키가 있다는 사실조차 인지하지 못했다. 하나도, 정말 아무것도 알지 못했다. 이런 상황이니 프랜시스는 일찍 오지 않을 것이었고 아다는 여자들의 응석을 받아주는 행복한 얼굴의 친인척 무리를 구경할 예정이었다.

간호사 한 명이 사람들 뒤를 쫓아 들어왔다. 그녀는 머뭇거리는 미소를 지으며 아다에게 다가왔다. 난처해하는 미소였다. 마치 고약한 업무를 떠맡은 사람처럼 행동하고 있었다. 하지만 그녀는 그 일을 해야만 한다. 간호사는 한 손에 하얀 모자를 들고 아다에게 다가왔다. 손에 든 모자가 곧 떨어질 것만 같았다. 여전히 머뭇거리는 미소를 짓고 있었다. 아다에게 말을 하고 있었지만 눈은 다른 방문객들을 향해 있었다.

간호사는 낮고 쉰 목소리로 말했다. "오비 부인, 남편 분에게 다음에 오실 때 부인 잠옷을 가져오라고 말씀하셔야 해요. 보셔서 아시겠지만 아기가 태어난 후에는 원래 병원 가운을 입으면 안 되거든요. 병원 가운은 분만실에서만 입으실 수 있어요. 부인이 모르시는 것 같아서요." 그녀는 다시 한 번 웃고 사라졌다.

아다는 그녀가 가장 어린 간호사라는 걸 알았다. 왜 가장 난처한 업무는 항상 가장 어린 사람에게 주어지는 걸까? 훈련의 일환인가? 병동 간호사가 병동에서는 병원 가운을 입는 것이 허용되지 않는다고 더 능숙하게 말할 수 있지 않았을까? 신경 쓸 것 없다. 결국 다 똑같은 얘기다. 프랜시스는 아다의 잠옷을 사야만 한다. 하지만 어린 간호사에게 그런 식으로 얘기를 듣자 잠옷의 매력은 사라져버리고 말았다. 이제 그건 반드시 해야 하는 일, 의무, 반드시 따라야만 하는 질서였다. 더 이상 선물이 아니다.

이 일은 아다의 쓰라린 배에 커다란 구멍을 남겼다.

이제 아다는 사람들이 자기에 대해 수군거리고 있다고 확신했다. 꽃도 없고 카드도 없고 마치 다 싫다는 듯이 마감 시간 5분 전에 오는 남편 빼고는 찾아오는 사람도 없는 저 검둥이 여자 좀 봐. 저 여자 좀 보라니까. 자기 잠옷도 없어. 여자 교도소에서 왔나? 감옥에서 온 환자만 병동에서 병원 가운을 입는다던데. 아다는 자기 손녀딸 침대 옆에서 이야기를 나누면서 격한 몸짓을 하고 있는 저 할머니가 저 여자는 자기 잠옷도 없다고 얘기하는 중이라고 확신했다. 검은색 코트를 입고 등받이가 꼿꼿한 병원 의자에 불편하게 앉아 있는 저 작고 다부진 그리스 남자가 자기 이야기를 하는 중이라고 확신했다. 그녀 주변에서 웅성대는 모든 대화는 그녀에 관한 것이었다. 웅성거림은 끝없이 이어졌고 절대 끝나지 않았다. 아다는 심지어 자기 이름이 입에 오르는 소리까지

들을 수 있었다. 특히 그리스 남자의 입에서. 아다는 더 이상 듣고 싶지 않았다. 더 이상 생각하고 싶지 않았다. 더 이상 보고 싶지 않았다. 그녀는 눈을 감고 침대 시트 아래로 쑥 들어가 몸을 덮었다. 이제 세상은 그녀를 보지 못할 것이다. 세상은 그녀가 병원 가운을 입었는지 자기 잠옷을 입었는지 알지 못할 것이다. 아다는 마치 시체처럼 전신을 시트로 가렸다.

만약 남편의 잘생긴 두 아들 이야기를 듣고 있던 세련된 여자가 아다가 괴상한 행동을 하고 있는 걸 알았다 하더라도, 자신을 찾아온 방문객을 당황스럽게 할 만큼 중요한 문제라고는 생각지 않았을 것이다. 병동을 방문한 친인척 한두 명이 침대 시트 아래로 쑥 들어가버린 아다의 행동을 이상하게 여겼다 하더라도 어깨를 으쓱 하고는 혼자서 이렇게 생각했을 것이다. 흑인들은 이해할 수가 없다니까. 저치들은 가끔 정신이 자기 엉덩이에 들어 있는 것처럼 굴 때가 있거든.

아다는 사람들이 지금 뭐하고 있느냐고 묻지 않아줘서 고마웠다. 아다는 혼자 있고 싶었다. 그리고 그 당시 혼자 있을 수 있는 유일한 방법은 시트 아래로 들어가는 것뿐이었다.

아다는 프랜시스에게 자고 있는 게 아니라고 말했다. 프랜시스가 도착하자마자 왜 거기서 시트를 머리끝까지 뒤집어쓰고 있냐고 물어봤기 때문이다. 그러더니 그는 웃으며 좋은 소식이 있다고 했다. 그는 이미 아다에게 당신은 특별한 아내라고 말하고 또 말하지 않았던가? 그래서 캐묻기 좋아하는 이웃과 친구들에게서 아다를 숨기려고 한 게 아니었나? 아다가 얼마나 일을 잘하는지 그들이 안다면 질투를 키울까 봐? 아다를 아내로 둔 그는 정말 행운아였다.

아다는 좋은 소식이 무엇이기에 프랜시스가 그렇게 만족한 얼굴을 하고 있는지 궁금했다. 좋은 일자리라도 얻었나? 아니다. 프랜시스는 누가 재촉하지 않는 한 제 발로 나가서 일자리를 찾을 사람이 아니었다. 그는 세상이 자기에게 너무 큰 빚을 지고 있어서 자기는 아무것도 되돌려줄 필요가 없다고 믿는 그런 사람이었다. 그 어떤 것도, 심지어 지진조차도 그의 확고한 생각을 바꿀 순 없었다. 지금 같은 감정 상태에서 아다를 행복하게 할 수 있는 좋은 소식은 그것뿐이었다. 이 병원에서 아이를 낳는 경험은 아다의 눈을 크게 뜨이게 했다. 영국 남자들은 아내의 잠옷을 집에 가져가서 빨아줬다. 아다는 프랜시스에게 말해보기로 결정했다. 그에게 잠옷을 사달라고, 하나가 아니라 두 개, 아니 세 개까지도 사달라고 할 것이었다. 그리고 잠옷이 더러워지면 집에 가져가서 빨아달라고 할 작정이었다. 결국 잠옷이 더러워지는 건 아다가 그를 위해 아들을 낳느라 괴로워하고 있기 때문이 아닌가. 마치 기장처럼 그의 이름을 달고 다닐 그 아들 말이다. 하지만 우선 좋은 소식부터. 말다툼은 그 후에 하도록 하자.

"그래서 그 좋은 소식이 뭐야?" 아다는 배의 꿰맨 부분이 허락하는 한 최대한 웃으며 물었다. "말해봐, 듣고 싶어 죽겠어."

프랜시스가 요구했다. "이것부터 먼저 읽어 봐." 그리고 아다가 일하고 있는 도서관의 상사에게서 온 편지를 건넸다. 아다의 여자 상사는 병원에서 최대한 편히 지내면서 쉬라고 조언했다. 그녀에게 신의 축복이 있기를. 아다는 집중해서 편지를 읽으려 했지만 프랜시스는 조급해하며 마지막 문단이 가장 중요하니 어서 거기부터 읽어보라고 재촉했다. 아다는 프랜시스를 위해 편지의 중간 부분을 대부분 건너뛰고 마지막 문단을 읽었다. 그랬다.

어떤 면에서는 좋은 소식이었다. 핀칠리 지역 측에서 아다가 사용하지 않은 휴가만큼의 금액을 일시불로 지급하기로 결정했다는 거였다. 아다의 상사는 아다가 분만 후에 휴가를 가거나 옷을 사 입는 데 이 돈을 썼으면 좋겠다고 했다. 그리고 도서관 직원들이 돈을 조금씩 모아서 빨간색 모직 가디건을 샀다는 말로 편지를 마무리했다. 아다가 출근할 때 주로 입었던 새 그림이 있는 라파와 잘 어울릴 것이라면서.

"정말 친절한 사람들이야. 회복이 끝나면 다시 날 도서관에 받아주면 좋겠어. 언젠가 개인적으로라도 가서 꼭 감사하다고 말해야지." 아다는 신께서 자그마한 행운을 주셨구나 하고 생각하며 웃었다. 이제 그녀는 프랜시스에게 간호사가 잠옷을 가져오라고 했다고 말할 수 있었다. 이제는 두 겹으로 된 잠옷을 살 수 있다. 두 개나 세 개는 살 것이다… 하지만 프랜시스는 중요한 이야기가 있다며 말을 잇고 있었다. 아다는 다시 프랜시스의 말로 정신을 돌렸다.

"…이비암 씨가 원가 회계사 협회의 회계사 시험 통과에 도움이 되었다고 했던 강좌 있잖아? 이제 그 강좌비를 낼 수 있게 된 거야. 40파운드도 안 해. 그 강좌가 성공을 앞당겨줄 거라고. 가능한 한 빨리 전 강좌를 들을 수 있게 월요일에 신청하려고."

이런 남자에게는 뭐라고 말해야 할까? 당신 멍청이라고? 이기적이라고? 무뢰한이라고? 아니면 살인자라고? 아다의 머릿속에 떠오르는 그 어떤 말도 아다의 기분을 제대로 전달하지 못했다. 아다는 그저 한숨을 쉬고 아이들의 안부를 물었다. 프랜시스는 아이들 이야기를 아예 까먹은 것 같았다. 아다의 질문에 프랜시스는 애들이 모두 잘 있고 엄마를 별로 그리워하지 않는다고 답했다.

"아 그래? 내가 며칠 전에 죽었으면 누가 걔네를 돌봤을까? 당신은 아직도 자기가 미래에 뭐가 될지, 하나님의 나라에서 뭐가 될지만 생각하면서 꿈속에 살잖아. 애들한텐 지금 당신이 필요하다는 것도 잊어버렸지. 당신이 은크루마가 되든 또 다른 지크가 되든 난 상관없어. 내가 지금 원하는 건 남편이자 내 아이들의 아빠라고!" 아다가 울부짖었다.

프랜시스는 얼른 주변을 둘러보았다. 다른 환자와 방문객들에게는 아다의 말이 들리지 않는 게 확실했다. 하지만 아다는 이보 언어로 말하고 있었고, 그건 허공에 손짓을 하고 있다는 걸 의미했다. 아다의 손짓은 마치 미쳐버린 풍차의 날개처럼 격렬했다. 아다는 목소리를 낮추었지만 끊임없이 말하고 또 말했으며 입을 다물지 않았다.

"당신이 죽었을 때 누가 아이를 돌봐줄지가 걱정이라면, 이건 확실해. 우리 엄마가 우리를 전부 돌봐줄 거고 나는…"

"당장 여기서 나가거나 그 입 다물지 않으면 이 우유병을 던져버릴 거야. 난 당신을 증오해, 프랜시스. 그리고 언젠가는 꼭 당신을 떠날 거야. 나는 자기 이름도 쓰지 못하는 여자 손에 길러지라고 우리 애들을 세상에 내놓은 게 아냐. 네 엄마는 글도 못 써서 결혼 증명서에 엄지손가락을 찍은 여자라고. 당신이 진짜 알고 싶다면 말해줄게. 나는 당신 가족의 수중에서 애들을 구해내려고 여기로 데려온 거야. 오, 주님이시여. 애들은 다른 사람이 될 거야. 절대로 당신 같은 사람이 되지 않을 거라고. 내 아들들은 자기 아내를 사람 말을 배운 염소 취급하지 않고 사람이자 한 명의 개인으로 대접하는 법을 배우게 될 거야. 우리 딸들은… 오,

신이시여. 누구도 애들한테 그 빌어먹을 신부 값을 내지 않을 거야. 우리 애들은 자기 남자를 사랑하고 존중하기 때문에 결혼하게 될 거야. 가장 돈을 많이 주는 사람을 찾거나 자기 집을 찾기 위해서가 아니라…"

집 얘기가 나오자 아다는 울기 시작했다. 집만 있었다면 아다는 그렇게 일찍 결혼하지 않았을 것이다. 아버지가 돌아가시지 않았더라면. 스스로 삶을 꾸리며 공부를 해서 학위를 받고 싶어하는 소녀가 반드시 창녀는 아니라는 걸 알 정도로 라고스 사람들이 깨어 있었다면, 만약에… 생각이 꼬리에 꼬리를 물었다. 지금 아다는 외국에 있었고, 자기 아이들을 빼면 친구도 한 명 없었다….

그래, 나에게는 아이들이 있다. 아직은 어린 아기지만, 아기는 커서 사람이, 남자와 여자가 된다. 나는 내 사랑을 아이들에게로 돌릴 수 있다. 이 사람을 떠나자. 아니야, 편리한 점이 있는 한 이 사람과 살자. 그 이상은 아니다. 아다는 눈물을 그쳤다. 눈물은 부드러움과 연약함을 나타냈다. 이미 울기엔 늦었다. 이제 어머니와 아버지는 안 계신다. 남동생 보이는 몇 마일이나 떨어져 있는 데다가 그 어떤 도움도 되지 않는다. 내 힘으로 움직여야만 한다. 아다는 집을 찾고 있었다. 몇 년 전 아버지가 돌아가신 후로 그녀는 한 번도 집을 가진 적이 없었다. 잘못된 곳에서, 잘못된 사람들 사이에서 집을 찾았던 것이다. 그렇다고 온 세상이 잘못되었다거나 다른 집에서 다시 시작할 수 없다는 뜻은 아니었다. 이제 아다에게는 집에 함께 머물 아이들이 있기 때문이었다. 아다는 아이들을 낳을 수 있는 도구로서 프랜시스를 자신에게 주신 것을 하나님께 감사하며 그를 향해 미소 지었다. 그를 해치지는 않을 것이다. 아이들의 아빠이기 때문이다. 하지만 그는 함께 살기엔 위험한 사람이었다. 다른 남자들과 마찬가지로 그는 희생자를 필요로 했다. 아다는 자발적 희생자가 될 마음이 없었다.

아다는 다시 웃었다. 그리고 프랜시스에게 병원 측에서 잠옷을 사오라 했다고 말했다. 파란색 잠옷이 갖고 싶다고 말했지만, 프랜시스의 표정과 방금 전의 분노로 인해 기력이 전부 사라진 상태였다. 잠옷이 하나보다 더 많이 필요하다고 말할 용기도 없었다. 아직 피를 많이 흘리고 있었기 때문에 예쁘고 화려한 잠옷을 갖고 싶다고 말할 수도 없었다. 불현듯 아다는 자기가 꿈에 그리던 남편이 아닌 적을 대하고 있다는 걸 깨달았다. 조심하지 않으면 자신이 다치게 될 것이었다. 아다는 더 이상 꽃이니 카드니 하는 것에 신경 쓰지 않았고, 빨리 나아서 얼른 아이들에게 돌아갈 수 있기만을 바랐다.

"보아하니 아직 이 돈은 안 도착한 것 같은데, 잠옷은 어떻게 살 거야?"

대답은 필요치 않았다. 아다의 이번 달 급료가 막 도착했을 거라고 편지가 말하고 있었기 때문이다. 프랜시스가 잠옷을 필요 없는 사치품이라고 생각하지 않는다면 잠옷을 여러 벌 살 여유가 있었다. 하지만 아다는 아무 말도 하지 않았다. 그리고 다른 환자들에게로 몸을 돌렸다. 그러다 구경하는 것도 지루해지자 눈을 감고 잠에 빠져들었다.

이틀 후 잠옷이 도착했다. 파란색이었다. 잠옷의 형태나 마감이 아다가 병원에서 원래 입고 있던 것과 똑같았다. 길이가 긴 면 셔츠로, 나이가 매우 많은 사람들을 위해 특별히 만든 것 같은 옷이었다. 아다는 무심했다. 적어도 이제는 더 이상 병원 셔츠를 입으며 꺼림칙해하지 않을 수 있었다.

아다는 계획대로 새 잠옷을 입고 병동을 돌아다니지 않았다. 자랑스럽지가 않았기 때문이다. 잠옷은 아름답지도 않았고, 오직 한 벌뿐이었다. 아다는 퇴원하기 전까지 지켜야 하는 또 다른 규칙을 배웠다. 혼자 지내야 했다. 내용이 뭐든 간에 수다나 대화에 참여하게 되면 자신에 대해서, 자기 아이들에 대해서, 자기 남편에 대해서 이야기하고 싶어질 수도 있었다. 아다는 더 이상 그러고 싶지 않았다. 이야기할 건 아무것도 없었다.

얼마 지나지 않아 병동에 있는 여자들이 집으로 돌아가기 시작했다. 모두가 크리스마스 전에 집에 돌아가고 싶어 초조해했다. 세련된 여자는 사람들이 모르는 사이에 스르르 사라진 첫 번째 사람이었다. 다른 병동으로 옮겨야 한다고, 그녀는 아다에게 말했다. 그리고 영국에 머무는 동안 행운을 빈다며, 당신을 알게 되어 좋았고 곧 회복하기를 바란다고 말해주었다. 아다는 너무나 감동한 나머지 나이지리아에서처럼 행동하고 싶어졌다. 세련된 여자에게 주소를 물어보고 싶었던 것이다. 하지만 여자의 정중함에 깃들어 있는 무언가가 아다를 막았다. 높은 지성을 연상시키는 류의 정중함이었다. 그 여자는 병동에서 아다와 이야기를 나눌 수 있었고 농담을 할 수도 있었고 자기 삶에 대해 이야기할 수도 있었지만, 그건 그들이 지구상에서 다시는 만나지 않을 거라는 사실을 알았기에 가능한 것이었다. 그래서 아다는 그저 고맙다고 말하며 행운을 빌어주었다. 세련된 여자는 아무 소리도 내지 않고 병동을 조용히 빠져나갔다. 그녀를 본 사람들이 그녀가 단지 샤워를 하러 간다고 생각하게끔. 하지만 그 여자는 떠났다. 그리고 며칠 뒤 죽었다. 병동에 남아 있는 엄마들에게 더 자세한

이야기를 해주는 사람은 아무도 없었다. 이들이 아는 것은 그녀
가 죽었다는 사실뿐이었다. 간호사들은 그 이상 말을 하지 않았
다.

　아다는 집에 가고 싶었다.

　집에 갈 준비를 하는 것은 또 하나의 시련이었다. 사람들은 자
기 옷을 차려입고 아기에게 새 옷을 입힌 다음 새 숄로 아기를 감
쌌다. 그러면 처음으로 자기 옷을 입은 아기는 품에 안겨 사람들
에게 인사를 다니고, 모두들 아기를 얼러주며 아기가 정말 똑똑
해 보인다고 좋은 말들을 해주었다. 엄마의 몸매가 날씬하다며
축하를 건네기도 했다. 이 축하가 언제나 진심인 것은 아니었는
데, 막 아기를 낳은 엄마들은 모두 배가 앞으로 툭 튀어나온 채
집으로 돌아갔고, 이 배는 오직 시간이 흘러야만 사라지는 것이
었기 때문이다. 하지만 그날만은, 엄마들이 병원을 떠나는 그날
에는 모두가 몸에 딱 붙는 치마나 정장 안에 자기 몸을 간신히 구
겨 넣었다. 변한 것은 아무것도 없다고, 몸매는 망가지지 않았다
고, 자신은 애를 배기 전처럼 여전히 늘씬하고 멋지다고, 아기를
낳는다고 젊음이 사라지는 건 아니라고, 지난 몇 달 동안 쭉 입어
왔던 텐트 같은 옷이 아니라 거리를 걷고 있는 다른 젊은 여자들
처럼 평상복을 입을 수 있다고 스스로에게 증명하려 애쓰는 이
여자들을 누군가는 동정하며 바라봤을 수도 있다.

　아다의 아프리카식 복장은 몸매 문제를 해결해주었다. 이보의
라파는 길게 길게 늘어진 옷이라서 아다는 그 안으로 배를 밀어
넣을 필요가 없었다. 라파는 그녀의 몸을 전부 가려줄 것이다. 아
다는 프랜시스에게 "나이지리아 독립, 1960"이라고 크게 쓰여 있
는 것을 가져다달라고 부탁했다. 자신이 나이지리아 출신이라는

것과 나이지리아는 독립한 공화국이라는 것을 사람들에게 보여줄 생각이었다. 다른 여자들이 그걸 몰라서가 아니었다. 아다는 자신이 나이지리아 출신이며 나이지리아는 독립국가라는 걸 사람들이 항상 기억해주기를 바랐다.

문제는 아기 옷이었다. 비키를 낳았을 때는 미국인들이 너무나도 친절하게 대해주면서 아기에게 필요한 옷 전부를 워싱턴에서 주문해주었다. 숄과 아기 담요들은 다 몹시도 부드럽고 아름다웠다. 하지만 지금은 그것들을 전부 두 번씩 사용한 터였다. 담요와 아기 옷은 괜찮았다. 아다가 신경 쓰고 염려한 것은 숄이었다. 숄은 누리끼리한 색이 되어버렸다. 사실 새것일 때도 새하얀 색은 아니었다. 하지만 아기처럼 부드럽고 아름다운, 크림 같은 하얀색이었다. 그 숄로 비키를 안으며 수백 번을 세탁한 지금, 그 크림색은 부드러움을 잃었다. 이제 숄은 찌든 때와 빨지 않은 빨래, 가난을 떠올리지 않기가 어려운 그런 크림색이 되었다. 막 태어난 모든 아이들은 분명 새 옷을 입을 자격이 있다. 아다는 자신의 걱정을 남편에게 털어놓을 수 없었다. 어떤 대답이 돌아올지 알고 있었기 때문이다. 프랜시스는 숄은 숄이고 다 거기서 거기라고 말할 것이다. 그 크림색 숄 때문에 겪는 고통이란! 다른 여자들이 자고 있는 사이에 아기와 함께 그냥 병동에서 사라져버릴 순 없을까? 아기가 얼마나 초라한 옷을 입었는지 사람들이 모르도록 말이다. 자기는 아이가 그런 식으로 전시되는 게 싫으니 아기를 안고 돌아다니지 말라고 간호사에게 말해야 하나? 어떻게 하면 좋지? 아다는 잠옷 사건으로 입을 닫았고 건너편에 있는 그리스 여자에게도 말을 잘 하지 않게 되었다. 하지만 문제는 그녀가 갑자기 조용해진 이유를 사람들이 알고 있을 것 같다는 점이었다. 아다가 무관심한 척할 수 있을 정도로 자신만만했다면 병동에 있는 그녀의 친구들뿐만 아니라 그녀 스스로에게도 삶은 훨씬 단순했을 것이다. 하지만 그런 종류의 태도, 교양 있는 빈자의 태도는 시간이 훨씬 지난 다음에야 얻어질 수 있었다. 12월의 어느 날, 스무 살이었던 아다에게 새 숄은 세상의 끝이었다. 아다는 새 숄이 없었기에 죽음으로 이 모든 상황에서 벗어난 세련된 여자를 부러워하기 시작했다. 내가 죽어버렸으면. 아기방에 있는 다른 아기들은 대부분 대머리인데 우리 아기가 굵고 곱슬거리는 머리카락을 가졌다는 이유로 간호사들이 아이를 멋지다고 생각하지 않았더라면 좋았을 텐데. 그냥 아다가 아이를 받아들고 사라지게 사람들이 놔준다면 좋을 텐데.

프랜시스가 라파를 들고 왔다. 아다는 허둥지둥 라파로 몸을 감싸고는 다시 병동으로 들어가지 않겠다고 했다. 아다는 병원 복도에 꼿꼿이 서서 간호사가 부부를 안고 사람들에게 보여주는 모습을 지켜보았다. 그리고 간호사가 그토록 시간을 길게 끄는 건 부부의 숄이 낡았기 때문이라고 확신했다. 병동에 있는 여자들이 전부 자신을 비웃으면서 "가난한 검둥이!"라고 말하고 있다고 확신했다. 아다는 복도에 서서 불안해하며 손톱을 깨물다 못해 거의 자기 살까지 씹었다. 내 아기를 돌려줘. 아다의 심장이 괴로워하며 울부짖었다. 하지만 간호사는 병동에 있는 여자들과 의사들, 우연히 근처에 있는 모든 사람들에게 이 아기는 엄마를 고생시키며 기적적으로 태어난 특별한 아기라는 걸 알려주고 있었다. 그 모든 고생과 희생이 가치 있을 만한 아기가 아닌가? 그 이야기를 들으며 간호사를 따라다닌 사람은 프랜시스였다. 물론 그는 달콤한 말만 들었을 뿐 아기의 숄이 낡았다는 사실, 색이 누리끼리하고 부드럽지 않다는 사실은 보지 못했다. 남자들은 그렇게도 앞을 볼 줄 모른다.

비키와 티티가 있는 집으로 향하는 택시 안에서 아다는 생각에 빠졌다. 간호사가 진심이었을 수도 있나? 병동에 있는 여자들이 진심으로 아기를 보며 감탄했거나, 아니면 그저 갓 태어난 아프리카인 아기가 어떻게 생겼는지 보고 싶었던 것일 수도 있나? 한두 명 정도는 진짜로, 진심으로 부부를 보고 감탄해준 것이라면, 아다도 병동을 한 바퀴 돌며 상냥하게 작별 인사를 건네야 하는 게 아니었을까?

아다는 죄책감을 느끼기 시작했다. 아다는 항상 자기만 생각했지, 최선을 다해 친절하게 대해준 여자들에 대해서는 전혀 생각하지 않았다. 아다에게 무슨 일이 일어난 걸까? 학교에 다닐 때 아다는 진정으로 행복한 적은 한 번도 없었지만 이렇게 다른 사람들을 의심하진 않았다. 답을 찾으려 노력했지만 아다가 찾은 유일한 실마리는 시부모, 프랜시스와의 관계뿐이었다. 아다는 자신이 사랑받지 못한다는 것, 자신이 그의 가족은 제공해주지 못하는 교육을 그에게 제공해줄 수 있기에 이용당하고 있다는 걸 알았다. 그렇다면 왜 그들을 비난해야 하는가? 아다는 처음부터 프랜시스를 사랑했나? 아다도 나중에야 그를 사랑하며 돌보기 시작했다. 하지만 그 사랑은 오래가지 못했다. 프랜시스가 사랑을 유지하기 위해 한 일이 하나도 없기 때문이었다. 아다는 자신이 사랑하기 시작한 바로 그 남자에게 배신당한 것 같은 기분이 들었다. 이게 사랑의 의미일까? 이 고통이? 아다는 이러한 걱정거리를 누구에게라도 말하고 싶었다. 아버지가 살아계셨다면 좋았을 것이다. 아버지는 이해해주었을 것이다. 말을 털어놓을 사람이 아무도 없었기에, 아다는 무심함이라는 가면을 썼다. 프랜시스는 자기가 좋아하는 일을 하면 된다. 아다는 그에게 무엇을 하라고 말하지 않을 것이다. 그의 행동이 아이들에게 영향을 미치기 시작할 경우에만 항의할 것이다. 아다가 병동에 있는 여자들을 의심하게 된 건 프랜시스와 그의 가족들이 아다를 배신했기 때문일까?

아다는 상냥하게 작별 인사를 했더라면 좋았을 거라고 생각했다. 하지만 너무 늦었다. 내일 다시 병원에 간다 해도 한두 명은 떠나고 없을 것이다. 같이 지냈던 바로 그 사람들, 함께 아기를 낳았던 그 병동을 다시 만날 수는 없다. 그 상황은 절대로 다시 되풀이되지 않는다. 아다는 상냥하게 작별 인사를 할 기회를 잃어버렸다. 그녀가 배운 유일한 좋은 점이라면 앞으로 다시는 그런 상황이 발생하도록 놔두지 않으리라는 것이었다. 아다는 사람들에게, 그들의 미소와 친절한 끄덕거림에 감사해하는 법을 배웠다.

위안이 되는 이 결론, 아다가 13일 동안 다른 여자들과 함께 지내며 배운 새 행동 수칙은 그 뒤로도 오래도록 아다와 함께할 것이었다. 이제 아다는 자신이 사랑하고 지켜주어야 할 아이들과의 만남을 고대하고 있었다. 아이들에게는 절대 무심한 태도를 보이지 않을 것이다. 나의 아이들이다. 그 사실이 큰 차이를 만들었다.

택시가 윌리스 가 앞에 멈췄다. 아다는 아이들을 품에 안았다. 모두들 살아서 잘 지내고 있었다. 엄마를 잊어버리지 않았다.

린다 쇼어

나의 죽음

〈나의 죽음My Death〉
《식욕Appetites》 중에서

린다 쇼어는 단편소설집 《식욕Appetites》과 《진정한 사랑과 진짜 로맨스True Love & Real Romance》를 출간했다. 이 단편들은 《레드북Redbook》, 《미즈Ms.》, 《마드모아젤 Mademoiselle》, 《플레이보이Playboy》, 《지큐GQ》, 《픽션Fiction》, 《빌리지보이스the Village Voice》 등 여러 정기간행물 및 문집에 실렸다. 볼티모어 시의 소설 장려 기금과 메릴 랜드 주 예술위원회의 소설 장려 기금을 받았으며, 잡지 《8시 15분Quarter After Eight》 에서 수여하는 산문상 등 여러 상을 받았다. 현재 뉴욕에 거주 중이며 뉴스쿨 대학 에서 소설 창작을 가르치고 있다. 누구도 생각하고 싶어 하지 않는 것들에 대해 글 쓰기를 좋아한다.

복도는 시원했다. 나는 유모차를 지저분한 난간에 묶어두었다. 그리고 계단을 두 번 왔다 갔다 하며 유모차에 들어 있는 것들을 옮기는 게 쉬울지 잠시 고민하다 한 번에 다 옮겨보기로 결정했다. 내 짐들을 도둑맞는 게 나은지 아기가 유괴되는 게 나은지 사이에서 선택하고 싶지 않았기에 한 번에 다 내리기로 한 것이다. 아기를 안아 들고 몸을 수그려 아기의 담요와 젖병, 장난감을 꺼낸 다음, 아들을 안고 있는 한쪽 팔 위에 올렸다. 그리고 다른 쪽 손으로 식료품이 가득 든 봉지 위쪽을 집어 들어(봉지가 찢어지지 않도록 살살 균형을 잡았다) 품에 잘 안았다. 시원하고 퀴퀴한 바람이 땀을 말려주어 기분이 좋았다. 한 층만 더, 나는 생각했다. 그때 두 번째 층에서 뭔가가 일어났다. 식은땀이 터져 나왔고 내 머리와 사지에서 피가 빠져 나가는 게 느껴졌다. 믿기 힘들 정도의 부정맥으로 심장이 거칠게 뛰었다. 그때 거대한 폭발이 느껴졌

다. 소리가 어찌나 컸던지 귀에 들릴 정도였다. 캄캄한 어둠으로
둘러싸인 빛 같은 것이 가장자리가 반짝거리는 작디작은 불똥을
남기며 내 눈 위로 떨어졌다. 그리고 처음 느껴보는 격렬한 메스
꺼움이 온몸을 휘감았다. 팔다리에까지 느껴지는 극심한 메스꺼
움이었다.

이거다, 라고 생각했다. 언제나 두려워했던 것. 죽음. 나는 항상
내가 뇌졸중이라고 불리는 한 번의 발작으로 죽게 될 거라고 생
각했다. 어쩌면 심장마비나 당뇨로 인한 쇼크일 수도 있었지만
커다란 혈관이 일종의 폭발로 뇌 안에서 터져버렸을 가능성이 가
장 높았다. 피가 원래 흐르던 길에서 벗어나 사방으로 넘쳐흐르
면서 눈 위로 솟구쳐 흐르는 것. 우리 할머니도 그렇게 돌아가셨
다. 나는 뇌졸중이 이런 느낌이리라는 걸 언제나 알고 있었다. 실
제로도 익숙한 느낌이었다.

내 심장을 더 이상 느낄 수 없었을 때 나는 내가 죽었다는 걸 알
았다. 하지만 여기에 아기를 두고 가고 싶지는 않았기에 저 계단
만은 올라가야겠다고 생각했다. 온 복도에 내팽개쳐진 식료품들,
터진 케첩, 깨진 유리컵, 계단 밑 정문까지 굴러떨어진 오렌지들,
입주민 위원회에서 뭐라고 할까 같은 것들을 생각하니 낭패감이
들었다. 나는 있는 힘을 다해 이 모든 걸 위층으로 옮겼다. 그리
고 무릎을 들어 식료품 꾸러미를 무릎 위에 잠시 올려둔 채로 문
을 열었다. 아기를 눕힌 다음 나도 몸을 눕힌 채 죽을 생각이었
다. 하지만 아기를 내려놓고 아기가 소파 위에서 발을 구르고 있
는 모습을 보자 갑자기 회한이 밀려왔다. 나는 내가 아기를 그곳

에 두고 떠나지 못하리라는 걸 알았다. 내가 죽으면 아기는 즉시 소파에서 굴러떨어질 것이고, 울음소리를 들어주는 이 없이 몇 시간이고 애처롭게 울 것이기 때문이다. 이 어린애를 어떻게 해야 할지 생각해보려 애쓰던 그때 아이가 울기 시작했고, 젖을 먹여야 할 시간이라는 걸 깨달았다. 아이가 배부르고 편안한 편이 더 나을 것이다. 나는 식료품 봉지를 내려놓고 셔츠를 올려 아기를 안았다. 내 차가운 살에 닿은 아이가 뜨거웠다. 분명 지금쯤 내 몸은 평균 체온보다 훨씬 차가울 것이었다. 죽은 여자의 가슴에서도 젖이 나오는지 궁금해졌다. 아기는 내 상태를 눈치 채지 못하고 게걸스럽게 젖을 빨았다. 어떤 신체 작용은 관성으로 얼마 동안 유지되는 게 틀림없다. 나는 착실하게 아기를 트림까지 시켰다. 그때 아기가 싼 똥이 기저귀 가장자리로 흘러 내게 떨어졌다. 나는 아기를 그 상태로 놔두지 않기로 했다. 나 또한 무릎 위에 똥이 묻은 채 죽어 있는 내 모습을 누군가가 발견하는 건 싫었다. 그렇게 무엇을 입어야 하는지 고민하게 되었다. 거울을 보니 몰골이 정말 심각했다. 하지만 돌아가신 할아버지를 본 이후로 내가 죽으면 이렇게 보일 것이라고 상상했던 그대로였다. 그때 할아버지는 지금 나보다 화장을 좀 더 하셨지만 말이다. 내 얼굴은 할아버지보다 더 하얗다. 할아버지의 얼굴은 심장마비 때문에 더 푸르스름하고 검었다. 아마 나는 뇌에 있는 소동맥 중 하나가 터진 것 같았다. 최근 경험했던 이런저런 노화 현상은 집안일을 너무 많이 해서라고 생각했었는데. 나는 하얗고 딱딱해 보였다. 사람이라기보다는 마치 대리석으로 만든 물건 같았다. 생기 없는 내 얼굴은 정말 못생겼다. 나는 그리 예쁜 편이 아니라서 내가 이용할 수 있는 유일한 무기는 일종의 생기, 풍부한 표정에서 나오는 섹스어필이었다. 그게 사라진 내 얼굴은 텅 빈 채로 순전한 형체의 추함만이 남아 무서울 지경이었다.

깔개 위에 누워 있는 아기가 팔다리를 미친 듯이 버둥거린다. 하지만 다행스럽게도 아기는 팔다리가 만들어내는 원 밖으로 단 1인치도 나가지 못한다. 그 모습을 불안해하며 바라보던 그때, 학교에 있는 두 아이를 데리러 가야 할 시간이라는 걸 깨닫는다. 여기서 그냥 이렇게 죽을 수도 없구나. 그런 생각을 하니 눈에 눈물이(눈물은 어디서 샘솟는 걸까?) 가득 찬다. 어쩌면 다른 사람한테 애들 좀 챙겨달라고 부탁할 수 있을 것이다. 데이브에게 전화해볼까도 생각했지만, 과연 자기 아내가 죽었다는 이유만으로 가게 문을 일찍 닫으려 할까? 내가 아기를 낳았을 때 자기 혼자 애 둘을 볼 수도 없고 가게 문을 하루도 닫기 싫다면서 병원에서 이틀 일찍 퇴원하게 했던 사람 아닌가? 내가 사랑니를 뽑고 출혈이 심해서 죽을 것 같았을 때, 자동 응답 메시지를 남겼는데도 치과의사에게 연락이 오지 않았던 그때, 치과 치료를 해주는 응급실을 찾아야 하니 집에 와서 애들 셋을 좀 봐달라고 했더니 그는 아직 손님이 한 명 있어서 가게를 떠날 수 없다고 했었다. 그런 그가 한낱 죽음 때문에 대낮에 가게 문을 닫겠는가? 나는 루스 로스에게 전화하기로 했다. 어쩌면 루스는 애들을 자기 집으로 데려가줄지 모른다. 그러면 나는 애들 걱정을 안 해도 되고 가게 문을 닫은 데이브가 그 집으로 애들을 데리러 갈 수 있을 것이다.

"여보세요, 루스?"

"응."

"있잖아, 루스. 나 죽었어. 나 대신 학교에서 우리 애들 좀 챙겨서 데이브가 데리러올 때까지만 맡아줄 수 있어?"

"나도 죽을 지경이야. 나도 자기한테 전화해서 로잘리 좀 챙겨줄 수 있냐고 물어보려던 참이었어."

"나도 그러고 싶은데, 난 진짜 죽었어. 진짜로 죽었다고."

"차라리 죽는 게 낫겠다. 난 바이러스 걸렸어. 오늘만 로잘리 챙겨줘. 내일은 내가 당신 애들 챙길게."

나는 더 이상 이러쿵저러쿵하지 않기로 했다. 그리고 우리 애들과 로잘리를 데리러갈 준비를 했다.

학교는 상태가 좋은 사람도 안 좋게 만든다. 미학적으로도 추하지만, 그토록 오랜 시간 동안 매일 그곳에 가서, 같은 자리에 서서, 어떤 시점이 되면 아이들 떼가 쏟아져 나오는 걸 봐야 할 때 학교는 정말 추한 곳이 된다. 아이들은 폭발하듯 쏟아져 나와 퍼져나가며 넘쳐흐르듯 밀려든다. 마치 학교 건물이 거대한 연동운동에서 오는 극심한 고통으로 몸부림을 치는 것 같다.

같은 반인 티모시와 로잘리가 나온다. 유모차 주위를 정신없이 빙빙 돈다. 둘을 바라보는 아기의 머리가 정확한 원을 그리며 회전한다. 두 아이는 점점 더 난폭해지며 정신을 건드린다. 내겐 둘의 속도에 동조해줄 여유가 없다. 어지러워진 나는 주차된 차에 몸을 기댄다.

"그만 좀 뛰어다녀." 이 모든 게 로잘리가 여기 있기 때문이라고 생각하며 내가 말한다. 거의 거짓말에 가까운 생각이다.

"그러다 다친다." 나는 신탁을 받은 예언자처럼 경고한다. 둘의 움직임은 점점 격렬해진다. 그러면서 다른 아이들과 뒤섞여 온 거리를 휩쓸며 몰려다닌다. 책과 소음, 먹을 것들이 마치 나의 가장 큰 원수가 창작한 안무처럼 하늘을 날아다닌다. 아니나 다를까 티모시가 보도에 턱을 찧는다. 아이는 눈물을 터뜨리고, 턱을 찧은 콘크리트 위로 핏방울이 뚝뚝 떨어지며 자국을 남긴다. 모두가 웅성웅성 모여들어 안타까워하며 턱이 어디에 부딪쳐 찢어졌는지에 대해 자기가 아는 걸 전부 떠들어댄다. 나는 가여운 내 아들의 턱 밑에 매달려 있는 찢어진 살점을 바라본다. 반쯤 정신이 나간 채 나는 감청색 폭스바겐에서 엉덩이를 일으킨다. 바퀴 덮개가 내 엉덩이에 꼭 맞았었는데. 가방에서 지혈할 만한 것을 찾는다. 그리고 아기 침이 거의 묻어 있지 않은 가재 수건을 발견한다. 가재 수건으로 아이 턱을 감싸자마자 뱀파이어로 변했던 사람들이 이빨을 감추고 멀어져 가기 시작한다. 적어도 티모시는 알렉스가 나올 때까지 잠잠하다. 로잘리도 힘이 빠졌다. 알렉스가 나오자마자 세인트 빈센트 병원의 응급실로 뛰어가야 한다는 사실만 빼면 상당히 기분이 괜찮다. 다행히도 병원은 바로 길 건너편에 있다. 우연처럼 보이는 이 상황에 예지력이 얼마나 작용한 건지는 아무도 모른다. 알렉스가 보인다. 하지만 평소 같은 미소는 보이지 않는다.

"왜 그래?" 관심 가질 시간은 별로 없지만 물어본다.

대답이 없다. 항상 있는 일이다. 무슨 일인지 듣지 않기 위해 현재 상황을 이용해보는 건 어떨까 생각해본다.

"무슨 일 있어?"

"가아아아오 오오오오이우 으으음… 오오오이이이포." 알렉스가 입을 한 번도 열지 않고 한 문장을 말했다. 내가 한마디도 이해하지 못했다는 사실만 빼면 꽤 훌륭하다.

알렉스에게 말한다. "티모시가 로잘리랑 뛰어놀다가 넘어졌어. 병원에 데려가야 해. 내가 보기엔 꿰매야 할 것 같아."

알렉스가 여전히 입을 벌리지 않은 채 말한다. "꼬오오르 기고."

티모를 병원에 데려가기 전에 아이들을 데이비드의 가게에 맡기고 싶다. 가게는 병원 가는 길에서 한 블록 반밖에 떨어져 있지 않다. 가재 수건을 살짝 들어 상처를 보니 피는 거의 멈춘 것 같았지만 벌어진 상처는 꿰매야 할 것 같다.

내가 말한다. "가자." 우리는 모두 걷기 시작한다. 티모와 알렉스는 각자 양쪽에서 유모차 손잡이를 잡고 있다. 그때 로잘리가 없다는 걸 깨닫는다. 로잘리는 5미터 뒤에 가만히 서 있다.

내가 말한다. "어서 와!" 악문 이빨에 힘이 들어간다. 분노일까? 사후경직일까?

"못 가요. 엄마가 아줌마랑 가라고 말 안 했어요."

"네 엄마가 나한테 말했어. 너무 늦어서 너한테 말할 수가 없었겠지."

"엄마가 아무나 따라가지 말라고 했어요."

"난 티모 엄마잖아."

"그래도 난 안 가요."

"그럼 여기서 영원히 있게 될 거야. 왜냐면 내가 널 데려가기로 했으니까."

"상관없어요. 여기서 영원히 엄마를 기다릴 거예요. 내가 아줌마 안 따라간 걸 알면 엄마가 날 데리러 올 거예요."

"이런 멍청이." 나는 이렇게 말하고 최대한 세게 아이를 끌어당겨 낼 수 있는 최대한의 힘으로 아이 손을 유모차 손잡이 위에 올린다. 아이 손이 손잡이에 붙어 떨어지지 않기를 바라는 사람처럼.

가게에 도착할 즈음 데이비드가 우리를 마중 나와 있다. 아마도 자기가 먼저 나와서 우리를 맞이하면 우리가 가게에 오지 못하게 방향을 돌려 집으로 보낼 수 있을 거라는 희망에서 나온 행동이리라. 그는 스니커즈를 신고 작업복 단추를 허리까지 다 풀어 헤쳐놓았다. 햇볕에 그을려 가무잡잡한, 호리호리하고 털이 없는 그의 가슴팍은 쭈글쭈글한 바짓단 아래로 보이는 털이 부숭부숭한 발목만큼 매력적이다. 그의 맨 발목은 양말 없이 스니커즈 안으로 쭉 이어져 있다. 데이브가 나를 노려본다.

"애들을 여기 두고 티모를 병원에 데려가야 해. 학교 앞에서 넘어졌어."

"애들 데리고 가면 안 돼? 애들이 여기서 날뛴다는 거 알잖아. 물건을 부술 수도 있다고."

"티모 상처를 꿰매야 할 것 같아. 그동안 다른 애들은 정신없이 뛰어다닐 거고 병원엔 유모차를 둘 데도 없고 아기는 세균이 떠다니는 공기를 들이마시게 될 거야. 게다가 난 오후에 죽었어. 아무것도 하면 안 돼. 내가 지금 당장 드러누워도 아무도 뭐라고 할 수 없는 상황이라고."

데이브가 말한다. "넌 언제나 불평불만이야."

나는 데이비드가 아무리 작은 상처조차 잘 보지 못한다는 걸 오히려 이용하려고 티모의 턱에 대고 있던 가재 수건을 들춘다. 내 부탁에 정당한 이유가 있다는 걸 똑똑히 느끼게 하기 위해서다. 얼굴이 새하얘진 데이비드는 팔로 눈을 가리고 가게로 뛰어들어간다. 나는 유모차를 대고, 아기 입에 공갈 젖꼭지를 물리고, 티모시와 함께 반대편으로 출발한다. 유모차 없이 넘어지지 않고 걷는 데 익숙해지기까지 몇 분 정도 걸렸지만, 익숙해지고 나니 기분이 몹시 좋아져서 아이 상처를 꿰매러 가는 건 신경도 안 쓰인다. 티모는 울지 않는다. 사탕을 좀 먹을 수 있는지 알고 싶어 할 뿐이다.

응급실이 어디 있는지 안다. 전에도 가본 적이 있다. 접수하기 위해 줄을 한참 기다린다. 티모시는 턱에 가제 수건을 대고 사탕을 먹고 있다. 이제 우리 차례다.

"이름이요." 접수원이 말한다.

"티모시 쇼어요."

"티모시요? 여자 이름 같지 않네요."

"제가 아니라 제 아들이에요."

접수원이 말한다. "당신인 줄 알았어요. 얼굴이 너무 안 좋아 보여서요."

내가 말한다. "죽은 사람들은 보통 얼굴이 안 좋죠."

당황한 접수원은 근무 중인 정신과 의사를 찾아내려는 듯 잠시 주변을 두리번거린다. 그리고 어떤 치료를 받아야 하는지 외에는 나와 그 어떤 대화도 나누지 않기로 결정한다. 나는 그녀에게 티모의 턱을 보여준다.

접수원이 쌀쌀맞게 말한다. "이런, 심한데요. 입이 하나 더 있는 것 같아요."

나는 죽음의 숨결을 내뱉으며 조용히 중얼거렸다. "엿이나 먹어."

여자가 말한다. "커다란 방을 지나서 왼쪽 세 번째 방으로 가세요. 안내판이 있을 테니 거기서 기다리세요."

우리는 기다린다. 이렇게 네 시간 정도 기다렸는데 접수원이

건네준 분홍색 종이를 잃어버렸다는 걸 깨달을까 봐 무섭다. 간호사 한 명이 들어온다.

"티모시 쇼어?"

"네."

간호사가 체온계를 티모시의 혀 아래 넣고 맥박을 잰다. 체온계로 사탕 녹은 물이 줄줄 흘러 가재 수건 위로 뚝뚝 떨어진다. 우리는 더 기다린다. 티모시는 한쪽이 열려 있는 아기 침대 위에 앉아 있다. 티모시가 그 침대를 무서워해서 나는 아이의 손을 잡아주고 있다. 한 여자가 아기를 안고 들어온다. 그리고 다른 아기 침대 위에서 아기 옷을 벗긴다. 여름인데도 아기는 스웨터와 쫄바지로 된 스키복을 입고 성긴 모직 모자를 쓰고 있다. 벗겨야 한다. 옷을 벗기자 그 안에는 작은 신발과 스타킹, 원피스, 앙증맞은 속치마, 코딱지만 한 내의까지 있다. 여자는 아기의 배 위로 조용히 눈물을 떨구며 아기 목걸이와 기저귀만 남을 때까지 침착하고 조심스럽게 아기의 옷을 벗긴다. 그리고 옷을 전부 단정하게 개어 쌓아놓고 커다란 분홍색 가방에서 아기의 머리빗을 꺼내 거의 없다시피 한 아기의 머리카락을 부드럽게 빗어주기 시작한다. 저건 분명히 단장하려는 본능일 거라고 나는 생각한다. 티모를 바라보니 왜 나에게는 그런 본능이 없는지 궁금해진다. 티모의 머리카락은 길다. 1년 반 동안 빗질을 하지 않았다. 얼굴에는 무언가를 먹다가 묻은 자국이 있고 그 자국이 아이의 옷까지 이어져 있어 여러 색깔이 어울리기도, 대비되기도 한다. 아이는 얼굴이 길고 턱이 날렵하다. 아이를 집에 데려가 내가 직접 찢어진 턱에 반창고를 붙여볼까 생각한다. 너무 오래 기다리니 화가 난다. 내가 여기에 드러누우면 사람들이 이렇게 말하겠지. "응급실에서 치료를 기다리다 사망하셨습니다." 하지만 사람들이 잘 대해주기만을 바라며 티모를 여기에 두고 가고 싶지는 않다.

의사가 들어와서 말한다. "께 빠사Que Pasa?"

내가 말한다. "넘어졌어요."

"한번 봅시다. 음. 어떻게 된 거니?" 의사가 티모에게 묻는다.

"애가 학교 앞에서 콘크리트 위로 넘어졌어요."

"얘야, 어떻게 된 거니?" 의사가 티모에게 묻는다.

"학교 앞에서 콘크리트 위로 넘어졌어요."

"제가 애를 학대했다고 생각하시는 거예요?" 내가 묻는다.

"흥분을 가라앉히세요, 부인. 화가 많이 나셨나 봅니다. 얼굴이 안 좋아 보여요. 자리에 좀 앉으세요."

"이미 앉아 있어요."

"자자, 진정하시고. 간호사한테 냄새를 맡으면 좀 안정이 되는 약을 가져오라고 할게요. 몇 바늘 꿰매야겠는데요. 여기서 기다리세요."

"아이 옆에 있고 싶어요."

"안 그러시는 게 좋을 겁니다. 상태가 너무 안 좋아 보여요. 기절하실지도 몰라요."

"상태가 안 좋아 보이는 건 제가 죽어서 그래요. 약 냄새를 맡거나 여기서 기다리는 건 아무 도움도 안 된다고요. 제가 히스테리가 심한 여자라고 생각하시는 거죠?" 나는 소리를 질러댔다. "하지만 전 그런 사람이 아니에요. 그냥 죽었을 뿐이라고요. 사람이 여기서 내내 기다리다가 죽을 수도 있다고요!" 그리고 무덤이나 공포 영화에 나올 법한 비명 소리로 병원 복도를 채우며 악을 써댔다. 의사가 방에서 도망 나갔다. 1분 뒤에 간호사가 돌아와 티모를 데리고 나갔다. 우리 겁쟁이는 아마 재봉실에서 덜덜 떨며 꿰매기를 기다리고 있겠지. 의사는 어디서 꿰매는 법을 배웠을까? 가정학과에서? 아이를 내게 다시 되돌려줄까? 어쩌면 나를 위층에 있는 정신병원으로 데려갈지 모른다. 하지만 두려워할 필요는 없다. 요즘에는 정신병원에 들어가기도 힘들다. 머리가 심각하게 돌아도 벨뷰 정신병원에 수속을 한 다음 자리가 날 때까지 기다려야 한다. 정신병원계의 콩코드 같은 곳이다. 벽에는 내 고통을 줄여줄 십자가 상이 걸려 있다. 나무로 된 십자가에 매달린 도색된 금속 예수다. 순종하며 축 늘어진, 못 박힌 상처마다 흘러나온 피가 금속 특유의 선명함으로 빛나는 예수. 사실 예수는 더 이상 고통받지 않는다. 십자가 상에 잘 드러나 있듯, 분명 예수는 죽었다. 사람들이 티모를 데리고 들어온다. 눈물이 입까지 흘렀다 마른 자국이 남아 있다.

계산대에서 내가 묻는다. "얼마죠?"

"응급실 방문하신 비용으로 16달러에, 네 바늘 꿰매셨는데 바늘당 10달러니까 16달러 더하기 40달러고요, 뼈가 깨졌는지 보려고 엑스레이 찍었고요, 아동 학대의 흔적이 있는지 보려고 전신 엑스레이 찍었습니다."

"내가 동의하지도 않았는데 당신네들 마음대로 찍은 엑스레이 비용을 내라고? 아이 상처랑은 아무 상관도 없는데? 그런 거 하라고 보조금 받잖아! 불필요한 엑스레이에 우리 애 노출시켰다고 당신 고소할 거야!"

"부인, 제가 엑스레이 찍은 게 아니에요. 그러니 '당신'이라고 하지 마세요. 전 그냥 계산원이라고요."

"그냥 청구서나 보내요. 난 그만큼 현금 없으니까. 록펠러도 그런 돈은 없어요. 신용카드가 있지. 신용카드 받아요? 뱅크아메리카도 받느냐고?" 계산원은 책상 밑으로 숨었다.

걸어 나오는데 붉은 카펫과 진홍색 안락의자가 눈에 들어온다. 의자 위에 걸려 있는 초상화 속 추기경의 붉은 옷과 잘 어울린다. 믿기 어려운 인테리어군. 나는 생각한다. 언젠가 다시 와서 칼라필름으로 찍어야지. 하지만 다시 돌아와서 사진을 찍을 일은 절대 없을 거라는 걸 깨닫자 절절한 후회가 밀려든다. 부패하기 전에 자리에 누울 수만 있어도 행운일 거야. 그럼 내 미놀타 오토코드 카메라는 누구한테 주지? 데이비드한테 주자. 그는 35미리를 더 좋아하지만.

"그렇게 오래 어디에 있었던 거야?" 가게로 돌아오자 데이브가 묻는다. 우리가 자기한테 거짓말을 하고 영화라도 보러 간 거라고 생각하는 건가? "얼마나 나왔어?" 그가 묻는다.

"나도 몰라. 내가 찍어달라고 하지도 않은 엑스레이 값을 내라 그러더라고."

"생활비에서 빼서 써. 당신이 애한테 소홀했던 탓이니까."

나는 티모시를 안고 붕대에 얼굴을 묻고 눈물을 흘렸다.

"붕대 젖게 하지 마." 티모가 말한다.

집에 오는 길에 아기가 울기 시작한다. 죽은 여자도 젖이 나오는지 알 수 없어서 우유를 산다. 《라이프Life》와 《룩Look》에서 봤던 죽은 인도 여자 사진이 떠오른다. 굶어 죽은 이 여자의 가슴에는 말라빠진 아기들이 달라붙어 있었다. 하지만 아이들이 계속 젖을 빨고 있는 건지는 알 수 없었다. 젖을 빨고 있다손 치더라도, 가

슴에서 뭔가가 나오긴 할까? 집에 돌아와 젖을 물려보니 우유를
사길 참 잘했다는 생각이 들었다. 몇 번 빨아보더니 아기는 울기
시작한다. 또 몇 번 빨아보고는 악을 쓴다. 나는 분유를 탄다. 젖
을 떼는 가장 좋은 방법은 죽는 거다. 알렉스는 여전히 기분이 안
좋아 보인다. 무슨 일 있냐고 묻는다. 알렉스는 애처로운 얼굴을
하더니 자기 이빨을 보여준다. 아무것도 없다. 앞니가 없다. 이가
빠진 게 아니다. 영구치가 지난 1~2주 사이에 거의 다 자란 참이
었다. 워낙 거대했던지라 알아채지 않기가 힘들다.

"어떻게 된 거야." 내가 말한다. 야단치지는 않는다.

아이 얼굴이 죽을상이 되더니 눈물이 계곡이 되어 주름 사이사
이로 흐르다 입으로 들어간다.

"왜 울어?"

"엄마가 야단칠 줄 알았어."

솔직히 말하면 야단치고 싶다. 소리 지르고 싶다. 하지만 이가
빠졌다는 이유로 아이에게 소리를 지르는 건 정말 멍청한 짓이
다. 이가 완전히 다 빠져버린 것도 아니다. 거의 다 부러진 것일
뿐. 실력 좋은 치과 의사가 메워줄 수 있을 것이다.

사실 데이비드가 집에 돌아오면 일을 넘기고 평범하게 죽을 수
있을 거라고 생각했다. 그렇게 죽고 싶었던 건 아니지만 이미 죽
었기 때문에 다른 수가 없었다. 반드시 누워야 할 것 같은 느낌이
들었다. 데이브가 해야 할 일이 너무 많지 않도록 저녁을 준비해
놓았다. 앞으로 먹을 음식도 4일치를 준비했다. 차가운 것으로 잘
포장하고, 어떻게 데워야 하는지 몇 인분인지 어떻게 먹어야 하
는지를 써두었다.

집에 돌아온 데이브는 잠시 나를 들여다보더니 말했다. "얼굴이 안 좋아 보이네."

내가 말했다. "왜냐하면 나는 죽었거든. 죽은 사람은 보통 상태가 좋지 않지."

"비꼬지 마." 데이브가 말했다. "넌 언제나 불평불만이야. 더 긍정적으로 생각해보란 말이야. 예를 들면 적어도 이제 당신은 암에 걸릴 수가 없잖아. 커피 내리면서 기분 전환을 해보는 건 어때?"

내가 말했다. "이 봐. 난 죽었고 이제 드러누울 거야. 알아서 인스턴트 커피 타 먹든가."

"나 인스턴트 커피 싫어하잖아."

"그럼 직접 내려 먹어."

"커피 얼마나 넣어야 하는지 모르는데."

나는 마침내 누울 수 있게 되면 어디에 누워야 할지를 고민하며 커피를 내렸다. 이 시점이 되니 모든 게 너무 부자연스러워 보였다. 그게 어디든 간에 내가 죽은 바로 그 장소에 눕는 게 가장 나은가? 그렇다면 복도 계단을 처음부터 다시 오르다가 내가 원래 죽은 지점에서 쓰러져야 한단 말인가? 아이들은 텔레비전으로 시트콤을 보고 있었고 아기는 잠들어 있었다. 침대에 누우니 차분한 평화가 온몸을 감쌌다. 하지만 그 평화는 데이비드의 고함 소리로 산산조각이 났다. "여보, 내 저녁밥 어디 있어?" 데이비드가 다시 소리를 질렀다. 내가 다시 자리에서 일어날 수 있을지 알 수 없었다. 나는 데이비드를 무시했다. 결국 그는 무언가가 잘못되었다는 걸, 내가 다시는 저녁밥을 차려줄 수 없다는 걸, 아니면 이제는 자기가 빌어먹을 저녁밥을 직접 차려 먹어야 한다는 걸 깨달을 것이다. 데이비드는 끝없이 나를 불러댔다. 마침내 그가 방으로 들어와 내 목을 졸랐다.

그가 말했다. "도대체 왜 그래?"

"말했잖아. 나 죽었다고."

"그냥 건강 염려증이 심한 거야. 옆으로 좀 가 봐." 그는 내 옆에 누웠다. 아니 몸을 우겨넣었다. 내가 움직이지 않았기 때문이다. 그때 그가 내 위로 올라갔다.

"어떻게 죽은 사람한테 이런 짓을 할 수가 있어?" 나는 너무 수치스럽고 화가 났다.

"한번 해보려고. 꽤 흥분되는데." 그는 잠시 내 몸에서 내려와 미친 사람처럼 옷을 벗었다. 그리고 내 옷을 벗기려고 했다. 하지만 그러기가 힘들었다. 팬티를 벗길 수 있도록 엉덩이를 들어주지 않았기 때문이다. 그는 다시 내 몸에 집중하며 축 늘어진 내 입술에 키스를 하고 반응 없는 팔다리에 몸을 비볐다. 누가 봐도 즐기는 것 같지 않았지만 나를 흥분시키려고 안간힘을 쓰고 있었다.

"왜 조금도 안 움직이는 거야?" 그가 말했다. "내가 시체 애호증에라도 걸린 사람 같잖아."

내가 말했다. "당신한테 시체 애호증이 있으면 나랑 이러면서 좋아 죽었을걸." 그는 좀 더 애를 썼다.

"이런, 제기랄." 그가 내 몸에서 내려오면서 말했다. "왜 나를 흥분시키질 못해?"

"당신 흥분이 왜 내 흥분에 달려 있는데? 당신은 너무 자신감이 없어. 모든 걸 너무 개인적인 문제로 받아들인다고. 죽은 사람은 폴 뉴먼이 와서 자기 거시기를 음모에 대고 흔들어도 아무 반응 안 해. 그건 누구나 아는 사실이야."

그는 목욕을 하려고 욕조에 물을 받으러 갔다. 유감이었다. 나도 목욕을 하고 싶어졌기 때문이다. 시간이 없었다. 먼저 애들을 재웠다. 그리고 거울을 들여다봤다. 얼굴이 이미 수척해져 있었다. 두 눈은 녹아버린 생선 눈알 같았다. 피부는 치즈 케이크 같았고 입술은 생일 케이크에 꽂는 파란색 양초 같았다. 데이브가 화장실에서 물을 첨벙거리며 고함치는 소리가 들렸다. "당신 보험 들어놓지 않은 게 아쉽네. 이렇게 일찍 죽을 줄 누가 알았겠어. 보험만 들어놨으면 이제 일 안 해도 됐을 텐데." 눈물이 날 것 같았지만 푹 파인 생선 눈깔에서는 눈물이 한 방울도 나오지 않았다.

욕조에 물을 받는 동안 화장실에서 쉬었다. 물이 따뜻해서 기분이 좋았다. 수도꼭지 아래에 손을 넣으니 물개 지느러미처럼 물이 앞뒤로 튀었다. 욕조에 물이 가득 차자 물 안으로 조심스럽게 들어갔다. 몸을 한 번에 조금씩 물에 담그면서 몸에서 느껴지는 쾌락을 만끽했다. 물에 담근 부분에서는 강한 열기가 느껴졌고, 아직 물에 들어가지 않은 부분에는 닭살이 일었다. 감각에 익숙해지자 곡선으로 된 욕조 끝에 등을 기대고 천천히 아래로 미끄러져 내려갔다. 물이 내 입술 위로 일렁이고, 코에서, 눈 위에서 물이 느껴지고, 물이 머리카락으로 흘러들면서 내 두피를 간질일 때까지 계속해서 미끄러져 내려갔다. 애써 물 위로 올라오려 하지 않았다. 내가 지금 경험하는 망각이 평범한 그것과 그리 다르지 않다는 걸 알았다.

마거릿 애트우드

출산

〈출산Giving Birth〉
《춤추는 소녀Dancing Girls》 중에서

◆────────────────────────────────────

마거릿 애트우드는 30권 이상의 소설과, 시집, 에세이를 쓴 작가다. 소설로는 부커 상 최종 후보에 올랐던 《시녀 이야기The Handmaid's Tale》와 《고양이 눈Cat's Eye》, 캐나다의 길러 상과 이탈리아의 프레미오 몬델로 상을 수상한 《그레이스Alias Grace》 등이 있다. 애트우드의 작품은 전 세계적인 찬사를 받았으며 33개 언어로 번역되었다. 매년 유력한 노벨문학상 후보로 거론된다. 현재 캐나다 토론토에 살고 있다.

하지만 누가 준단 말인가? 받는 사람은 누구인가? 확실히 주는 행위와는 느낌이 다르다. 준다는 것은 물 흐르듯 부드럽게 무언가를 건네는 것이지 강요가 아니다. 하지만 출산에는 부드러움이랄 게 없다. 너무나도 고통스럽다. 배는 마디마디가 튀어나온 주먹이 되어 쥐어짜는 것 같고, 심장은 무겁게 짓눌린 듯 겨우겨우 느리게 뛰고, 몸에 있는 근육이란 근육은 마치 높이뛰기 하는 모습을 슬로우 모션으로 찍은 장면처럼 잔뜩 긴장한 채로 움직인다. 정체를 알 수 없는 몸이 미끄러지듯 내려와 방향을 돌리고, 허공에 잠시 떠 있다가, 그리고 — 다시 현실로 돌아와 — 갑자기 쑥 하고 격렬하게 밀고 내려오면, 끝이다. 아마도 출산(giving birth, 직역하면 '탄생을 주다'라는 뜻—옮긴이)이라는 말은 출산의 결과만 본 사람이 만들었을 것이다. 그 사람이 보기에 탄생을 경험한 아기들은 능숙한 손으로 분홍색이나 파란색 담요에 싸여 마치 깔끔하게 포장된 꾸러미처럼 일렬로 누워 있다. 그리고 판유리로 된 창문 너머, 투명하게 안이 들여다보이는 플라스틱 아기 침대에는 스카치테이프로 아기 이름이 적힌 꼬리표가 달려 있다.

누구도 '죽음을 준다giving death'라고는 말하지 않는다. 어떤 물건이 아니라 사건이라는 점에서는 탄생이나 죽음이나 마찬가지인데 말이다. 그리고 분만(delivering, deliver에는 '해방시키다', '전달하다'라는 뜻이 있다―옮긴이)이라는 말. 분만은 보통 의사가 수행하는 행동으로 여겨진다. 그럼 여기서 누가 무엇을 해방시키는가? 해방되는 건 엄마인가? 감옥에서 풀려나는 죄수처럼? 물론 아니다. 그렇다고 작은 틈으로 전달되는 편지처럼 아이가 엄마에게 전달되는 것도 아니다. 어떻게 한 사람이 동시에 주는 사람도 되고 받는 사람도 될 수 있단 말인가? 누군가가 속박당해 있다가 자유를 얻는 것인가? 그러므로 낡은 언어 안에서 되풀이되는 말은 다시 이름 붙여져야 한다.

하지만 그 일을 할 사람이 나는 아니다. 이 말들은 내가 가진 유일한 단어다. 나는 이 단어에, 이 단어 안에 꼼짝없이 갇혀 있다. (로열 온타리오 박물관 2층 북쪽에 있는 오래된 역청 사암의 이미지는 어찌나 끈질긴지. 나는 떨쳐낼 수 있을까? 아니면 위협을 무릅쓰고 모험에 나섰다가 빨려 들어가 화석이 되어버린, 이가 뾰족뾰족한 호랑이나 느릿느릿한 브론토사우루스가 될까? 단어들이 내 발 아래에서 흐르고 있다. 검고 느리게, 내 목숨을 위협한다. 다시 한 번 해보자. 해가 뜨기 전에, 내가 굶어 죽거나 물에 빠져 죽기 전에, 할 수 있을 때. 어쨌든 이건 그림이자 은유일 뿐이다. 자, 나는 말할 수 있다. 나는 묶여 있지 않다. 그리고 당신은 이해할 수 있을 것이다. 그러니 언어에는 아무 문제도 없는 것처럼 다시 이야기를 시작해보자.)

출산에 관한 이 이야기는 나에 관한 것이 아니다. 여러분이 내 말이 진짜라는 걸 믿을 수 있도록, 내가 오늘 아침 이 책상(지금 내 옆에는 덮개가 있는 문서 보관함이 두 개 있고, 왼쪽에 라디오가 있고, 오른쪽에 달력이 있다)에 앉기 전에 한 일들을 알려드리겠다. 나는 6시 40분에 일어나서 계단을 내려가다 계단을 올라오고 있던 딸을 만났다. 딸아이는 자기 스스로 계단을 오르고 있다고 생각했겠지만, 사실은 아빠의 팔에 안겨 있었다. 우리는 포옹과 미소로 인사를 나눈 다음 알람 시계와 뜨거운 물주머니를 가지고 놀았다. 아이 아빠가 시내에 가기 위해 집을 일찍 떠나는 날에만 치르는 우리만의 의식이다. 이 의식은 내가 늦잠을 자고 있다고 착각하게 해준다. 마침내 이제는 내가 일어나야 할 시간이라고 결정한 아이는 내 머리카락을 잡아당기기 시작했다. 아이가 체중계와 변기에 달린 불가사의한 하얀색 제단을 탐험하는 동안 옷을 입었다. 그리고 아이를 데리고 아래층으로 내려와 언제나처럼 옷을 입히는 데 애를 먹었다. 아이는 벌써 자그마한 청바지와 자그마한 티셔츠를 입는다. 옷을 입은 다음 아이는 아침을 먹었다. 오렌지, 바나나, 머핀, 포리지.

그리고 우리는 햇빛이 잘 드는 베란다로 나갔다. 거기서 개와 고양이와 새들을, 이번에는 이름을 말하며, 구경했다. 겨울인 이맘때쯤에는 파랑어치와 황금방울새들이 날아다닌다. 내가 이 이름들을 말할 때 아이는 자기 손가락을 내 입술에 포갠다. 아이는 아직 단어를 말하는 비법을 배우지 못했다. 나는 아이 입에서 첫 단어가 나오기를 기다리고 있다. 여태껏 한 번도 말하지 않은, 기적 같은 말이리라. 어쩌면 아이는 이미 그 말을 했을 수도 있다. 하지만 내가 덫에 빠져 익숙한 말에 중독된 탓에 아이의 말을 들지 못한 것일 수도.

그날 나는 아기의 놀이 울 안에서 두려운 것을 발견했다. 옷을 다 벗고 있는 작은 여자 인형으로, 덜렁거리는 거미나 도마뱀 인형처럼 사람들이 자동차 창문에 걸어놓는 것들을 만드는 부드러운 플라스틱으로 만들어졌다. 그 인형은 영화에서 소품을 담당하는 내 친구가 딸아이에게 준 것으로, 원래는 소품이었다가 더 이상 쓰이지 않게 된 것이었다. 아이는 그 인형을 너무 좋아해서 마치 뼈를 물고 다니는 개처럼 입에 인형을 물고 바닥을 기어 다녔다. 아이 입 한쪽으로는 인형의 머리가, 다른 한쪽으로는 인형의 다리가 불쑥 튀어나와 있었다. 인형은 말랑말랑하고 아이에게 아무런 해도 입히지 않을 것 같았다. 하지만 지난번에 아이가 새로난 이빨로 인형에 상처를 내놓은 것을 발견하고는 장난감을 넣어놓는 골판지 상자에 그 인형을 넣어놨었다.

하지만 오늘 아침 그 인형은 다시 놀이 울 안에 들어와 있었다. 두 발이 사라진 채로. 아기가 발을 먹은 것이 틀림없었다. 나는 플라스틱이 아기의 위 안에서 분해되는지, 독성이 있는 것은 아닌지 걱정스러웠다. 하지만 얼마 안 가 언제나처럼 수심에 가득 차 아기의 기저귀를 뒤지다 자그마한 분홍색 플라스틱 발 두 개를 발견하게 되리란 걸 알고 있었다. 나는 인형을 치워뒀다가 아기가 창문 바깥에 있는 개에게 노래를 불러주는 틈을 타 쓰레기통에 던져버렸다. 아기의 일회용 기저귀 안에서 소화되지 않은 당근과 건포도 껍질이 군데군데 묻어 있는 여자의 팔과 가슴, 머리를 찾아내고 싶지 않다. 꼭 섬뜩한 미치광이의 살인 현장 같지 않나.

지금 아이는 낮잠을 자고 나는 이 이야기를 쓰고 있다. (이처럼

이따금 발생하는 뜻밖의 상황들이 또 다른 세계를 상기시킬 때도 있긴 하지
만) 방금 들려드린 이야기를 통해 여러분은 나의 삶이 잔잔하고
질서 정연하며, 따뜻하고 불그스레한 빛이 충만한 가운데 파란색
부분 조명이 적재적소에 위치해 있고, 네덜란드 장르화에 나올
법한 물체(거울, 접시, 길쭉한 창유리)들이 빛을 반사하고 있음을 알
수 있을 것이다. 내 삶은 네덜란드 장르화처럼 작은 것 하나까지
현실적이며 아주 약간은 감상적인 면이 있다. 아니, 적어도 감상
의 아우라 정도는 있다. (이미 나는 이제는 너무 작아져서 더 이상 입지
못하는 딸아이의 아기 옷을 바라보며 조용한 슬픔의 순간을 경험하고 있다.
나는 아이의 머리카락을 간직할 것이고, 아이 물건들을 커다란 가방에 보관
할 것이고, 아이 사진을 보며 눈물 흘릴 것이다.) 하지만 무엇보다도 나
의 삶은 견고하다. 내 삶의 모든 것이 견고함을 지닌다. 엷게 퍼
져 나가는 그 불빛, 그 움직임, 구름의 흐릿한 느낌, 터너의 그림
속에 있을 법한 일몰, 막연한 두려움, 제니가 느끼곤 하던 그 미
묘함은 더 이상 내 삶에 없다.

　　나는 노래 제목을 따서 이 여인을 제니라는 이름으로 부르기로
한다. 노래는 기억이 하나도 나지 않는다. 제목만 알 뿐이다. 중
요한 지점은(언어에는 언제나 이 "지점", 반사되는 모습이 있다. 바로 이
것이 언어를 더욱 풍성하고 까다롭게 만드는 것이다. 바로 이것 때문에 그렇
게도 많은 것들이 어둡고 반짝이는 언어의 표면 아래로 사라진 것이며, 바로
이것 때문에 언어에 비친 자기 모습을 보려고 시도해서는 절대 안 되는 것이
다. 들여다보려 하면 몸을 앞으로 너무 많이 기울이게 되어, 머리카락 한 올
이 그 안으로 빠지게 될 것이고, 다시 나왔을ㅓ138

　　때에는 금빛이 되어 있을 것이다. 그리고 내 머리는 원래부터 쭉 금발이
었다고 생각하게 되는 것이다. 그렇게 나에게로 뻗어 있는 팔 안으로 미끄러

지듯 안겨, 나의 이름을 발음하기 위해 열려 있다고 생각했던 입을 향해 다가가지만, 순수한 소리가 내 귀를 채우기 바로 직전에 그 입은 내가 한 번도 들어보지 못한 단어를 말한다…)

내게 그 중요한 지점은 머리카락에 있다. 내 머리카락은 연한 갈색이 아니지만 제니의 머리카락은 연한 갈색이다. 이것이 우리의 차이점 중 하나다. 또 다른 중요한 점은 바로 꿈이다. 제니는 내가 실재하는 것과 같은 방식으로 실재하지 않기 때문이다. 하지만 지금쯤, 그러니까 당신의 시간에서는 제니와 나 모두가 비슷한 정도의 실재성을 갖고 있을 것이고, 당신의 제니와 나는 동등할 것이다. 당신의 머릿속에서는 우리 둘 다 유령이고, 울림이고, 잔향이다. 하지만 지금 이 순간 내게 제니는, 언젠가 당신이 바라볼 나와 같다. 그러므로 제니는 충분히 실재한다.

제니는 출산을, 분만을 하러 병원에 가는 길이다. 그녀는 출산이나 분만이라는 말에 대해 이러쿵저러쿵 트집을 잡지 않는다. 그녀는 자동차 뒷좌석에 눈을 감은 채 앉아 있다. 코트가 마치 담요처럼 그녀의 몸을 감싸고 있다. 그녀는 숨쉬기 연습을 하면서 스톱워치로 진통이 지속되는 시간을 재고 있다. 그녀는 새벽 두 시 반부터 계속 깨어 있다. 일어나서는 목욕을 하고 라임맛 젤-오를 좀 먹었다. 지금은 거의 열 시다. 천천히 호흡하면서 숫자를 세는 법을 배워두었다(들이마실 때는 1부터 10까지, 내쉴 때는 10부터 1까지 센다). 조용히 숫자들을 읊조릴 때면 실제로 눈앞에 숫자가 보인다. 숫자들은 저마다 색이 다르다. 열심히 집중하면 서체도 구분할 수 있다. 서체는 평범한 로만체에서 금색 선과 점으로 장식된 빨간색 원형 숫자까지 다양하다. 이건 그녀가 읽은 그 수많은 책에서 한 번도 언급되지 않은 내용이다. 제니는 안내 책자를 열성적으로 읽는다. 부엌 선반 만들기, 자동차 수리, 햄 직접 훈제하기와 같은 온갖 주제의 책들이 적어도 선반 두 개를 차지하고 있다. 실제로 행동에 옮기는 건 많지 않지만 몇 가지는 직접 해보기도 한다. 지금 그녀의 가방 안에는 수건과 레몬맛 사탕, 안경, 뜨거운 물을 담을 수 있는 물주머니, 땀띠에 바르는 분, 종이봉지와 함께 이 모든 것을 챙겨가라고 추천한 책 한 권이 들어 있다.

(지금쯤 당신은 내가 나의 경험에서 거리를 두려고 제니라는 인물을 만들어낸 거라고 생각할 수도 있다. 그건 전혀 사실이 아니다. 사실 나는 이미 시간이 흐르면서 생긴 거리를 좁히려 최대한 애쓰고 있다. 제니에 관한 나의 의도는 단순하다. 나는 제니를 되살리고 있다.)

차 안에는 제니 말고도 두 사람이 더 있다. 한 명은 남자다. 편의상 앞으로 A라고 부르자. A는 운전 중이다. 진통이 멈출 때마다 제니가 눈을 뜨면 살짝 머리가 벗겨진 뒤통수와 불안을 잠재워주는 어깨가 보인다. A는 부드럽게, 너무 빠르지 않게 운전한다. 때때로 제니에게 상태가 어떤지 묻는다. 그러면 제니는 진통이 얼마나 오래 지속되었고 간격은 어떤지 말해준다. A는 잠시 멈춰서 차에 가스를 채우고 스티로폼 컵에 담긴 커피를 두 잔 산다. 지난 몇 달 동안 A는 책에 나온 대로 제니의 무릎을 누르며 제니가 호흡 연습하는 걸 도와주었고, 출산 때도 제니의 곁에 있을 것이다. (어쩌면 탄생이 주어지는 사람은 A일지 모른다. 공연이 관객에게 주어지는 것과 같은 맥락에서.) 제니와 A는 자신들과 비슷한 몇 쌍의 커플들과 함께 산부인과 병동을 견학했다. 옆에 있는 사람을 배려하는 날씬한 사람과 느릿느릿하고 동그란 사람. 그들은 개인실과 다인실, 좌욕조, 분만실을 둘러보았다. 분만실은 새하얗다는 인상을 줬다. 연한 갈색 머리카락의 간호사는 엉덩이와 팔꿈치가 부드러워 보였다. 그녀는 크게 웃으며 사람들의 질문에 대답을 했다.

"제일 먼저 관장을 하실 거예요. 뭔지 아시죠? 물이 연결된 튜브를 여러분 뒤에 꽂는 거예요. 이제 신사 분들은 이걸 입으셔야해요. 이걸 신발에 끼우시고. 그리고 모자는요, 머리가 긴 분은 이거, 머리가 짧은 분은 이거 쓰세요."

A가 말한다. "머리가 벗겨진 사람은요?"

간호사가 A의 머리를 올려다보고는 웃는다. "아직 좀 있으신데요, 뭘." 그리고 말한다. "질문이 있으면 편하게 하세요."

병원에서 만든 영상도 같이 보았다. 탄생을 주는 여성의 모습(아기에게 탄생을 준다고 할 수 있을까?)을 담은 컬러 영상이었다. 호주 출신 간호사가 영상을 소개해주며 말한다. "아기들이 다 저렇게 크게 태어나는 건 아니에요." 하지만 영상이 재생되는 동안 관객들은(관객의 반 정도가 임신 중이다) 그리 편안해 보이지 않는다. (한 친구가 제니에게 말했었다. "보기 싫으면 언제나 눈을 감으면 돼.") 제니를 불편하게 한 건 피가 아니라 갈색빛이 도는 빨간색 소독약이다. 제니는 농담이라는 걸 알리기 위해 미소 지으며 말한다. "나 다 그만두기로 마음먹었어." A가 제니를 안아주며 말한다. "다 잘될 거야."

제니도 알고 있다. 다 잘될 거라는 걸. 하지만 차 안에는 여자가 한 명 더 있다. 그 여자는 앞 좌석에 앉아 있으며 뒤를 돌아보거나 어떤 식으로든 제니를 알은척하지 않는다. 그녀도 제니처럼 병원에 가는 길이다. 그녀도 임신했다. 하지만 그녀는 출산을 하러 병원에 가는 게 아니다. 왜냐하면 그 말, 그 단어들은 그녀가 곧 하게 될 경험과는 너무나도 달라서 사용할 수가 없기 때문이다. 그녀는 밤색과 갈색 체크무늬 코트를 입고 머리에 스카프를 둘렀다. 제니는 전에도 그 여자를 본 적이 있지만 그녀가 임신을 원하지 않았고 이렇게 자기 자신을 둘로 나누기를 선택하지 않았고 그 어떤 고난과 새로운 시작도 선택하지 않았다는 것 외에는 그녀에 대해 아는 게 거의 없다. 그녀에게 다 잘될 거라고 말하는 건 아무 소용이 없을 것이다. 원치 않은 성교를 가리키는 단어로는 강간이 있다. 하지만 우리가 가진 언어에 이 여자에게 곧 일어날 일을 가리키는 단어는 없다.

제니는 임신 기간 동안 드문드문 이 여자를 보았다. 여자는 언제나 같은 코트를 입고 같은 스카프를 두르고 있었다. 원래 임신을 하면 임신한 다른 여성을 더 많이 인식하게 된다. 제니 또한 임신한 여성들을 많이 보았고, 볼 때마다 살며시 살펴보곤 했다. 하지만 이 여자 같은 사람은 아무도 없었다. 예를 들면, 이 여자는 제니가 병원에서 수강한 산전 교실에 다니지 않았다. 수업을 들은 여성은 전부 젊었고 제니보다 어렸다.

어깨가 넓은 호주 출신 간호사가 묻는다. "모유 수유하실 분이 얼마나 계시죠?"

한 명을 제외한 모두가 손을 번쩍 든다. 현대적 집단, 새로운 세대 안에서 혼자 분유를 먹이려고 한 사람은 부끄러움을 참지 못한다. 나머지 사람들은 공손하게 다른 곳으로 눈길을 돌린다. 사람들이 가장 이야기 나누고 싶어 하는 주제는 일회용 기저귀와 일회용이 아닌 기저귀의 차이인 것 같다. 때때로 사람들은 진통이 왔다고 가정하고 매트 위에 누워 서로의 손을 꼭 잡고 호흡을 세어본다. 모두가 매우 희망차다. 호주 출신 간호사는 혼자서 욕조에 들어가거나 나오지 말라고 말한다. 한 시간이 다 되어갈 때쯤 사람들은 사과 주스를 한 잔씩 받아서 마신다.

수업에는 출산을 해본 여자가 딱 한 명 있다. 그 여자는 이번에는 확실히 무통 주사를 맞을 수 있는지 확인하려고 여기 왔다고 말한다. 지난번에는 병원 측에서 주사 놓는 걸 미뤘고 여자는 지옥을 맛봤다. 다른 사람들은 다소 반감을 가지고 여자를 쳐다본다. 그들은 주사를 놔달라고 요구하지 않을 것이다. 그들은 지옥을 맛보지 않을 것이다. 지옥은 잘못된 태도에서 온다고, 그들은 생각한다. 책에서는 그걸 통증이라고 칭한다.

"그건 통증이 아니에요. 엄청난 고통이지." 그 여자가 말한다.

다른 사람들이 불편한 미소를 짓고, 대화의 주제는 다시 일회용 기저귀로 돌아간다.

비타민을 챙겨 먹고, 꼼꼼하고, 책도 많이 읽는 제니. 입덧과 정맥류, 임신선, 임신중독증, 우울증도 피한 제니. 입맛이 크게 변하지도, 시야가 흐릿해지지도 않은 제니. 그런데 왜 그 여자는 제니를 따라오는가? 처음에는 상점의 유아복 코너에서, 슈퍼마켓 계산대 앞의 줄에서, 길모퉁이에서 A의 차에 탈 때 이따금 그 초췌한 얼굴과 불룩 튀어나온 몸통, 머리숱이 없어도 너무 없는 머리에 동여맨 스카프가 언뜻 보일 뿐이었다. 하지만 상황이 어떻든 그 여자를 발견하는 쪽은 제니였고, 그 반대의 상황은 발생하지 않았다. 그 여자가 일부러 제니를 따라오는 것이라고 해도 그 여자는 아무런 사인도 주지 않았다.

이날, 제니가 출산을 하는, 언제가 될지 알 수 없는 날이 다가올수록 제니를 둘러싼 시간은 점점 더 걸쭉해져 제니가 힘겹게 밀고 나아가야 하는 무언가가 되었다. 발밑에 일종의 진창, 젖은 땅이 있는 것 같았다. 제니는 점점 더 그 여자를 자주 보게 되었지만 언제나 먼 발치에서였다. 빛에 따라 그 여자는 스무 살의 젊은 여성으로 보이기도 했다가 마흔이나 마흔다섯 정도의 중년 여성으로 보이기도 했다. 하지만 제니는 그 모습이 다 그 여자라는 사실을 한 번도 의심하지 않았다. 사실 제니는 병원으로 향하던 도중 A가 빨간불에서 멈춰 섰을 때 품에 갈색 종이 봉투를 들고 길모퉁이에 서 있던 그 여자가 아무렇지 않게 앞좌석 문을 열고 차에 타기 전까지는 일반적인 의미에서 그 여자가 실재하지 않을 수도 있다는 생각을 해본 적이 없었다(그리고 아마도 그 여자는 정말 실재할 것이다. 처음인가 두 번째로 그 여자를 목격했을 때, 그 여자의 목소리가 진짜 메아리를 일으켰기 때문이다). A는 아무런 반응이 없었고, 제니는 이 이야기를 A에게 하지 않는 것이 좋겠다는 것쯤은 알았다. 이제 제니는 그 여자가 실제로 그 자리에 존재하지 않는다는 것을 안다. 제니는 미치지 않았으니까. 심지어 제니는 눈을 크게 떠서 지긋이 응시함으로써 그 여자를 사라지게 할 수도 있다. 하지만 사라지는 건 그 여자의 형태뿐, 느낌은 사라지지 않는다. 제니는 결코 이 여자를 두려워하지 않는다. 제니는 이 여자를 걱정하고 있다.

병원에 도착하자 여자는 차에서 내린다. 그리고 A가 뒷좌석으로 와서 제니가 차에서 내리는 것을 도와줄 때쯤에는 병원 문을 통과하고 있다. 로비에서 그녀는 보이지 않는다. 제니는 평범하게 입원 수속을 밟는다. 따라오는 사람은 없다.

지난밤 엄청나게 많은 아이들이 태어난지라 산부인과 병동이 붐빈다. 제니는 가림막 뒤에서 병실이 준비되길 기다린다. 근처에서 누군가가 계속 비명을 지르고 있다. 비명 사이사이에는 무슨 말을 중얼거린다. 소리가 꼭 외국어 같다. 포르투갈어인가. 제니가 생각한다. 제니는 스스로에게 이렇게 말한다. 임신부는 달라. 임신부는 비명을 질러야 해. 비명을 지르지 않으면 더 이상한 사람 취급당할 거야. 비명은 출산의 필수 요소야. 하지만 제니는 비명을 지르는 그 여자가 바로 그 여자라는 걸, 그 여자가 지금 고통으로 비명을 지르고 있다는 걸 안다. 또 다른 목소리가 들린다. 달래며 안심시키는 여자 목소리다. 그 여자의 엄마인가? 간호사인가?

A가 돌아오고, 둘은 비명 소리를 들으며 불편하게 앉아 있다. 마침내 제니의 이름이 불리고 제니는 수술 준비prep를 하러 간다. 프렙스쿨prep school이라는 말이 제니 머릿속에 떠오른다. 제니는 옷을 벗고(이 옷들을 언제 다시 보게 될까?) 병원에서 준 가운을 입는다. 검진을 받고 손목에 식별 밴드를 차고 관장을 받는다. 간호사에게 알레르기가 있어서 데메롤을 맞을 수 없다고 말하니 간호사가 받아 적는다. 제니는 자신에게 데메롤 알레르기가 있는지 없는지 모르지만 데메롤을 맞고 싶지 않다. 데메롤이 좋지 않다는 이야기를 책에서 봤다. 제니는 제모를 하지 않겠다고 주장할 작정이다. 음모를 다 밀어버리면 분명 힘이 다 빠질 것이다. 하지만 간호사는 제니의 주장에 별 반응을 보이지 않는다. 간호사는 아직 진통이 심각한 수준이 아니니 점심을 먹어도 된다고 말한다. 제니는 실내복을 걸쳐 입고 막 깨끗하게 정리된 방에서 A를 다시 만나 토마토 수프와 송아지 고기 커틀렛을 먹은 다음 A가 필요한 물품을 사러 나간 사이 낮잠을 자기로 한다.

제니는 A가 돌아오자 잠에서 깬다. A는 신문 한 부를 사고 제니를 위해 탐정 소설 몇 권을, 자기를 위해 스카치 한 병을 샀다.

A는 신문을 읽으며 위스키를 마시고, 제니는 애거사 크리스티의 《푸아로 초기 사건집*Poirot's Early Cases*》을 읽는다. 푸아로의 달걀 모양 머리와 푸아로가 젖은 털실(태반? 탯줄?)을 이용해 키웠다는 호박이 아니면, 푸아로와 점점 심해지는 제니의 진통 사이에는 아무런 관련이 없다. 책에 실린 이야기들이 짧아서 좋다. 제니는 지금 진통 사이사이 방 안을 걸어 다니고 있다. 점심 메뉴 선택은 확실한 실수였다.

제니가 A에게 말한다. "나 허리에 진통이 오는 것 같아." 둘은 안내 책자를 꺼내 허리 진통이 있을 때 어떻게 해야 하는지 찾아본다. 모든 것에 이름이 있다는 건 편리한 일이다. 제니는 침대 위에서 무릎을 꿇고 앉아 팔에 이마를 대고 엎드리고, A는 제니의 등을 쓸어준다. A는 병실에 있는 유리잔에 위스키를 한 잔 더 따른다. 분홍색 옷을 입은 간호사가 들어와서 제니를 살펴보고 진통 간격이 어떤지 물어본 다음 다시 사라진다. 제니는 땀을 흘리기 시작한다. 푸아로 이야기를 채 한 페이지도 다 읽지 못하고 제니는 다시 침대로 기어올라 호흡을 하며 알록달록한 숫자를 세기 시작한다.

간호사가 다시 들어온다. 이번에는 휠체어와 함께. 분만실로 내려갈 시간이에요, 라고 간호사가 말한다. 제니는 휠체어에 타는 게 바보같이 느껴진다. 그리고 들판에서 아기를 낳는 시골 여자들과 두 번 생각하지 않고 바로 배 위에서 아기를 낳는 인도 여자들에 대해 생각한다. 스스로가 무력하게 느껴진다. 하지만 병원 측에서는 휠체어에 타라고 한다. 간호사가 몸집이 작다는 사실을 고려해보니 타는 게 좋을 것 같기도 하다. 그렇게 용감한 말을 해놓고, 제니가 결국 넘어지기라도 하면 어떡할 것인가? 몸집이 자그마한 분홍색 간호사가 마치 개미처럼 거대한 제니를 복도로 굴리는 이미지, 마치 커다란 비치볼마냥 제니를 굴리는 이미지가 떠오른다.

간호사와 제니가 수속 카운터를 지나갈 때 한 여자가 시트에 덮인 채 수술대에 누워서 실려 간다. 눈은 감겨 있고 링겔이 튜브를 통해 팔로 흘러들고 있다. 무언가가 잘못되었다. 제니는 돌아본다. 그 여자인 것 같다고 생각한다. 하지만 시트가 덮인 수술대는 카운터에 가려져 더 이상 보이지 않는다.

제니는 어둑어둑한 분만실에서 실내복을 벗고 간호사의 도움을 받아 수술대 위에 오른다. A가 제니에게 여행 가방을 가져다준다. 실제로는 여행 가방이라기보다는 비행기에 들고 탈 수 있는 자그마한 가방이다. 제니는 아직 이 가방이 소중하다. 이제는 추락 공포 같은, 비행기를 탈 때 나타나는 불안감이 느껴진다. 제니는 가방에서 사탕과 안경, 수건, 그 밖에 또 필요하리라고 생각되는 물건들을 꺼낸다. 콘택트렌즈를 빼서 통에 넣고, A에게 절대 잃어버리면 안 된다고 일러둔다. 이제 제니는 앞이 잘 보이지 않는다.

가방에는 제니가 빼지 않은 것이 하나 더 있다. 몇 년 전 다른 나라를 여행하고 돌아온 친구가 기념품으로 사다준, 사람을 지켜준다는 목걸이다. 불투명한 파란색 유리로 된 목걸이 장식은 길쭉한 직사각형 모양으로 모서리가 둥그렇다. 장식 위에는 노랑색과 하얀색으로 눈 모양이 그려져 있다. 친구의 말에 따르면 터키에서는 이 목걸이를 노새의 목에 걸어서 저주로부터 보호한다고 한다. 제니는 이 목걸이가 실제로 자신을 지켜주지는 않으리라는 걸, 자신은 터키인도 아니고 노새도 아니라는 걸 안다. 하지만 분만실 안에서는 목걸이를 지니고 있는 것만으로도 안심이 된다. 제니는 가장 힘들 때 손에 이 목걸이를 쥐고 있어야겠다고 생각해두었지만 어째서인지 이제는 더 이상 그 계획을 수행할 시간이 없다.

나이가 지긋한 여자, 뚱뚱하고 나이가 있으며 머리부터 발끝까지 초록색 옷을 입은 여자가 방에 들어와 제니 옆에 앉는다. 여자가 제니의 반대쪽 옆에 앉아 있는 A에게 말한다. "좋은 시계네요. 이제는 그런 시계를 안 만들죠." 여자는 탁자 위에 있는, 몇 없는 A의 사치품 중 하나인 금시계를 말하고 있다. 그러고는 제니의 배 위에 손을 올려 진찰을 하고 이렇게 말한다. "좋아요." 스웨덴이나 독일 악센트가 있다. "이게 진통이죠. 그 전까지는 아무것도 아니에요." 제니는 전에 이 여자를 본 적이 없다. "좋아요, 좋아."

숫자 세기를 멈추고 말을 할 수 있게 되자 제니가 묻는다. "아기는 언제 나오나요?"

늙은 여자가 웃는다. 그 웃음, 그런 종족의 손은 분명 수천 개의 수술대, 수천 개의 부엌 식탁 위를 지휘했을 것이다…. "아직 멀었어요." 여자가 말한다. "여덟에서 열 시간 정도."

제니가 말한다. "하지만 이미 열두 시간 동안이나 이러고 있는데요."

"지금처럼 안 힘든 진통은 안 좋아요."

제니는 긴 기다림을 준비하며 자리를 잡는다. 지금 그녀는 애초에 아기를 낳고 싶었던 이유가 기억나지 않는다. 그 결정은 다른 누군가가 한 것이고, 지금은 그 사람이 그렇게 결정한 이유가 분명치 않다. 제니는 아기를 낳은 여자들이 서로에게 비밀스러운 미소를 짓던 것을 기억한다. 마치 제니는 모르는데 그들은 알고 있는 무언가가 있다는 듯, 그 사람들은 아무렇지 않게 그들의 기준에서 제니를 배제해버렸다. 그 지식, 그 미스터리는 무엇인가. 아기를 낳는 것은 정말 차 사고나 오르가즘보다 더 자세히 설명할 수 없는 걸까? (하지만 차 사고와 오르가즘도 설명할 수 없는 건 마찬가지다. 몸이 경험하는 사건은 으레 다 그렇다. 왜 우리의 정신은 몸의 사건을 설명할 수 있는 언어를 찾으려 애쓰며 고통을 자초하는 걸까?) 제니는 아이 없는 여자 앞에서 그런 암호와 배제에 동참하는 짓은 절대 하지 않겠다고 맹세했다. 제니는 충분히 나이를 먹었다. 그러한 배제를 충분히 오래 겪어왔고, 그게 성가시고 잔인한 행동이라는 걸 깨달았다.

하지만 (바로 이 부분이 직접 부엌 서랍장을 만들거나 햄을 훈제하고 싶어 하는 제니가 아닌 저주를 막아준다는 목걸이를 가방에 넣어둔 제니와 어울리는 부분이다) 제니는 내심 미스테리가 있기를 기대하고 있다. 이것 이상의 무언가, 어떤 통찰력을 원한다. 어쨌거나 그녀는 지금 자기 목숨을 걸고 있다. 죽을 가능성은 별로 없다 하더라도. 그리고 여전히 아이를 낳다가 목숨을 잃는 여자들은 존재한다. 내출혈, 쇼크, 심장마비, 간호사든 의사든 의료진의 실수. 제니는 통찰력을 얻을 자격이 있다. 제니는 지금 그녀가 빠른 속도로 빠져드는 이 깜깜한 곳에서 무언가를 얻어가도 된다는 허락을 받을 자격이 있다.

잠깐 동안 제니는 그 여자에 대해 생각한다. 그 여자의 동기도 분명치 않다. 왜 그 여자는 아이를 낳길 원하지 않을까? 강간을 당한 걸까? 애가 이미 열 명 정도 있는 걸까? 돈이 없어서 굶고 있나? 그렇다면 왜 낙태를 하지 않았을까? 제니는 알지 못한다. 그리고 실제로 그 이유는 더 이상 중요치 않다. 행운을 빌지 않을

*게요.* 제니가 머릿속으로 말한다. 고통과 공포로 얼룩진 그 여자의 얼굴이 제니의 눈앞에서 잠시 떠다니다 사라져버린다.

제니는 전에 여러 번 시도했던 것처럼 아기에게 가닿아보려 애쓴다. 사랑과 색깔, 음악의 물결을 동맥을 통해 전달하는 것이다. 하지만 이제는 할 수 없다는 걸 깨닫는다. 이제 제니는 더 이상 아기를 아기로 느끼지 못한다. 배를 꾹 찌르고 발로 차고 빙 도는 아기의 팔과 다리를 느끼지 못한다. 이제 아기는 합쳐져서 단단한 구가 되었고, 이제 아기에게는 제니의 목소리를 들을 시간이 없다. 제니는 그것이 감사하다. 아기에게 얼마나 좋은 메시지를 보낼 수 있을지 어차피 모르기 때문이다. 기계처럼 숫자를 세고 있긴 하지만 이제는 더 이상 숫자를 통제할 수도, 볼 수도 없다. 제니는 연습을 잘못했다는 걸 깨닫는다. A가 무릎을 잡아주는 건 전혀 중요치 않았다. 이걸 연습했어야 했다. 이게 뭔지는 몰라도.

A가 말한다. "천천히 숨 쉬어." 제니는 옆으로 기대 있고, A는 제니의 손을 잡고 있다. "천천히, 천천히."

"못 해. 못 하겠어. 난 못 해."

"아냐, 할 수 있어."

"나도 저렇게 들려?"

"저렇게가 뭔데?" A가 말한다. 아마 A는 듣지 못하는 것 같다. 옆방이나 옆 옆방에 있는 그 여자의 소리를. 그 여자는 비명을 지르고 울부짖다가 또 비명을 지르고 울부짖는다. 울부짖을 때는 이 말을 반복한다. "아파. 아파." "아니, 너 저렇게 안 들려." A가 말한다. 어쨌든 옆방에 누군가가 있다.

의사가 들어온다. 하지만 제니의 담당의가 아니다. 제니에게 등을 대고 누우라고 한다.

"못 해요." 제니가 말한다. "그렇게 눕기 싫어요." 소리가 점점 작아져 점점 듣기 힘들어진다. 제니가 돌아눕자 의사가 고무로 된 장갑을 낀 손으로 더듬어본다. 무언가 축축하고 뜨거운 것이 허벅지로 흘러내린다.

"터지기 직전이었어요." 의사가 말한다. "그냥 건들기만 하면 됐네요. 4센티 열렸어요." 의사가 A에게 말한다.

"겨우 4센티요?" 제니가 말한다. 사기당한 기분이다. 의사의 말은 분명히 틀렸다. 의사는 때가 되면 담당의를 부를 거라고 말한다. 제니는 그들에게 분노를 느낀다. 그들은 제니의 분노를 알아채지 못했지만 그것을 전달하기엔 이미 늦었다. 제니는 다시 캄캄한 곳으로 미끄러져 내려간다. 지옥이라기보다는 어딘가에 갇혀서 나가려고 안간힘을 쓰는 느낌이다. 나가. 제니가 말한다. 아니, 생각한다. 그러다 몸이 둥둥 뜨기 시작한다. 숫자들은 사라지고 없다. 누군가가 제니에게 일어나라고, 방 밖으로 나가라고, 물구나무를 서라고 하면 할 수 있을 것만 같다. 매분마다 몸을 벌떡 일으켜 허공을 움켜쥔다.

"당신 과호흡 중이야." A가 말한다. "천천히 숨 쉬어봐." A는 강하게 제니의 등을 쓸어주고 있다. 제니는 A의 손을 채서 더 아래로, 원래 있어야 하는 알맞은 곳으로 사납게 떠민다. 하지만 그곳도 A의 손이 닿자마자 더 이상 알맞은 곳이 아니게 되고 만다. 제니는 언젠가 읽었던 이야기를 떠올린다. 나치가 진통 중인 유대인 여성의 두 다리를 묶어놓았다는 이야기. 전에는 그게 얼마나 괴로운 것인지 이해하지 못했다.

간호사가 주사기를 들고 나타난다. "주사 안 맞을 거예요." 제니가 말한다.

"본인을 그렇게 괴롭히지 마세요." 간호사가 말한다. "그렇게 고통을 느끼실 필요가 없어요." 무슨 고통? 제니는 생각한다. 고통이 없을 때는 아무것도 느끼지 못한다. 고통이 있을 때도 아무것도 느끼지 못한다. 그때는 그녀가 존재하지 않기 때문이다. 마침내 이 지점에서 언어가 사라진다. *지나고 나면 아무것도 기억이 안 나.* 거의 모든 사람이 제니에게 그렇게 말했었다.

제니가 진통에서 빠져나와 정신을 차리려고 애쓰며 말한다. "아기에게 해가 되나요?"

의사가 말한다. "약한 진통제예요. 아기에게 해가 되는 일은 하지 않습니다." 제니는 의사의 말을 믿지 않는다. 하지만 제니는 주사를 맞는다. 의사의 말이 맞았다. 진통제는 약했다. 제니에게는 그 어떤 효과도 없는 것 같다. 제니가 진통 사이에 잠깐 잠이 들었다고, 이후 A가 말해주긴 했지만.

갑자기 제니가 꼿꼿한 자세로 앉는다. 정신이 말똥말똥하고 명료하다. 제니가 말한다. "지금 당장 저 벨 눌러. 아기가 나오고 있어."

A는 제니의 말을 믿지 않는 게 분명하다. "느껴져. 아이 머리가 느껴진다고." 제니가 말한다. A가 버튼을 눌러 벨을 울린다. 간호사가 나타나 확인을 해본다. 갑자기 모든 것이 너무나도 빠르게 진행된다. 준비된 사람이 아무도 없다. 간호사가 휠체어에 앉은 제니를 밀며 복도 끝에서 출발한다. 제니는 편안하다. 복도를 바라보지만 안경을 쓰지 않았기에 모든 것이 희끄무레해 보인다. 제니는 A가 잊지 않고 안경을 챙겨 와주길 바란다. 제니와 간호사가 어떤 의사 옆을 지나간다.

"나 필요해요?" 의사가 묻는다.

"아니요." 간호사가 경쾌하게 대답한다. "자연 분만이에요."

제니는 이 의사가 분명히 마취 전문의일 거라고 생각한다. 제니가 말한다. "뭐라고요?" 하지만 이제는 너무 늦었다. 간호사와 제니는 방 안에 있다. 온통 표면이 반짝반짝하고, 공상 과학 영화에 나올 법한 이상한 관 모양의 기구들이 있다. 간호사가 제니에게 분만대 위에 올라가라고 한다. 방 안에는 둘뿐이다.

제니가 말한다. "제정신이에요?"

간호사가 말한다. "힘주지 마세요."

"뭐라고요?" 제니가 말한다. 터무니없다. 왜 제니가 기다려야 하는가? 의료진이 늦는다는 이유로 왜 아기가 그들을 기다려야 하는가?

"입으로 숨 쉬세요." 간호사가 말한다. "입을 크게 벌리시고요." 마침내 제니는 입으로 숨 쉬는 법을 기억해낸다. 진통이 끝나자 제니는 간호사의 팔을 지렛대 삼아 간신히 분만대 위로 이동한다.

어딘가에서 갑자기 제니의 담당 의사가 수술복을 입은 채로 모습을 드러낸다. 평소보다도 더 메리 포핀스 같다. 제니가 말한다. "이렇게 금방 절 볼 거라곤 예상 못 했겠죠!" 제니는 이때쯤 아이가 나올 것 같다고 했지만 3일 전에 의사는 적어도 일주일은 더 기다려야 한다고 말했던 것이다. 의사가 틀렸다는 사실이 제니를 우쭐하고 의기양양하게 만든다. 하지만 제니가 지금 아기가 태어날 거라는 걸 알았던 건 아니다. 제니는 의사를 믿었다.

사람들이 제니를 초록색 천으로 덮는다. 너무 시간을 오래 잡아먹는다. 제니는 사람들이 준비되기도 전에 지금 당장 아기를 밀어낼 것만 같다. A는 가운과 모자, 마스크를 쓰고 제니 옆에 서 있다. 안경을 챙겨오는 건 잊었다. "이제 힘주세요." 의사가 말한다. 제니는 주먹을 꽉 쥐고 이를, 얼굴을, 온몸 전체를 악문다. 신음 소리, 격렬한 웃음, 아기는 너무 크다, 돌이다, 바위다, 뼈가 열린다, 한 번, 두 번, 세 번째에, 제니는 마치 안팎이 뒤집어지는 새장처럼 활짝 열린다.

일시 정지. 축축한 고양이가 제니의 다리 사이로 스르륵 미끄러진다. "아기 한번 보세요." 의사가 말한다. 하지만 제니는 아직 눈을 감고 있다. 어차피 안경이 없어서 아무것도 보지 못한다. "아기 한번 보세요." 의사가 또다시 말한다.

제니는 눈을 뜬다. 옆에 실려와 있는 아기가 보인다. 걱정스러울 정도였던 보랏빛이 벌써 사라지고 있다. 제니는 생각한다. 좋은 아기다. 마치 그 나이든 여자가 '좋은 시계네요'라고 말했을 때처럼, 아기가 튼튼하게 잘 만들어졌다고 생각한다. 아기는 울지 않는다. 처음 보는 빛 아래서 눈부셔하고 있다. 탄생은 제니에게 주어진 것도, 제니가 행한 것도 아니다. 그저 제니와 아기가 이렇게 서로 인사를 나눌 수 있도록 발생해버린 것이다. 간호사는 아기의 이름이 쓰인 팔찌를 준비 중이다. 따뜻하게 천으로 단단히 싸여 제니 곁에 누인 아기는 스르륵 잠이 든다.

통찰력에 관해서라면, 그런 건 없었다. 제니는 그 어떤 특별한 지식도 얻지 못했다. 어쨌는지 이미 잊어버리고 있다. 제니는 피곤하고 몹시도 춥다. 제니는 떨고 있다. 그리고 담요를 하나 더 가져다달라고 부탁한다. A는 제니와 함께 방으로 돌아온다. 제니의 옷이 아직도 거기에 있다. 모든 것이 고요하다. 그 여자는 더이상 비명을 지르지 않는다. 그 여자한테 무슨 일이 생겼다는 걸 제니는 안다. 그 여자 죽었을까? 아기가 죽었을까? 어쩌면 그 여자는 문제가 생긴 사람 중 한 명이 되어(아직 제니 또한 그중 한 명이 되지 않으리라고 확신할 수 없다) 산후 우울증에 걸려 빠져나오지 못할 수도 있다. "내가 말했잖아, 무서워할 것 하나도 없다고." 방에서 나가기 전에 A가 말한다. 하지만 A는 틀렸다.

다음 날 아침 날이 밝자 제니는 잠에서 깬다. 도움 없이 침대에서 나오면 안 된다는 경고를 들었지만 제니는 혼자서 나오기로 결정한다(들판의 농부! 배 위의 인도 여자!). 아직도 아드레날린이 나오고 있지만 생각보다 몸에 힘이 없다. 하지만 제니는 정말로 창문 밖을 내다보고 싶다. 너무 오랜 시간 실내에 있었던 것 같은 느낌이다. 떠오르는 해를 바라보고 싶다. 이렇게 일찍 잠에서 깨어 있으니 약간 비현실적인, 꿈속에 있는 것 같은 기분이 든다. 반쯤 투명해진, 반쯤 죽은 것 같은 느낌이다.

(결국 탄생이 주어진 것은 나였다. 제니가 탄생을 주었다. 내가 그 결과다. 제니는 나에 대해 어떻게 생각할까? 기뻐할까?)

창문은 판유리 두 장으로 이루어져 있고 유리 사이에 블라인드가 있다. 옆에 있는 고리로 블라인드를 열 수 있다. 제니는 이렇게 생긴 창문을 본 적이 없다. 여러 번 블라인드를 열었다 닫았다 해본다. 그러다 블라인드를 열어놓고 밖을 내다본다.

창문을 통해 볼 수 있는 건 건물 하나뿐이다. 오래된 벽돌 건물이다. 육중한 빅토리아식으로, 동판 지붕은 초록색으로 방수 처리되었다. 건물은 견고하고, 단단하고, 까맣게 검댕이 내려앉아 음침하고, 단조롭다. 하지만 제니는 너무나도 오래되어 절대 다른 모습으로 바뀔 수 없을 것 같은 이 건물을 바라보다 이것이 물로 만들어졌다는 걸 깨닫는다. 물, 흐물흐물한 젤리 같은 물질이다. 건물 뒤에서 빛이 흘러든다(해가 떠오르고 있다). 건물은 너무

얇고 너무 물러서 새벽 무렵 불어오는 약한 바람에도 흔들린다. 제니는 만약 건물이 이런 식이라면(건물은 약간만 건드려도, 지구의 잔잔한 파동에도 무너질 것 같다. 왜 아직까지 아무도 이 사실을 알아채지 못하고 사고에 대비하지 못했을까?) 분명히 나머지 세상도, 지구 전체도, 바위도, 사람도, 나무도 이런 식일 것임을, 모든 것이 보호와 보살핌과 돌봄을 받아야 할 것임을 깨닫는다. 해야 할 일이 너무나도 막대해서 제니는 낙담하고 만다. 제니는 그 일을 할 수 없을 것이다. 그럼 어떻게 되는 거지?

문 밖 복도에서 발소리가 들린다. 제니는 생각한다. 분명 그 여자일 거야. 밤색과 갈색 체크무늬 코트를 입고, 종이 봉투를 들고, 해야 할 일을 마치고 병원을 떠나고 있을 거야. 분명 곁에서 지켜보며 제니가 무사한 것을 확인하고 다음 타자를 찾으러 도시의 거리로 향하고 있는 것이다. 하지만 문이 열리고 나타난 사람은 간호사다. 제때 등장한 간호사는 제니가 에어컨 가장자리를 붙잡고 바닥에 주저앉는 모습을 목격한다. 간호사가 너무 일찍 일어났다고 잔소리를 한다.

아기가 튼튼하고 견고하게, 마치 사과처럼 포장되어 방으로 들어오자 제니가 아기를 확인한다. 아기는 온전하다. 그날 이후 며칠 동안 제니는 새로운 단어들에 휩쓸리고, 제니의 머리카락은 점점 짙어진다. 제니는 원래의 자신이기를 그만두고, 서서히 다른 누군가로 바뀌어간다.

아니 에르노

얼어붙은 여자

《얼어붙은 여자*A Frozen Woman*》 중에서

---

아니 에르노는 《한 여자*A Woman's Story*》, 《남자의 자리*A Man's Place*》, 《단순한 열정*Simple Passion*》, 《부끄러움*Shame*》, 《나는 어둠 속에 남아 있다*I Remain In Darkness*》 등의 소설을 썼다. 르노도 상을 포함해 많은 수상 경력이 있고, 2011년 생존 작가로는 최초로 갈리마르 총서에 편입됐다. 현재 파리 교외에 살고 있다.

이 글에서 아니 에르노가 쓴 문장은 독자가 할 말을 잃을 정도로 정직하다. "나는 아기를 낳는 것 외에 내 삶을 바꿀 수 있는 다른 방법을 떠올릴 수가 없다. 그보다 더 나빠질 일은 절대 없으리라."

점심 후, 자 그럼, 차오ciao, 이따 밤에 봐요. 고독. 화장실에서 창
문 밖을 내다보는 열여덟 살의 고독이나 그가 방금 떠나간 이탈
리아나 프랑스 루앙의 호텔 방에서 창문 밖을 바라보는 고독이
아니다. 아직 말 못 하는 아이와 함께 빈 방에 남겨진 고독, 하찮
고 서로 아무런 관련도 없는 일련의 집안일들. 도무지 익숙해지
지 않는다. 누가 나를 선반 한 켠에 쓱 치워버린 것만 같다. 그는
거리의 차가운 공기를 마시고 영업을 시작한 가게들이 풍기는 냄
새를 맡을 것이다. 사무실에 도착하면 일에 착수해야겠지만 자료
를 완성했다는 만족감을 느끼게 될 것이다. 그렇다, 나는 질투하
고 있다. 왜 안 그렇겠는가? 결국 일을 해내지 못할 수도 있다는
두려움과 그 일을 성공적으로 마쳤을 때 느끼는 즐거움. 나도 그
기분을 사랑한다. 이 아늑한 아파트는 도대체 내게 어떤 도전과
승리의 경험을 제공하는가? 마요네즈가 분리되지 않게 하고 키

도의 눈물을 웃음으로 바꾸는 것. 나는 다른 시간을 살기 시작한
다. 카페 테라스에서 늘어져 보내는 달콤하고 느긋한 시간도, 10
월의 몽테뉴에서 느껴지는 평온함도 더 이상 없다. 책 한 권을 전
부 읽어치우는 시간, 친구와 수다를 떠는 시간도 잊었다. 어렸을
때부터 알았던 무언가를 잃어버렸다. 오롯이 일에 집중할 때 느
껴지는 시간의 리듬과 그 뒤에 찾아오는, 몸과 마음이 갑자기 활
짝 열려 자유로이 떠다니는 그 편안한 순간. 그는 이 리듬을 잃지
않았다. 정오에, 저녁에, 주말에, 그에게는 긴장을 풀고, 《르몽드
_Le Monde_》를 읽고, 레코드판을 듣고, 수표책을 결산할 시간이 있다.
심지어 지루해할 여유도 있다. 휴식. 요즘 나의 시간은 여러 가지
잡다한 일들로 언제나 어수선하다. 분류해야 할 빨래, 다시 달아
야 할 셔츠의 단추, 소아과 방문. 설탕도 다 떨어졌다. 누군가를
감동시키거나 즐겁게 한 적이 한 번도 없는 물건들. 시시포스와
시시포스가 끝없이 다시 언덕 위로 굴려 올리는 그 돌. 적어도 그
건 극적이다. 지평선을 배경으로 산 위에 우뚝 서 있는 남자. 하
지만 부엌에서 버터를 1년에 365번 프라이팬에 던져 넣는 여자는
영웅적이지도 부조리하지도 않다. 그저 삶일 뿐이다. 그렇다, 문
제는 체계적이지 못하다는 것이다. 정리, 모든 여성들의 표어, 잡
지의 넘쳐나는 조언, 시간을 아껴라, 이걸 해라, 저걸 해라, 그리
고 저것도, 우리 시어머니처럼(내가 너라면 이런 식으로 했을 거다. 이
게 훨씬 빠르거든). 하지만 사실 그건 고통이나 괴로움 없이 최소한
의 시간 안에 대부분의 일을 마치도록 스스로를 몰아넣는 방법이
다. 왜냐하면 그 일들이 주변 사람들을 성가시게 하니까. 나 또한
속아 넘어간다. 쇼핑할 목록을 적어놓는 메모장과 찬장에 쌓아
둔 식료품들, 예상치 못한 손님을 위해 준비해둔 냉동 토끼 고기,

미리 만들어둔 비네그레트 드레싱 한 병, 전날 밤 준비해서 테이블 위에 올려둔 아침식사 한 그릇. 무자비하게 현재를 집어삼키는 시스템이다. 끊임없이 앞으로 나아간다. 학교에서 그랬던 것처럼. 하지만 이번엔 끝이 보이지 않는다. 속도는 나의 좌우명이다. 활기 넘치는 댄스, 부드러운 걸레의 사랑스러운 촉감, 장미 모양을 낸 토마토 같은 건 없다. 나는 아침에 한 시간이라도 자유 시간을 갖기 위해 전속력으로 집안일을 해치워 나간다. 결국 자유 시간은 신기루처럼 사라지는 경우가 많지만, 나는 하루 중 가장 소중한 것, 마침내 손에 쥐었지만 끊임없이 위협받는 개인 시간을 잃지 않기 위해 주의를 집중한다. 바로 아들의 오후 낮잠 시간이다.

이 꽃다운 나이의 2년 동안 나는 내 삶의 모든 자유가 꾸벅꾸벅 조는 아이라는 한 가닥 실에 매달려 있는 모습을 본다. 먼저, 아이의 규칙적인 호흡을 기다릴 때의 긴장감, 그리고 침묵. 잠들었나? 오늘은 왜 잠들지 않지? 짜증나. 그리고 마침내 아이가 까무룩 잠이 든다. 깨지기 쉬운 휴식, 그마저도 자동차의 경적 소리와 초인종 소리, 층계참에서 들려오는 대화 소리 때문에 아이가 일찍 잠에서 깰 것에 대한 두려움으로 오염된다. 잠든 아이의 세계를 솜으로 둘둘 싸고 싶다. 벼락치기로 중등교사 시험공부를 하는 두 시간. 바깥에서 들려오는 고함 소리, 아이의 곰 인형에서 나는 끼끽거리는 소리, 블록 쌓기 장난감이 굴러 떨어지면서 나는 덜거덕 소리. 그때마다 나는 생각한다. 이제 끝났군. 활기와 행복에 가득 찬 채로 깨어난 아기가 사랑스럽지 않느냐고? 나도 안다. 나는 다른 사람들처럼 재잘거리며 블라인드를 걷어 올린다. 이제 낮잠 시간은 끝났어, 그러니까 가서 쉬하고 공원 가서 산책하고 백조한테 빵도 주자. 그리고 나는 크게 웃고, 노래를 부르고, 키도를 간질이면서 낡은 모성의 기쁨을 끌어올린다. 아이를 놀이방에 넣어놓고 귀에 귀마개를 쑤셔 넣은 다음 공부를 계속하고 싶다는 불온한 욕망은 내 것이 아니다. 무엇보다도 나는 아이가 일어나자마자 침실로 뛰어 들어가 아이의 배변 훈련용 바지를 꼼꼼하게 확인하고 유모차를 끌고 나갈 준비를 하는, 내 속도에 맞춰 아이를 다그치지는 않는 진짜 엄마여야 한다. 도대체 무엇이 나를 지배하고 있는 것인가! 시큼한 냄새를 풍기면서 코를 질질 흘리던, 어린 시절에 알던 녀석들, 전혀 아이를 돌보지 않는 지친 이웃이나 약간 머리가 어떻게 된 할아버지에게 버려진 네놈들을 예로 들 수 있을 것 같다! 너희 엄마들은 가난하고 양육에 대해 아는 게 하나도 없었지. 반면 나는 아름다운 아파트에 살면서 바람을 넣어 부풀리는 아기용 욕조, 아기 저울, 엉덩이 크림도 갖고 있지. 우린 달라. 그리고 아기의 첫 3년이 모든 것을 결정한다는 그 정신분석학의 저주. 나는 그것을 잘 인지하고 있다. 그 저주는 24시간 내내 나를 괴롭히고, 물론 나만 괴롭힌다. 나는 아이를 전적으로 혼자 책임지고 있기 때문이다. 또한 나는 남편이 공장이 아닌 "사무실"에 나가 있는 동안 집을 지키는, 현대적이고, 체계적이고, 세균에 관심을 기울이는 엄마들의 바이블, 《나는 아이를 키우고 있어요*I'm Raising My child*》도 읽었다. 여기서 나는 분명 엄마고, 나다. 400쪽이 넘고 십만 부 이상 팔린 이 책은 "엄마가 되는 일"에 대해 알아야 할 모든 것을 담고 있다. 남편은 우리가 안시*Annecy*로 이사한 후 어느 날 내게 이 책을 선물로 줬다. 그 권위 있는 목소리, 책 속의 여자는 아기 체온을 재고 목욕 시키는 법을 알려준다. 동시에 누군가는 리듬을 타듯 속삭이고 있다. "아빠, 아빠가 보스고, 영웅이에요. 책임을 지는 사람은 아빠예요. 그것만이 자연스러워요. 아빠가 가장 크고 아빠가 가장 강해요. 엄청 빨리 달리는 자동차를 운전하는 사람은 아빠예요. 엄마, 엄마는 착한 요정이에요. 아기가 배고프고 목마르면 오는 사람이에요. 엄마는 누가 부르면 항상 달려오는 사람이에요." 425쪽 내내. 끔찍한 말을 하는 목소리. 누구도 나만큼 키도를 잘 보살필 수 없어. 아이 아빠도 못 해. 아빠는 부성 본능이 없어. 부성적인 "구석"이 있을 뿐이지. 참담하다. 두려움과 죄책감을 느끼게 하는 교활한 방법. "애가 당신 불러… 당신 안 들리는 척하고 있지… 당신 몇 년 후에는 애가 '엄마, 여기 있어'라고 말하는 걸 다시 한번 들을 수 있다면 무슨 짓이라도 하고 싶을걸."

그래서 매일 오후 나는 키도를 데리고 산책을 나간다. 흠잡을 데 없는 엄마가 될 수 있도록. 산책하러 바깥에 나가자. 바깥이라고 말한다. 전에도 쓰던 단어다. 하지만 이제 내게는 더 이상 바깥이 없다. 바깥은 안의 연장일 뿐이다. 머릿속의 생각도 똑같다. 아이, 버터, 집에 가는 길에 사야 하는 기저귀 상자. 호기심도 발견도 없고, 오직 필요뿐. 하늘의 색깔은 어디에 있는 거지? 벽 맨 꼭대기에서 반짝거리는 햇살은? 무엇보다 안시에 대해 내가 아는 거라곤 개들이 다니는 영토, 바로 보도뿐이다. 언제나 땅에 코를 박고 추적한다. 경사의 높이를, 틈의 넓이를, 접근 가능한 곳과 불가능한 곳을. 장애물과 가로등, 쓰레기통, 무턱대고 유모차로 돌진하는 사람들을 이리저리 피하며.

한낮의 공원에서 우리 여자들은 벤치에 얌전히 앉아 있거나 산책길을 어슬렁댄다. 시간을 죽이고, 아이들이 자라기를 기다리며. 다른 여자들은 내게 아이가 몇 살이냐 묻고, 이빨, 걷는 시기,

까다로움 같은 것을 자기 아이와 비교한다. 곧 키도가 아장아장 걸으며 다른 아이들과 놀 수 있게 되면 우리는 부드러운 미소 뒤에서 예민하게 눈을 부릅뜬 채 맹렬하게 아이를 보호할 태세를 취한다. 연합을 맺고 아이와 너무 가까운 곳에서 자기 볼일을 보는 불결한 개나 길에서 자전거를 타는 열두 살짜리 커다란 아이들에 맞서는 것이다. 그렇게 두어선 안 된다. 그 외에는 이야기할 게 별로 없다. 고작 3년 전에 여자 친구들과 나눴던 대화를 기억한다. 연애 사건을 두고 벌이던 그 흥미진진한 토론, 아이를 무기력하게 감시하는 지금의 대화와는 달라도 너무 다르다. 하지만 "나 오늘밤 그 자식이랑 데이트하는데 뭐 입어야 할까?"와 나와 다른 모든 여자들이 반복하는 "이제 가야 해, 아빠가 곧 오실 거야"는 정말로 그렇게 다를까? 우리 각각은 기혼 여성 특유의 후광으로 고립되어 있기 때문에 뒤로 물러나서 안전한 주제인 아이들에 관해 이야기를 나눈다. 마치 우리들 사이에 언제나 남편의 그림자가 있는 것처럼, 우리는 감히 나서서 진짜 이야기를 나누지 못한다. 우리를 둘러싸고 있는 풍경은 눈부시게 아름답다. 호수, 푸른색과 회색이 섞인 산들, 그리고 카지노의 오케스트라가 관광객에게 연주를 들려주기 위해 테라스로 나오는 유월이면 블루스와 파소도블레의 희미한 선율이 모래 놀이 상자까지 들려온다. 삶, 세상의 아름다움. 모든 것이 나의 바깥에 있다. 더 이상 발견할 것이 없다. 집, 저녁식사, 설거지, 책을 펼쳐놓고 꾸벅꾸벅 조는 두 시간, 일하려고 애쓰다가, 침대, 다시 처음부터 반복. 섹스, 어쩌면, 하지만 섹스 또한 가정생활의 일부가 되었다. 모험도, 기대할 만한 무언가도 아니다. 나는 시내를 통과해서 집으로 가는데, 그건 보도가 넓기 때문이다. 싱글 남녀들이 카페에 들어갈 때 나는 어린 아이를 데리고 들어가도 이상하지 않은 공간에만 들어간다. 계산대의 소녀에서부터 손님들까지 전부 여자인 곳, 쇼핑 카트가 있기 때문에 피곤해지지 않고 아이와 식료품을 끌고 여기저기 돌아다닐 수 있는 곳. 슈퍼마켓, 내 외출의 보상.

그래, 나도 안다. 키도가 백조를 보고 웃음을 터뜨리고, 잔디 위를 기어 다니고, 그런 다음에는 공을 던지는 법을 배우고, 감탄하며 세발자전거를 바라보고, 심각한 표정으로 미끄럼틀을 탄다는 걸. 하지만 나는… 덫에 걸려 숨이 꽉 막히는 듯한 기분에 대한 것이라면 그 어떤 말도 즉시 의심을 불러일으킨다. 자기 자신만 생각하는 사람이 여기 또 있군. 잠에서 깨어나는 아이(당신이 낳은 아이라고요, 부인!)의 모습을 지켜보고, 아이를 건강하게 기르고, 보호하고, 첫 걸음마를 뗄 수 있도록 도와주고, 아이의 첫 질문에 대답해주는 이 위대한 의무에 감동받지 않는다면(이 말을 하는 목소리는 점점 더 높아지다가 단두대의 날처럼 쾅 하고 떨어진다), 아이를 낳지 말았어야죠. 세상에서 가장 훌륭한 일. 하든 말든 맘대로 해, 하지만 자세히 이야기하지는 마.

나는 그 위대함이라는 걸 전혀 느끼지 못한다. 행복에 관해서라면, 나는《나는 아이를 키우고 있어요》도 필요 없다. 행복은 가끔씩, 언제나 불시에 불쑥 찾아온다. 9월의 어느 오후, 나는 아이에게 빨간색 자동차 장난감을 사준다. 그리고 아이가 프리쥐닉 잡화점의 계단을 한 걸음 한 걸음 내려가는 모습을 지켜본다. 아이는 자동차 장난감을 탐욕스럽게 품에 꼭 쥐고 있다. 그리고 요전날 아이가 처음으로 허공에 몸을 던져 안락의자에서 내게 뛰어들었을 때, 애를 쓰느라 일그러졌던 그 작은 얼굴이 한 번, 또 여러 번 뜀뛰기에 성공한 후 환한 웃음으로 바뀌었을 때. 내가 전

부터 진짜 여자였듯, 진짜 엄마"이기도" 했다는 걸 증명하기 위
해 모든 것을 기억할 필요는 없다. 비교와 대조를 해대는 그 논쟁
에 참여하고 싶지도 않다. 타이핑을 하거나 볼베어링을 만드는
것보다 당신의 아이와 함께하는 이 순간들이 더 풍요롭다고 생각
하지 않나요? 심지어 이런 말도 한다. 아이들은 세상에 있는 모
든 책들만큼이나 가치 있지 않나요? 가상이 아니라 진짜 삶이잖
아요! 나는 아이를 키우는 것이 세상에서 가장 경이로운 일이라
는 말로 괴롭힘을 당했고, 그래서 이중 초점 안경을 낀 늙은 여자
를 만나는 게 싫었다. 오늘 나는 내가 한 번도 기대한 적 없었던
삶, 열여덟 살의 나는 전혀 상상할 수 없었던 삶, 아기용 시리얼,
예방접종, 비벼 빨아야 하는 방수 기저귀, 젖니가 날 때 발라주는
시럽과 함께하는 이 삶에 관해 쓰고 싶다. 전적으로, 또 절대적으
로 내가 돌봐야 하는 한 생명. 나는 짐을 지고 있다. 하지만 책임
을 지고 있진 않다! 나는 혼자서 키도를 키우고 있지만 다른 사람
의 감독하에 있다. 의사가 뭐라고 말했더라, 아이 손톱이 너무 길
어요, 손톱을 잘라줘야 해요, 아이 무릎에 저거 뭐예요, 넘어졌나
요, 그때 당신은 어디에 있었죠? 끊임없이 해야 하는 해명. 하지
만 의사의 목소리는 포악하지 않고 평소처럼 부드러울 뿐이다.
저녁이 되어 남편이 반짝거리는 키도를 안아 올릴 때(키도는 씻고,
밥도 먹고, 자기 전 기저귀도 새로 간 상태다), 마치 나는 이 10분을 위
해 하루 종일을 보낸 것 같은 기분이 든다. 아이를 아빠에게 보여
주기 위해서. 남편은 아이를 공중에 던지며 놀아주고, 간질이고,
뽀뽀를 퍼붓는다. 그 모습을 바라보는 나는 일종의 소심한 만족
감을 느끼며 웃음을 터뜨린다. 내가 아닌 아이에게 온 신경을 집
중하는 수 시간. 남편의 엄마가 남편에게 그랬듯. 도대체 무엇을

불평하는 거니? 이혼했거나 미혼인 엄마들은 하루의 끝에 자신의 희생을 바칠 남자도 없다고. 하지만 가끔 공원에서 유모차를 밀면서 나는 내가 나의 아이가 아닌 그의 아이와 함께 걷고 있다는 기분이 든다. 남편이자 아버지인 그를 중심으로 돌아가는 살균 처리된 조화로운 시스템 속에서 고분고분하게 열심히 돌아가는 톱니가 되어 그를 안심시키고 있는 것 같은 기분이 든다. 안에 모피를 댄 두꺼운 모직 재킷과 정장 바지를 입고 아이와 함께 공원을 걷고 있는 현대적 여성. 거기 호수에 있는 백조 몇 마리와 비둘기 떼. 그가 봤다면 분명 즐거워했을 아름다운 그림이다.

그에 관해서 말하자면, 그는 아이를 유모차에 태우고 안시를 걸어 다닌 적이 한 번도 없다. 죄송합니다, 죄송합니다 하고 거듭 말하면서 사람들을 도보에서 밀어내며 걸어본 적이 한 번도 없는 것이다. 오후가 지나가기를, 아이가 빨리 크기를 기다리며 벤치에 앉아 있었던 적도 없다. 그에게 안시는 일이 끝난 후 손을 주머니에 넣고 온 도시를 탐험할 자유를 누리며 느긋하게 돌아봐야 할 곳이다. 나는 정육점과 세탁소, 약국에서 쇼핑을 하기 위해 유모차를 끌고 다니는 길, 그러니까 쓸모가 있는 길밖에는 모른다. 그이에게 키도를 맡기고 혼자 가게나 병원, 미용실에 가는 저녁이면 나는 정신 나간 청파리처럼 보도를 질주한다. 그리고 여자가 혼자 있을 때 어떻게 걷는지를 다시 체득해야 한다. 분명 그는 우리 아파트, 우리 집이 가진 이미지를 소중히 여기고 있을 것이다. 그에게 집의 이미지는 끊임없이 정돈해야 하는 공간, 문을 들어서자마자 정리해야 할 식재료와 준비해야 할 이유식, 아기 목욕을 위해 채워야 할 물이 나를 향해 덤벼드는 공간이 아닌 휴식처다. 근본적으로 우리는 같은 아파트에 살고 있는 것이 아니다.

그는 담배에 불을 붙이고, 램프의 은은한 불빛 아래에서 방을 훑어보고, 반짝반짝 빛나는 변기에 오줌을 싼 다음 매일 완벽하게 닦아놓는 세면대에서 손을 씻고, 티끌 하나 없는 타일 복도를 지나 거실로 돌아와 신문을 읽는다. 그는 아늑한 환경을 즐기고, 편안하게 휴식을 취하고, 집이 주는 쾌적함을 맛볼 수 있다. 그는 쇠똥구리처럼 여기저기 기웃대며 쓸고 닦지 않는다. 기쁨, 그걸로 끝이다. 뭘 하든 먼지닦이하고 바닥 청소제, 걸레가 나뒹굴지 않게 해. 저기 저건 뭐야. 그는 멀찍이서 내게 "저걸" 가리킨다. 실내장식과는 말로 표현할 수 없을 정도로 어울리지 않는 터무니없는 물건. 깔끔함과 아름다움만 용납된다. 오후 두 시다. 부엌에 있던 점심식사의 흔적들은 전부 사라졌다. 싱크대에 내 모습이 반사되는 게 보인다. 파란색 바탕에 셰퍼드 무늬가 있는 시골풍 화분을 다시 식탁 위에 올려두었다. 가구 광택제의 점잖은 냄새가 난다. 키도는 잠들어 있다. 왜 이렇게 정돈을 하는가? 누구를 위해서? 그저 누군가가, 예를 들면 고모가 갑자기 집에 들렀을 때 집이 지저분해서 죄송해요라고 말하지 않기 위해서? 내가 아침 7시부터 허둥지둥하다 결국 맞이한 것은 이 공허다. 분명 여자들이 약을 삼키고, 혼자 술을 마시고, 마르세유로 가는 기차를 잡아타는 때가 이때일 것이다. 정지한 세계.

  아이는 배가 고프다. 무릎에 냅킨을 펼치고 음식이 차려지는 것을 지켜보는 기분은 어떨까? 내가 고르고 준비하고 법석을 떨고 지켜보지 않은 음식, 준비하면서 매 순간 냄새를 맡아야 했던 음식이 아닌 기분 좋은 놀라움을 주는 음식이 차려지는 것을 지켜보는 기분은 어떨까? 나는 그 기분을 잊어버렸다. 물론 레스토랑에 가기도 한다. 하지만 자주는 아니다. 아이 봐줄 사람을 구해야 하기 때문이다. 그건 큰일이고, 사치스러운, '내가 오늘 밤 자기 데리고 나갈게' 같은 일이다. 그건 그의 습관이 아니다. 그의 습관은 고맙다는 말을 할 필요가 없는 1일 2회 만찬이다. 당신 셀러리 레물라드 만들었네, 스테이크는 레어고. 접시 위에서 볶은 감자가 지글거린다. 이때쯤 나는 거의 30분 동안 끊임없이 맛을 보고, 간을 보고, 아직 완성이 안 됐는지 확인하며 음식 냄새를 너무 많이 맡은지라 거의 입안에서 음식을 씹은 것 같은 느낌이 든다. 그러면 사람들의 욕망을 불러일으켜 입안에 침이 고이게 하는 진짜 음식을 먹고 싶은 마음이 뚝 떨어진다. 하지만 그는, 적어도 그는 먹게 한다. 그가 내 모든 노력을 보상하게 한다. 나는 이 점에 관해서는 이미 확고하다. 나는 접시가 깨끗이 비워지기를, 남은 음식이 없기를 바란다. 음식이 남으면 내 시간과 에너지를 낭비한 것 같다. 그리고 냉장고에 오래된 음식을 넣어놓는 것, 다시 맛보고, 내놓고, 보관하는 것. 생각만 해도 넌더리가 난다. 나는 먹는 데서 오는 전율과 기쁨을 완전히 잃고 싶지 않다. 음식을 끊임없이 야금야금 먹는 여자는 욕망이 채워지지 않아서 남몰래 입으로 만족감을 얻는 유치하고 경박한 사람이라고 언제나 비난받는다. 오, 얼마나 형편없는 태도란 말인가. 하지만 나로서는, 그 한 입씩 먹는 치즈와 초콜릿들, 익히지 않은 그 쿠키 반죽의 맛이 배고픔을 잃지 않게 해준다. 스낵은 나만의 패스트푸드다. 접시도, 식사 도구도 필요 없다. 식사 준비 의례를 떠올리지도 않는다. 영원히 무얼 만들지 계획하고, 쇼핑하고, 준비해야 하는 것에 대한 나만의 복수다. 365번의 식사 곱하기 2, 900번의 프라이팬질, 스토브 위의 냄비들, 수천 번의 달걀 깨기, 뒤집어야 할 고기 덩어리들, 비워야 할 우유곽들. 여자, 모든 여자들이 당연히 해야 하는 일이다. 내가 그이처럼 곧 직업을 갖게 된다고 해도 부엌에서 벗어나지 못할 것이다. 남자라는 이유로 매일 하루에 두 번씩 해야 하는 일이 있는가? 오래전 내가 청소년이었을 때 가끔씩 만들었던 작은 초콜릿 무스는 나도 다른 여자애들처럼 내 손으로 뭔가를 만들 줄 안다는 것을 보여주기 위한 행복한 알리바이였다. 내놓으면 즉시 입속으로 사라져버리는, 수 킬로그램은 족히 되는 음식들, 삶의 지속. 하지만 다른 관점도 있다. 내 관점에서 그건 죽음의 행진에 더 가깝다.

습관이 되었다. 귀여운 빨간 리본으로 부엌에 매달려 있는 메모장에 쇼핑할 목록을 적어놓는 것, 주중에는 간단한 요리를 하고 일요일이나 가족 모임이 있을 때는 특별한 요리를 하는 것. 오, 제발 더 드세요. 아가야, 너무 맛있구나. 사람들이 배가 터질 정도로 잔뜩 먹고 기쁨에 가득 차 애정 어린 시선으로 나를 바라보게 하라. 저 아이는 정말로 솜씨가 좋아, 안 그러니, 저렇게 훌륭한 요리사가 될 줄 누가 알았겠어, 정말 멋지고 놀라운 일이지. 과거와 현재를 비교하는 건 그만두기로 한다. 나는 요리가 아무것도 아닌 척, 매일 목욕을 하듯 자연스러운 것인 척한다. 요리책을 대충 훑어보면서 요리에서 조금이라도 만족감을 얻어보려 노력한다. 요리책은 내게 끝없는 창조적 가능성이라는 인상을 준다. 절대 같은 요리를 두 번 만들지 않는다… 하지만 역시 요리책은 괴롭다.

저녁 7시다. 냉장고 문을 연다. 달걀, 크림, 양상추, 선반 위에 모든 것이 일렬로 줄을 서 있다. 저녁을 준비할 마음이 전혀 안 든다. 게다가 뭘 만들어야 할지도 전혀 모르겠다. 준비자의 장애. 꼭 모든 걸 잊어버린 것 같다. 약 1분간 무기력하게 서 있으니 냉장고가 울리기 시작한다. 일종의 명령이다. 뭔가를 만들어, 뭐든 간에, 움직여. 결국 나는 익숙한 메뉴에 기댄다. 달걀 프라이와 스파게티.

그중에서도 가장 힘든 것은 슈퍼마켓에서 일어나는 정신분열이다. 절대 예측할 수 없다. 나는 통로를 따라 카트를 민다. 밀가루, 오일, 고등어 통조림. 망설임. 이건 늘 적신호다. 옆에 있는 다른 여자들은 능숙한 손놀림으로 쾌활하게 선반에 있는 물건들을 쓸어 담고 있다. 다른 여자들은 통조림과 쿠키 상자 앞에 서서 라벨을 읽으며 엄청난 집중력으로 성분을 분석하고 있다. 내일 그리고 남은 주중을 위해서는 분명히 먹을 게 아주 많이 필요하다. 하지만 뭔가를 사고 싶은 마음이 아예 없다. 먹을 것들이 늘어선 통로를 오르락내리락한다. 식료품들은 점점 흐릿해지면서 거대한 하나의 덩어리처럼 보이기 시작한다. 흘러나오는 음악, 조명, 다른 여자들의 결단력, 이 모든 것들이 나를 소름끼치게 한다. 나는 영양 공급성 건망증에 시달리고 있다. 그 자리에서 즉시 내빼버리고 싶다. 나는 가까스로 치즈와 포장된 편육 제품 몇 개를 대충 카트에 던져 넣은 다음 음식으로 터질 것 같은 카트와 위풍당당하게 그 카트를 밀고 있는 여자들 뒤에 얌전히 줄을 선다. 슈퍼마켓에서 나온 후에야 편히 숨을 쉴 수 있다. 냉장고 앞이나 슈퍼마켓 카트 뒤에서 느끼는 실존적 구토, 얼마나 훌륭한 농담인가. 그가 들으면 좋아할 것이다. 견습 교사 기간의 모든 게 비루하고 중요치 않은 것처럼 보인다. 쩨쩨한 불평, 여기저기서 터져 나오는 징징거림이 아니고서는 표현하기가 힘들다. 나 피곤해, 손이 두 개밖에 없다고, 당신 일은 당신이 하는 게 어때. 이 노래는 내 입술에서 저절로 튀어나와 집 안에 흐르고, 그는 귀머

거리처럼 귀를 닫아버린다. 마치 그런 말은 새로울 게 하나 없다는 듯이, 아니면 부하의 불평과 비난을 보스가 별것 아닌 일로 무시해버리듯이.

물론 누가 뭘 하는지 계속 파악해볼 수도 있다. 나는 그에게 아침을 차려주고 양복을 다려준다. 그는 싱크대의 배수구를 청소하고 쓰레기를 내다버려야 한다. 당신 레코드 샀으니 나는 책 살게. 뭐라고? 좋아, 내 대답은 이거야. 이 개자식! 이건 그리 공정한 자유 교환처럼 보이지 않는다. 어쨌든 나는 우리가 무엇을 하는지 쭉 주시한다. 진이 빠진다. 일부러 책에 돈을 쓰거나 쓰레기가 가득 차도록 내버려두는 이런 트집 잡기는. 즐겁지도 않고 진짜 저항도 아닌, 그저 복수를 위한 행동일 뿐이다. 나는 결혼한 이후로 줄곧 내게서 도망치는 평등을 쫓아다녔던 것 같다는 생각이 든다. 나는 언제나 소란을 피울 수 있고 싸움을 끝내버릴 수 있는 사람이다. 반항적 태도, 이혼, 뭐든 꺼내들 수 있다. 사려 깊은 토론은 잊어라. 한 시간 동안의 초토화, 그것은 내 무채색 삶의 새빨간 태양이다. 체온이 오르는 걸 느끼고, 분노로 전율하고, 모든 조화를 깨부술 최초의 문제 제기로 도발을 한다. "당신 가정부로 사는 거 이제 지긋지긋해!" 그가 가면을 쓰는 걸 바라보고, 적절한 대답이 나오길 기다린다. 날 자극해서 그동안 잃어버렸던 내 언어와 폭력성, 이것이 아닌 다른 무언가에 대한 욕망을 되찾을 수 있게 하는 대답. 그가 몹시 혐오하는 저속한 말들을 속사포처럼 쏟아댄다. 이런 삶은 역겹다고, 당신 엄마처럼 되느니 죽는 게 낫겠다고(당연히 나는 그가 절대로 건드리지 못하는 것을 공격에 이용한다). 그가 거만한 미소로 나를 진정시키지 못하게 미친 사람처럼 악을 쓰는 즐거움, 죄송하지만 쓸데없는 잘난 척은 하지 말아주세요. 하지만 "아이 때문에" 마음껏 화를 내지 못하는 시기는 오고야 만다. 애 앞에서 부끄럽지도 않아? 품위, 다른 말로는 복종. 통제권을 가진 아버지와 침묵하는 엄마는 아이의 정신 건강에 매우 좋다.

    …

나는 천천히 '쉬야'의 시기에서 빠져나온다. 키도는 유치원에 다닌다. 기저귀와 유치원은 이제 불쾌한 기억일 뿐이다. 오랫동안 이때를 기다려오지 않았던가, 자유가 점점 늘어나, 결국 예전과 (거의) 똑같이 되기를! 해냈다. 할 수 있는 일들이 수없이 많다. 모임. 영화 동호회에 가입하는 건 어때요? 교육법에 관한 프레네의 강연에 와요, 스키나 테니스를 배우는 건? 나는 이제 더 이상 내가 정말 하고 싶은 게 뭔지 모른다. 전부 다 해보지만 꽂히는 건 없다. 시간이 너무 많이 들고, 뭐 하나 제대로 끝마치는 법이 없으며, 언제나 못 나간다고 변명을 하고(키도가 홍역에 걸렸어요), 저녁식사를 준비하기 위해 일찍 자리를 뜬다. 그 모든 것들은 가족과의 단절이자 집안을 방치하는 상황으로의 초대일 뿐이다. 그리고 비밀스러운 관계에 관해서는, 좀 더 많은 말들이 있었는지 모른다. 금발의 매력적인 동료… 최악의 선택이다. 그리고 내가 도대체 어디에 은밀한 정사를 숨겨놓을 수 있겠는가?

    가장 단순하고 위험하지 않은, 내가 쉬이 휘말려버릴 수 있는 모험은 가까운 곳에 있다. 그저 약통에 있는 스물한 개의 불쾌한 알약을 그만 삼키면 된다. 어떻게 내가 그렇게 되도록 내버려둘 수 있었을까? 모두가 찬성하고, 사회와 시대의 축복을 받을 수 있는 일, 그 누구도 화나게 하지 않을 일에 머리부터 곤두박질치며 뛰어들기 전 일말의 가책이 있을 리 없다. 나는 나를 어려움에서 빼내줄 고귀한 동기를 여기저기 떠벌리고 다닌다. 아이가 하나밖에 없으면 슬프잖아, 좋아 보이지도 않고. 둘이 딱 좋아. 레미와 콜레트, 앙드레와 줄리앙, 엄마 배 만져 봐, 네 사랑스런 여동생이 이 안에 있단다, 얼마나 흐뭇한 장면인가. 내 진짜 동기는 이거다. 나는 아기를 낳는 것 외에 내 삶을 바꿀 수 있는 다른 방법을 떠올릴 수가 없다. 그보다 더 나빠질 일은 절대 없으리라.

　8일이 지나도 생리를 안 한다. 내가 좀처럼 믿지 않는다는 게 이상할 정도다. 어느 2월의 아침, 알람이 울린다. 6시간짜리 수업이 있는 날이다. 믿기 힘들지만, 지난밤 내 뱃속에서 구역질이 마치 버섯처럼 자라났다는 걸 깨닫는다. 토해야 하나, 울어야 하나? 이제야 나는 내가 어떤 종류의 모험을 선택했는지를 이해한다. 첫 몇 년간의 우당탕거림, 한 손으로는 유모차를 밀고 다른 한 손으로는 키도를 붙잡고 걷는 산책. 교직 연수도, 모임도, 겨울 내내 그이의 피부를 마치 한량처럼 태웠던 눈 쌓인 스키장 슬로프도 안녕. 지켜봐야 할 아이가 하나가 아니라 둘인, 끝없는 일요일. 브라보, 어찌나 상상도 잘하는지. 그는 은밀하게 계획된 이 임신에 충격을 받는다. 좋아하는 기색이 전혀 없다. 이 계획이 경솔하다고 생각하는 것 같다. 그리고 바로 신중하게 거리를 둔다. "결국 책임져야 할 사람은 바로 당신이야." 더 말할 필요도 없다. 나도 안다. 9개월 후 분유를 타고 젖병을 소독할 유일한 사람이 바로 나라는 걸. 첫 애 때처럼 파파, 바바 하며 노는 일은 없을 것이다. 아 젊음이여, 이제 그의 역할은 신성불가침한 영역이다. 그가 어쩌겠어, 하루 종일 일하는데, 기타 등등. 그 멋진 출산 휴가가 싫다고 징징댈 생각을 하다니, 너무나도 어리석다.

배가 다시 불러오기 시작한다. 전만큼 충격적이진 않다. 이미 익숙하니까. 아파트의 여름은 끈적하다. 키도가 공놀이를 하는 호수 옆 산책로에는 반드르르한 빛이 흐르고, 우리는 그늘진 거리를 따라 집으로 돌아온다. 관광객들과 부딪치지 않으려고 팔을 휘저으면서, 온 세상과 미래로부터 나를 고립시키는 이 무게에 짓눌리면서, 나는 녹초가 된다. 하지만 이 모든 것에도 불구하고 나는 보리바쥬 병원의 고문대 위에서 보낼 하룻밤이 빨리 왔으면 하고 바라지는 않는다. 아이가 하나밖에 없는 이 마지막 순간을 가능한 한 오래도록 즐기고 싶다. 여성으로서 나의 인생 전부는 다음과 같다. 계단을 걸어 내려간다. 그리고 한 계단 한 계단마다 망설인다.

침대에서 호수의 푸른빛과 유리창 근처에서 파닥거리는 통통한 가을 파리들이 보인다. 아기는 온전하고, 포동포동하고, 다소 많이 먹는다. 멋진 오후다. 나는 내 가슴 위로 고개를 끄덕이며 꾸벅꾸벅 존다. 가슴은 점점 부풀면서 울퉁불퉁해지고 있다. 병원의 아늑한 풍경 속에서 몸을 웅크린다. 이봐, 즐기라고, 빈둥거리는 거야, 병원에 있는 여자들이 웅성거리면서 힘 센 여왕벌처럼 굴게 내버려둬, 그리고 무엇보다, 다른 문제들은 걱정하지 마, 걱정하면 젖이 흐르지 않아서(진짜다) 아이의 그 작은 입에 젖을 먹이지 못할 수도 있다구. 그냥 쏟아져 들어오는 쭉쭉 늘어나는 장난감과 인형 스웨터를 갖고 놀면 된다. 그리고 득의양양하게 출생 신고서를 쓰는 거다. 둘째가 태어났어요! 그리고 한 시간에 열 번 아기 침대 위로 몸을 구부려서 그 자그맣고 새로운 얼굴을 뜯어보고 호흡을 확인한다. 모험을 위해 내가 선택한 방법에 진심으로 감사한다. 왜냐하면 이번이 마지막이기 때문이다. 휴전을 선포한다. 이제는 그만둘 것이다. 자발적 결정이라는 환상. 내가 한 일이라고는 이상적인 가족을 만든 것뿐이다. 브리지트와 힐다, 그 밖의 모든 아이들이 미래를 꿈꾸며 그려보던 그런 가족 말이다. 둘, 둘이 딱 좋다.

딱 좋다. 다른 말로는 포화 상태의 시작, 문자 그대로의 의미뿐만 아니라 비유적 의미에서 이보다 더 똥에 깊이 파묻힐 수 없다는 불가능성. 고등학교에서의 일과 내 커다란 배를 생각하면 육아휴직은 긴 휴가처럼 보인다. 점점 덜 까탈스러워진다. 새벽 5시의 귀청이 터질 듯한 울음 소리, 그날 처음으로 우유를 먹이고, 스르르 다시 잠들었다가, 7시에 정신없이 깨어나 가족들과 아침을 먹고, 키도를 유치원에 보낼 준비를 하고, 두 번째로 우유를 먹이고, 집안일을 하고, 그다음엔 요리를 한다. 어지러울 정도로 시간이 빨리 흘러가지만 나 스스로를 위한 시간은 단 1분도 없다. 하지만 그이가 자기 일"도 하면서" 쇼핑까지 해주다니 얼마나 다정한가, 고마워, 고마워. 잠들지 않고 마지막 젖병을 채우기 위해 남편과 텔레비전을 본다. 피로. 고독. 밖에서는 어떻게 보일까? 얼마나 진부한 모습일지. 사랑스러운 아기가 깊이 잠들어 있는 귀여운 유모차와 함께 유치원 문 앞에서 아이를 기다리는 젊은 여자라니. 하지만 불평하진 않겠다. 출산 휴가가 끝나면 상황은 더 악화될 테니. 나는 잠시 다른 선생님에게 맡겨져 있던 내 학생들에게로 다시 돌아갈 것이다. 숙제를 검사하고 수업을 준비하며 저녁 시간을 다 보낼 것이다. 그동안 잘 모르는 사람이 뱅키를 돌봐줄 것이고 나는 매일 그 여자에게 지시를 해야 할 것이다. 이 아기는 진짜다. 키도 때는 이렇지 않았다. 지금 나는 모든

것을 직접 하고, 강박적이고, 깐깐하고, 무엇 하나도 놓치는 법
이 없다. 아, 이 아이는 내가 학생 때 키웠던 자기 형처럼 자기가
싼 오줌에 절여지지 않을 것이다. 나는 아이를 데리고 공원에 나
가 느긋하게 산책을 할 것이고, 이번에 다시 꺼낸《나는 아이를
키우고 있어요》속의 엄마처럼 될 것이다. 매주 아기 저울에 몸무
게를 재보면서 만족스러운 순간을 맛볼 것이다. 세탁기가 빨래를
열심히 돌리고 있고, 거실에서는 레몬 오일의 기분 좋은 향기가
풍긴다. 이른 저녁 아파트의 은은한 불빛 아래서 나는 키도와 함
께 레고로 집을 만들다 이렇게 말한다. 서둘러, 동생한테 우유 먹
일 시간이야, 아빠도 곧 오실 거구. 아빠는 아이들에게 뽀뽀를 하
고, 뱅키를 간질여 웃게 한 다음,《르몽드》를 들고 자리를 잡는다.
나는 설거지를 마치고 텔레비전 앞에 있는 그이 옆으로 간다. 행
복한 대가족이다. 날씨가 좋으면 유모차로 도보 위에 있는 사람
들을 쫓아내는 일 없이 차분하게 공원에 간다. 그리고 나이 든 사
람, 어린 아이를 둔 여자들이 있는 벤치 옆자리에 앉는다. 그렇게
키도를 데리러 유치원에 갈 시간이 될 때까지 기다린다. 삶은 원
래 이런 것이리라. 나는 스물여덟이다.

　패닉에 빠지고 바보처럼 겁을 먹는다. 그럴 때조차 여자는 놀
라울 정도로 잘 참아낸다. 사람들은 그걸 애정이라고 부른다. 나
는 둘째 아이를 키우면서 프랑스어 수업을 세 개 맡고 쇼핑과 요
리를 하고 고장 난 지퍼를 고치고 아이들의 신발을 산다. 정말 놀
라운 것은 (그이가 항상 내게 상기시키듯) 내가 일주일에 4일 반 동안
일을 도와주는 분이 있는, 특권이 있는 소수라는 것이다. 하지만
그렇다면 자기가 가장 좋아하는 살림꾼이 언제나 근무 중인 남자
들은 특권 계급이 아니란 말인가? 자연스럽게 나는 전문적인 관

심사나 취미 활동, 남자나 미혼 여성들이 즐길 수 있는 것들에 시간을 훨씬 덜 쏟게 될 것이다. 아마도 나중엔 가능할지도. 그렇다면 왜 고등학교 일을 계속 하는가. 숙제를 확인하고 수업을 준비하느라 엄마로서의 시간을 잡아먹는데? 물론 나도 아이들을 가르치면서 모든 걸 다 해내고 싶어 하는 기혼 여성들의 편리한 피난처를 기쁜 마음으로 이용할 것이다. 바로 6학년부터 9학년 학생들이 다니는 중학교다. 중학교는 일이 훨씬 더 쉽다. 재미는 없지만. "경력 쌓기." 그것은 남자들의 몫 중 하나고, 내 남편은 스스로를 위해 착실히 경력을 쌓아나가고 있으니 그걸로 됐다. 차이, 무슨 차이를 말하는지, 나는 더 이상 차이를 느끼지 않는다. 우리는 함께 밥을 먹고, 같은 침대에서 잠을 자고, 같은 신문을 읽고, 똑같이 회의적인 태도로 정치인들의 연설을 듣는다. 우리의 계획은 평범하다. 새 차, 새 아파트, 아니면 우리가 수리할 수 있는 오래된 집, 아이들이 좀 더 크면 여행 떠나기. 심지어 다른 삶에 대한 막연한 욕망을 표현하는 것도 똑같다. 가끔씩 그는 한숨을 쉬며 결혼은 상호간의 구속이라고 말한다. 그리고 우리는 그 말에 기꺼이 동의한다.

나도 모르는 사이에 견습 교사 기간이 끝난다. 습관은 계속 이어진다. 집 안에서는 원두 분쇄기와 프라이팬의 소음이 잔잔하게 이어지고, 바깥에서는 신중하고 현명한 선생님이자 까사렐이나 로디에에서 나온 옷을 입는 중역의 아내가 된다. 얼어붙은 여자다.

토니 모리슨

빌러비드

《빌러비드*Beloved*》 중에서

토니 모리슨의 소설로는 《가장 푸른 눈*The Bluest Eye*》, 《술라*Sula*》, 《솔로몬의 노래*Song of Solomon*》, 《타르 베이비*Tar Baby*》, 《파라다이스*paradise*》 등이 있으며, 《빌러비드*Beloved*》로 1988년 퓰리처상을 받았다. 1993년에 처음으로 노벨문학상을 받은 흑인 여성이 되었다. 현재 프린스턴 대학에서 로버트 고힌 기금 교수로 재직 중이다.

《빌러비드》에서 토니 모리슨은 너무나 절망적이고 무력한 나머지 아이가 노예의 삶을 사는 것을 막기 위해 영아 살해를 저지르는 인물을 그려낸다.

세서는 이 세상에서 다시 눈뜰 수 있을 것이라 전혀 생각지 않았다. 그래서 발가락이 자기 엉덩이를 쿡 찌르는 것을 느끼고도 한참이 지나서야 죽음이라고 생각했던 잠에서 깨어날 수 있었다. 오들오들 떨며 뻐근한 몸을 일으키자 에이미가 젖어버린 등을 바라보고 있었다.

에이미가 말했다. "꼴이 딱 악마 같네! 하지만 버텨냈어. 여기로 와 봐, 맙소사, 루가 버텨냈어. 다 내 덕분이야. 나는 아픈 데를 낫게 하는 재주가 있거든. 걸을 수 있겠어? 어때?"

"어떻게든 오줌을 먼저 싸야 할 것 같아요."

"한번 걸을 수 있나 보자."

쉽지는 않았지만 걷지 못할 정도는 아니었다. 세서는 처음에는 에이미를, 그다음에는 어린 나무를 붙잡고 절뚝절뚝 걸었다.

"내가 살린 거야. 나한텐 아픈 데를 낫게 하는 재주가 있다니까. 안 그래?"

"맞아요." 세서가 말했다. "대단해요."

"이 언덕을 내려가야 해. 서둘러. 내가 강까지 데려다줄게. 그게 너한테 좋을 거야. 나는 고속도로로 갈 거야. 바로 보스턴으로 갈 수 있거든. 그런데 옷에 그게 다 뭐야?"

"젖이요."

"꼴이 엉망진창이야."

세서는 자기 배를 내려다보며 어루만졌다. 아기는 죽었다. 밤사이 세서는 죽지 않았지만 아기는 죽었다. 그렇다면 이제는 멈출 일이 없었다. 헤엄을 쳐서라도 이 젖을 어린 딸에게 먹일 것이다.

"배 안 고파?" 에이미가 물었다.

"전 배고플 새가 없어요, 아가씨."

"이런, 천천히 하자고. 신발 필요해?"

"뭐라고요?"

"내가 만들어봐야겠어." 에이미는 이렇게 말하고는 정말로 신발을 만들었다. 먼저 세서의 솔을 찢어서 둘로 나눈 다음 나뭇잎을 채워 세서의 발에 묶었다. 그러면서도 내내 입을 쉬지 않았다.

"몇 살이야, 루? 나는 4년 전부터 생리를 했는데 애를 가진 적은 한 번도 없어. 나한테서 젖이 땀처럼 흐르는 건 절대 볼 수가 없을 거야, 왜냐면…"

"그렇죠." 세서가 말했다. "보스턴으로 가시니까요."

정오에 이르러 둘은 강을 보았다. 물소리를 들을 수 있을 만큼 가까웠다. 늦은 오후에는 원한다면 강물을 마실 수 있을 정도로 다가갔다. 별 네 개가 떠오를 즈음, 둘은 무언가를 찾아냈다. 세서가 몰래 타고 떠날 수 있는 유람선도, 도망자를 흔쾌히 태워줄 뱃사공도 아니었다. 그런 건 없었다. 그저 훔칠 수 있을 것 같은 보트 한 대였다. 보트에는 노 한 개와 엄청나게 많은 구멍 그리고 새집 두 개가 있었다.

"이제 됐어, 루. 주님이 널 돌보고 계시는 거야."

세서는 몇 킬로미터나 펼쳐진 검은 물을 바라보았다. 망가진 보트에 있는 노 한 개로 수백 킬로미터를 흘러 미시시피 강으로 이어지는 물살에 맞서 이 검은 물을 헤쳐 나가야 했다. 세서에게 강은 마치 고향처럼 보였다. 아기도(전혀 죽지 않았다) 분명 그렇게 생각했을 것이다. 세서가 강 가까이 다가가자마자 양수가 터져 강으로 흘러들었다. 양수가 터지며 출산이 시작되었음을 알리자 세서가 몸을 둥그렇게 구부렸다.

"뭐하는 거야?" 에이미가 물었다. "머리에 뇌가 있긴 한 거야? 당장 멈춰. 멈추라고 했어, 루. 세상에 너만큼 멍청한 애도 없을 거야. 루! 루!"

세서는 안으로 들어가는 것 말고는 아무것도 생각할 수 없었다. 폭풍처럼 밀려드는 아픔이 지나간 후 찾아올 달콤한 박동을 기다렸다. 그리고 무릎을 꿇어 보트 안으로 기어 들어갔다. 세서가 올라타자 보트가 기우뚱하며 좌우로 흔들렸다. 나뭇잎으로 둘둘 싸맨 발을 보트의 의자 위에 올려놓자마자 또다시 숨 막히는 고통이 찾아왔다. 네 개의 여름 별 아래서 헐떡이면서, 세서는 다리를 양쪽으로 벌렸다. 그 가운데서 아기 머리가 나오는 거라고, 마치 세서가 모를 거라고 생각하는 양, 마치 다리 사이가 찢어지는 것이 들보에 있는 호두나무 목재가 부러지는 것인 양, 번개가 쳐서 가죽 같은 하늘을 갈기갈기 찢어놓는 것인 양, 에이미가 알려주었다.

아기는 어딘가에 걸려 나오지 못하고 있었다. 머리가 위에 있었고 엄마의 피 속에서 숨을 쉬지 못했다. 에이미는 주님에게 빌다가 그만두고 주님의 아버지를 욕하기 시작했다.

"힘줘!" 에이미가 소리쳤다.

세서가 작은 목소리로 말했다. "잡아당겨요."

힘센 손이 네 번째로 힘을 쓰던 바로 그때 강물이 보이는 구멍마다 족족 스며들어와 세서의 엉덩이 위로 흘러 넘쳤다. 세서는 한쪽 팔을 뒤로 뻗어 밧줄을 붙잡았고 에이미는 아기의 머리를 제대로 움켜쥐었다. 발 하나가 강바닥에서 올라와 보트 바닥과 세서의 엉덩이를 밀었을 때 세서는 다 끝났다는 걸 알고 마음 편히 정신을 놓았다. 얼마 안 있어 깨어난 세서의 귀에는 아기 울음소리가 아닌, 에이미가 아기를 어르는 소리만 들렸다. 너무 오랫동안 아무 일도 일어나지 않아서 두 사람은 아기가 죽었을 거라고 생각했다. 그때 세서가 갑자기 몸을 잔뜩 움츠렸고, 태반이 쏟아져 나왔다. 그리고 아기가 훌쩍훌쩍 울기 시작했다. 세서는 아기를 바라보았다. 50센티 탯줄이 배에 대롱대롱 매달려 있었고, 아기는 서늘한 저녁 공기 아래 몸을 떨고 있었다. 에이미가 자기치마로 아기를 둘둘 쌌다. 축축하고 끈적끈적해진 두 여자는 강가로 기어 올라와 신께서 염두에 둔 아기를 바라보았다.

강둑을 따라 움푹 파인 곳에서 자라난 푸른 고사리의 포자들이 푸르스름한 은색으로 빛나며 나란히 강 쪽으로 날아간다. 낮게 뜬 태양빛이 거의 남아 있지 않을 때 포자 한가운데나 근처의 강변에 누워 있는 게 아니라면 포자를 알아차리기가 힘들다. 포자는 곤충으로 오해를 받기도 한다. 하지만 그건 씨앗이다. 온 세대가 미래를 확신하며 그 안에 잠들어 있다. 모두에게 미래가 있다고, 모두가 포자 안에 든 것을 전부 발휘할 수 있다고, 계획대로 삶을 살아갈 수 있다고, 잠시 동안은 믿기 쉽다. 하지만 그 확신의 순간은 거기서 끝난다. 포자보다는 더 오래 이어질지 몰라도.

여름날 저녁의 시원한 강둑 위에서 두 여자는 은빛과 푸른빛에 휩싸여 힘든 일을 치러냈다. 둘은 이 세상에서 다시 서로를 볼수 있을 거라고 전혀 기대하지 않았고, 그건 그 순간에도 마찬가지였다. 하지만 푸른 고사리에 둘러싸인 그 여름날 밤 둘은 힘을 합쳐 일을 알맞게, 잘 해냈다. 버려진 두 사람, 법 바깥에 있는 두범법자(노예 한 명과 머리를 엉망으로 풀어헤친 맨발의 백인 여자)가 태어난 지 10분밖에 안 된 아기를 입고 있던 누더기로 감싸 안고 있는 모습을 지나가던 순찰관이 봤다면 킬킬거렸을지 모른다. 하지만 순찰관도, 목사도 지나가지 않았다. 강물은 뒤에서 저 혼자 쓸려왔다 삼켜졌다. 두 사람을 방해하는 것은 아무것도 없었다. 그래서 둘은 알맞게, 잘 해냈다.

리디아 데이비스

오래된 사전

〈오래된 사전Old Dictionary〉
《매거진 폭탄Bomb》(1999년 가을 호) 중에서

◆ ———————————————————————————————————

리디아 데이비스는 《거의 기억이 없는Almost No Memory》, 《이야기의 끝the End of the Story》 등의 소설을 썼고, 프루스트의 《스완네 집 쪽으로Swann's Way》 등 여러 작품을 번역했다. 그녀의 소설은 수많은 잡지와 문집에 실렸으며 프랑스어와 독일어, 스페인어, 폴란드어, 페르시아어로 번역되었다. 바드 칼리지에서 학생을 가르치고 있다. 2013년 맨부커 국제상을 수상했다.

내게는 120년 정도 된 오래된 사전이 있다. 올해 하고 있는 일에 이 사전이 필요할 때가 있다. 페이지는 가장자리가 누렇고 쉽게 바스라지며 크기가 정말 크다. 페이지를 넘길 때는 종이가 찢어질 각오를 해야 한다. 사전을 펼칠 때도 이미 반 이상 갈라진 책등이 더 벌어져버릴 각오를 해야 한다. 사전을 찾아봐야지 하고 생각할 때마다 특정 단어를 찾아보기 위해서 사전을 더 망가뜨리는 게 과연 옳은지 판단을 내려야 한다. 일에 이 사전이 필요하므로 나는 오늘 아니면 내일 내가 사전을 망가뜨리리라는 걸, 완전히 못쓰게 되지는 않더라도 일을 마칠 때쯤이면 일을 시작할 때보다는 상태가 나빠져 있으리라는 걸 잘 안다. 그런데도 오늘 책장에서 사전을 꺼낼 때, 나는 내가 어린 아들을 대하는 것보다 훨씬 더 조심스럽게 이 사전을 대한다는 걸 깨달았다. 사전을 만질 때마다 나는 사전에 해를 끼치지 않도록 최대한 조심한다. 나의 가장 큰 관심사는 사전에 해를 끼치지 않는 것이다. 오늘 내가 깜짝 놀란 이유는 내가 내 오래된 사전보다 아들을 훨씬 더 중요하게 여겨야 하는데도 불구하고 아들을 대할 때 나의 가장 큰 관심사는 아들에게 해를 끼치지 않는 것이라고 말할 수가 없다는 것이었다. 사실 아들을 대할 때 나의 가장 큰 관심사는 거의 언제나 다른 것, 예를 들면 아들의 숙제가 뭔지 알아내기, 저녁 식사 차리기, 전화 통화 마치기 같은 것이다. 그 과정에서 아들이 피해를 입는다 해도, 그건 내 관심사(그게 뭐든 간에)를 완수하는 것만큼 중요하지 않아 보인다. 왜 나는 오래된 사전을 대하는 만큼만도 아들을 대하지 않는 것일까? 사전이 너무나도 명백하게 연약하기 때문일지도 모른다. 페이지의 모퉁이가 접히면 바스라질 거라는 건 안 봐도 알 수 있다. 하지만 아들이 구부정하게 앉아서 게임을 하거나 개를 괴롭히는 모습을 보면 아들은 그리 연약해 보이지 않는다. 확실히 아들의 몸은 튼튼하고 유연하며, 내가 쉽사리 피해를 입힐 수 없다. 나 때문에 멍이 든 적이 있지만 곧 나았다. 내가 아들의 마음을 상하게 했다는 것이 분명할 때에도 아들의 마음이 얼마나 크게 상했는지는 알기 힘든데다 상한 마음은 곧 회복되는 것으로 보인다. 마음이 깨끗하게 회복되었는지, 영원히 살짝 상한 채로 남아 있을지도 알기 어렵다. 하지만 사전은 상처가 나면 회복되지 않는다. 어쩌면 나는 사전이 내게 아무것도 요구하지 않고 내게 맞서 싸우지 않기 때문에 사전을 더 소중하게 대하는 것인지도 모른다. 어쩌면 나는 내게 아무런 반응을 보이지 않는 것들에게 더 친절할지도 모른다. 하지만 사실 우리 집에 있는 화초들은 내게 그다지 반응을 보이지 않는데도 나는 화초를 그리 잘 돌보지 않는다. 화초들은 내게 한두 가지 요구를 한다.

화초는 빛을 요구하는데, 내가 화초를 둔 곳은 빛이 잘 들기에 그 요구는 이미 충족되었다. 화초의 두 번째 요구는 물이다. 나는 화초에 물을 주지만 규칙적으로 주지는 않는다. 그렇기 때문에 제대로 자라지 않는 화초도 있고 죽는 화초도 있다. 대부분은 아름답기보다는 괴상하게 생겼다. 처음 샀을 때는 아름다워 보였던 것들도 있지만 내가 제대로 돌보지 않았기 때문에 지금은 괴상한 모습으로 변해버렸다. 그리고 대부분 처음에 들어 있었던 못생긴 플라스틱 화분에 그대로 있다. 사실 나는 화초를 그리 좋아하지 않는다. 아름답지 않은 화초를 좋아할 이유가 있나? 그럼 나는 아름다워 보이는 것들에게 친절한가? 하지만 생긴 게 마음에 들지 않더라도 화초를 잘 돌봐줄 수도 있었다. 나는 아들이 잘생겨 보이지 않거나 심지어 착하게 굴지 않을 때도 아들을 잘 돌볼 수 있어야 한다. 나는 화초보다 개를 더 잘 돌본다. 개는 화초보다 훨씬 활동적이고 훨씬 손이 많이 가는데도 말이다. 개에게 먹이와 물을 주는 건 간단한 일이다. 자주는 아니지만 산책도 시킨다. 가끔 개의 콧등을 탁 때릴 때도 있다. 수의사가 얼굴 근처는 절대 때리지 말라고 했지만 말이다. 아니, 아무 데도 때리지 말라고 했던가. 분명하게 말할 수 있는 건 내가 자고 있는 개는 건들지 않는다는 것뿐이다. 어쩌면 나는 살아 있지 않은 것들에 더 친절할지 모른다. 아니, 그보다 살아 있지 않다면 친절을 고민할 필요가 없다. 내가 관심을 기울이지 않아도 피해를 입지 않는다는 사실은 큰 위로가 된다. 어찌나 위로가 되는지 즐거울 정도다. 살아 있지 않은 것들이 보여주는 변화라고는 위에 먼지가 쌓인다는 것뿐이다. 먼지는 해를 끼치지 않는다. 게다가 다른 사람을 시켜서 먼지를 털게 할 수도 있다. 내 아들은 때가 껴도 내가 깨끗하

게 해줄 수 없는데다 다른 사람에게 돈을 주고 깨끗하게 만들어
달라고 할 수도 없다. 아들을 깨끗하게 유지하는 건 어려운 일이
고, 심지어 아들을 잘 먹이려고 애쓰는 일은 복잡하기까지 하다.
아들은 충분히 잠을 못 자는데, 어느 정도는 내가 아들을 재우려
고 과하게 애를 쓰기 때문이다. 화초는 내게 두 가지, 아니면 세
가지 정도를 요구한다. 개는 다섯 가지나 여섯 가지 정도를 필요
로 한다. 개는 내가 몇 개를 해주고 몇 개를 안 해주는지가 몹시
분명하기 때문에 내가 얼마나 잘 돌봐주고 있는지 분명하게 알
수 있다. 아들은 신체를 건강하게 유지하기 위해 필요한 것 말고
도 많은 것들을 필요로 하고, 그 일들은 계속해서 늘어나거나 변
한다. 말을 하는 중간에도 바뀌어버릴 수 있다. 나는 아들이 무엇
을 필요로 하는지 대개는 알지만 항상 아는 것은 아니다. 안다 하
더라도 언제나 그것을 아들에게 제공해주지는 못한다. 하루에도
몇 번씩 나는 아들이 필요로 하는 걸 주지 못한다. 전부는 아니더
라도, 내가 나의 오래된 사전에게 해주는 일 중 어떤 것은 아들
에게도 해줄 수 있다. 예를 들면, 나는 천천히, 신중하게, 부드럽
게 사전을 만진다. 사전에게 혼자 있는 시간을 충분히 준다. 사전
의 나이를 고려한다. 존중하는 태도로 사전을 대한다. 사전의 한
계를 안다. 사전에게 능력 밖의 일을 요구하지 않는다(예를 들면 나
는 사전을 펼친 채로 책상 위에 올려두지 않는다). 사전을 사용하기 전에
잠시 멈추고 생각을 한다.

부록

앨리스 워커

# 아이가 있음에도 불구하고가 아니라
# 아이 덕분에 작가가 되다

〈아이가 있음에도 불구하고가 아니라 아이 덕분에 작가가 되다
A Writer Because of, Not in Spite of, Her Children〉
《엄마의 정원을 찾아서In Search of Our Mothers' Gardens》 중에서

♦ ─────────────────────────────────────────────────

앨리스 워커는 여러 권의 단편소설집과 에세이집, 네 권의 시집 및 《자오선
Meridian》, 《컬러 퍼플The Color Purple》 등 여섯 권의 소설을 발표했다. 그중 《컬러 퍼플》
은 1982년 퓰리처상과 전미 도서상을 수상했다. 비소설 작품으로는 《어머니의 정
원을 찾아서In Search of Our Mothers' Garden》와 《같은 강물에 두 번: 고난을 존경하기The
Same River Twice: Honoring the Difficult》, 《사랑의 힘Anything We Love Can Be Saved》이 있다. 캘리
포니아 멘도시노에 살고 있다.

한 작가와 나는 아이를 낳자마자 일하는 것의 어려움에 대해 이
야기를 나누고 있었다. 내가 이렇게 말했다. "지난 1년 동안 내
가 쓴 글은 죄다 아기 악쓰는 소리가 글 한가운데를 뚫고 들려오
는 것만 같아." "나는 어떻고." 또 다른 작가가 앞으로 몸을 기울
이며 말했다. "글쓰기에 대해 생각해보려 할 때마다 우울증이 도
지는 바람에 몇 달을 마비된 사람처럼 보냈어." 그러고는 이 울적
한 기억에 계속 이맛살을 찌푸리며 덧붙였다. "운 좋게도 항상 풀
타임 보모가 있었지만 말이야." 나는 일주일에 겨우 세 번, 그것도
오후에만 보모를 둘 수 있었다. 그런 내 앞에서 자기 고충을 이야기
하다니 참으로 뻔뻔하다고 생각했다.

이 여성과 내가 우리의 삶을 더 넓은 시각으로 바라보려면 바
로 부치 에메체타의 책 《이등 시민*Second Class Citizen*》이 필요하다.

이 책을 읽게 된 것은 책의 헌사 때문이었다. 나로서는 전혀 상

상할 수 없는 헌사이기 때문이다.

사랑하는 아이들에게
플로렌스, 실베스터, 제이크, 크리스티 그리고 앨리스야.
너희의 사랑스러운 소음이 없었더라면
이 책은 세상에 나오지 못했을 거란다.

도대체 어떤 여성이 다섯 아이들이 내는 "소음"을 "사랑스럽다"고 여길 수 있는가? 나는 이 헌사가 사실은 처리되지 않은 엄마로서의 죄책감을 포장한 것이 아닐까 생각했다. 하지만 에메체타는 작가이고 엄마다. 어쨌든 에메체타가 글을 쓰는 것은 그녀가 작가이자 엄마이기 때문이다.

《이등 시민》의 중심인물인 아다Adah는 여덟 살 이전의 기억이 없다. 아다는 기억이 시작되는 그때가 여덟 살이 맞는지도 확신하지 못한다. "그 애는 여자애였다. 모두가 남자아이를 바라고 기대할 때 세상에 태어난 여자애였던 것이다. 아이는 자기 부모님에게, 다른 가족 구성원에게, 자기가 속한 부족에게 커다란 실망이었다. 그러니 아이가 태어난 날짜를 기록해야겠다고 생각한 사람은 아무도 없었다." 아다의 "부족"은 나이지리아에 있는 이보족이며, 이보족 내에서 여성의 역할은 오직 집에서 열심히 일하고 아이를 줄줄이 낳는 것이다. 가급적이면 남자아이를.

관례에 따라 학교에 가는 사람은 남자인 아다의 오빠다. 아다는 집에 남아 아내로서의 의무를 배워야 한다. 하지만 총명한 아다는 글을 너무 배우고 싶어서 집을 몰래 빠져나와 학교에 간다. 배움을 향한 아다의 바람이 애처로울 정도로 뚜렷했기에 아다는 학교에 와도 된다는 허락을 받는다. 선생님은 아다의 부모님에게 아다가 같은 나이대의 여자아이들보다 교육을 더 많이 받으면 신부 값이 올라갈 거라고 말한다. 다시 말해, 부모님이 아다를 이용해서 돈을 벌 수 있을 거라는 뜻이다.

수년간 아다는 영국으로 가는 꿈을 꾼다(아다는 영국이 천국 같은 곳일 거라 상상한다). 집에서 고되게 일하고 좋아하는 공부도 열심히 한다. 하지만 대학에 진학할 나이가 되자 아다는(이제 아다는 고아가 되었다) 집이 없기 때문에 대학 진학 시험을 치를 수 없다는 걸 알게 된다. 이보 사회에서 혼자 사는 여성은 매춘부 취급을 받기 때문에, 또 배움을 계속하려면 집이 필요했기에 아다는 게으르고 응석이나 부리는 만년 학생 프랜시스와 결혼을 한다. 프랜시스는 아다를 자기 소유물로 여긴다(이보 사회에서 아다는 프랜시스의 소유물이 맞다). 가족 내에서 더 높은 지위를 얻고 싶었던 아다는(아들을 많이 낳은 여성은 결국 남자의 위치로 승격된다) 연달아 두 아이를 낳는다. 사람들은 아이를 낳으면서도 미국 영사관에서 높은 봉급을 받으며 공무원 일을 해내는 아다에게 깊은 감명을 받는다. 하지만 프랜시스를 따라 런던으로 간 아다는 그렇게 빠른 속도로 연달아 아이를 낳는 것이 영국에서는 존경받는 일이 아니라는 걸 알게 된다. 줄줄이 딸린 아이들, 이등 시민으로서의 지위를 묵묵히 받아들이고 돼지우리 같은 집에 사는 데 아무 불만이 없는 남편(영국이든 어디든 "아이 딸린 아프리카인"에게 집을 빌려주는 사람은 거의 아무도 없다)이 있는 아다는 적응해야만 한다. 극도로 인종 차별적인 영국이라는 나라에, 자기네 나라의 전(全) 국민에게 예의 바른 태도를 보일 능력이 없는 사람들에게.

아다는 이젠 너도 이등 시민이니 다른 아프리카계 아내들처럼 공장 일을 해야 한다는 남편의 충고를 무시하고 더 나은 도서관 일자리에 지원한다. 그리고 남편을 당황시키며 당당히 합격한다. 하지만 곧 아다는 어쩔 수 없이 일을 그만둔다. 또다시 임신했기 때문이다.

많은 것들이 아다의 삶을 힘겹게 만든다. 프랜시스는 영국까지 와서 공부를 했는데도 시험에 통과하지 못했다는 좌절감에 아다를 신체적으로 학대한다. 아다의 동포들은 무례하고 전혀 도움을 주지 않는데, 일류 일자리를 가진 아다가 우쭐댄다고 생각하기 때문이다. 임신 기간은 고되고, 아이들은 자주 아프다. 이 모든 어려움에도 불구하고 아다는 자기 연민에 빠지지 않고 문화적 관점에서 자신의 상황을 바라본다. 일찍부터 아다는 남편과 아이들을 구별한다. "프랜시스에게는 고마워할 일이 하나도 없었지만, 적어도 아이들을 태어나게 해주었다는 점에서만큼은 고마웠다. 아이들이 태어나기 전 아다에게는 정말 아무것도 없었기 때문이다."

바로 여기서 아다는 결정을 내린다. 이 결정은 내게 매우 인상적이었고, 아이를 둔 모든 예술가에게 매우 중요한 의미를 갖는다. 아다는 언젠가 아이들이 성장해 어른이 될 것이므로, 자신뿐만 아니라 아이들을 위해서 야망을 이뤄야겠다고 판단한다. 아다의 야망은 소설을 쓰는 것이다. 첫째가 처음으로 놀이방에 간 날 둘째와 셋째를 낮잠 재운 후 아다는 소설을 쓰기 시작한다. 그 소설은 성인이 된 자기 아이들을 위한 것이므로, 아이들이 아다의 삶에 부여하는 산만함과 기쁨이 소설에 스며도 상관없다(어쨌든 성인이 될 아이들을 생각하며 글을 쓰는 것이 종종 너무 애 같은 "성인" 평론가를 대상으로 글을 쓰는 것보다 훨씬 건강하다고 생각한다).

이런 식으로 아다는 작가라는 직업과 이보 사회에서부터 가졌던 엄마/노동자라는 문화적 개념을 조화시킨다. 전통적으로 아프리카의 어머니들이 곡식을 재배하고 옥수수를 빻고 보자기로 아이를 감싸 등에 업은 채 설거지를 해왔던 것처럼, 아다도 아이들이 놀고 있는 방에서 소설을 쓸 수 있다.

아다가 쓴 첫 번째 소설은 남편의 손에 갈가리 찢어진다. 프랜시스는 며느리가 글을 쓴다는 걸 알면 자기 부모님이 수치스러워할 거라고 주장한다. 아다는 프랜시스를 떠나 새 책을 쓰기 시작한다. 그리고 먹고살기 위해 지역 도서관에서 일하며 영국인 동료와 미국인 동료들이 털어놓는 고민을 즐겨 들어준다. 아다에게 이들의 고민은 지극히 단순한 문제일 뿐이다. 아다는 아이들이 잠들어 있을 때, 심지어 그리 얌전하지 않게 놀 때에도 조금씩 조금씩 소설을 써 나간다.

《이등 시민》의 표지에는 아다의 삶과 에메체타의 삶의 유사성이 분명하게 드러난다. "부치 에메체타는 1944년 나이지리아의 라고스 근처에서 태어나 그곳에서 학교를 다니고 결혼도 했다. 1962년 런던으로 간 에메체타는 지금도 다섯 아이들과 함께 런던 패딩턴에서 살며 흑인 청소년을 위해 일하고 있다. 그녀는 매일 새벽 4시에 일어나 아이들 뒤치다꺼리와 일을 시작하기 전에 글을 쓴다."

이렇게 할 수 있는 가능성이 조금이라도 존재한다는 생각은 예술을 생산하는 방식에 관한 서구의 전통적 개념을 다시 생각해보게 한다. 우리 문화는 아이 키우는 일과 창조적 작업을 분리한다. 나 또한 언제나 완벽하게 조용하고 사적인 업무 공간을 필요로 했다(창밖으로 정원이 보이면 더욱 좋다). 다른 사람들 또한 다양한 버전의 상아탑과 야도, 맥도웰 콜로니(야도와 맥도웰 콜로니 모두 창작을 위해 완벽한 환경을 제공하는 예술 공동체다―옮긴이)를 필요로 한다.

《이등 시민》은 자서전적 성격이 매우 강하고 문체가 딱히 흥미롭지 않지만 분명 힘 있는 소설이며, 그것도 좋은 소설이다. 이 작품은 어떻게 창조적 삶과 일상적 삶이 공존할 수 있으며 그 목적은 무엇인가라는 근본적인 질문을 던진다. 그리고 이러한 질문은 어머니가 자신의 삶에서 아이들을 배제한 상태로 쓴 다른 책에서보다 더욱 강렬하다. 《이등 시민》은 현시대 아프리카인의 삶에 관해 내가 읽었던 책들 가운데 가장 유익한 작품 중 하나다.

부록

수전 루빈 술레이만

# 글쓰기와 엄마됨

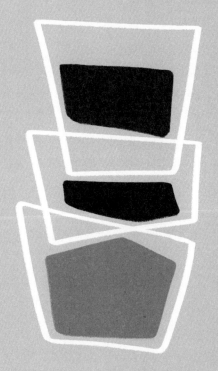

〈글쓰기와 엄마됨Writing and Motherhood〉
《모국어 또는 타자의 언어The (M)other Tongue》 중에서

◆────────────────────────────────────

수전 루빈 술레이만은 부다페스트에서 태어나 어렸을 적 미국으로 이주했다. 6권의 책과 현대 문학 및 문화에 관한 글 70편을 저술 및 편집했고 시집과 전기를 출간했다. 평론서로 《나를 걸다: 현대 예술 및 문학과의 만남Risking Who One Is: Encounters with Contemporary Art and Literature》, 《전복에의 의지: 젠더, 정치 그리고 아방가르드Subversive Intent: Gender, Politics, and the Avant-Garde》가 있으며 편집한 책으로 《서구 문화에서의 여성 신체: 현재의 관점The Female Body in Western Culture: Contemporary Perspectives》, 《추방과 창조성: 길잡이와 여행자, 아웃사이더, 뒤돌아보기Exile and Creativity: Signposts, Travelers, Outsiders, Backward Glances》가 있다. 1996년 전기 《부다페스트에서의 일기: 마더북을 찾아서Budapest Diary: In Search of the Motherbook》가 출간되었다. 수많은 상을 받았으며 하버드 대학에서 프랑스 문화학 더글러스 딜런 교수직 및 비교 문학 교수직을 맡고 있다.

수전 루빈 술레이만은 이 글에서 '엄마들이 목소리를 가지고 있기나 한가'라는 수사적 질문을 던진다. 그리고 정신분석가 헬레네 도이치를 인용하며 "엄마들은 글을 쓰지 않는다. 쓰일 뿐이다"라고 말한다. 술레이만의 주목할 만한 텍스트는 작가나 예술가가 언제나 엄마 아닌 자식으로서 말한다는 프로이트의 개념을 파헤치고 분석한다. 수전 루빈 술레이만의 글은 제인 라자르, 에이드리언 리치, 틸리 올슨, 앨리스 워커, 도리스 레싱의 글과 함께 엄마들의 목소리를 담은 전기, 소설, 문학 에세이 등 다양한 장르를 넘나드는 기획의 시금석이 되어주었다.

갱년기가 오면 다시 엄마가 되는 것은 불가능하다. 좌절된 행위는 우리의 목표로 곧장 연결된다. 단순하게 말하자면, 이러한 태도를 갖게 되는 것이다. "더 이상 아이를 낳을 수 없다면 다른 무언가를 찾아야만 해."

– 헬레네 도이치

우리는 엄마들의 이야기에 대해 무엇을 알고 있는가?

…que savons-nous du discours que (se) fait une mère?

– 줄리아 크리스테바

이 두 제사는 내가 이 에세이에서 탐험할 공간을 정확히 보여준다. 한쪽에는 엄마들이 무엇을 원하고 느끼는지를 알고 있을 뿐만 아니라 엄마들의 이야기를 표현하는 데 찰나 이상의 시간을 필요로 하지 않는("단순하게 말하자면" — 잠시 멈춤) 정신분석가의 자신감 넘치는 주장이 있다. 다른 한쪽에는 단순하지만 음험한 질문이 있다. 이 질문은 정신분석가의 확신을 무너뜨리는가? 중요한 건 그게 아니다. 여기서 내 목적은 정신분석을 의심하는 것이 아니라, 말 그대로 제자리에 돌려놓는 것이다. 칭찬 또는 비난의 문제가 아니라, 더 분명하게 보고 "현재의 위치를 아는" 것이다.

그렇다면 먼저, 나는 어디에 있는가? 나는 왜 글쓰기와 엄마됨에 관해 글을 쓰기로 했는가? 이것은 타당한 주제인가? 글쓰기와 엄마됨 사이에 연관성이 정말 존재하는가? 아니면 나는 사적인 관심사를 좇고 사적인 유령들을 쫓아내며 순전히 사적인 즐거움에 빠져 있는 걸까? 나는 두 아이의 엄마다. 둘 다 남자아이로, 아홉 살과 두 살이다(이 글을 처음 쓴 1979년 당시의 나이다). 나는 소설과 문학 이론에 관한 학술서와 에세이를 써왔다. 어떤 문제나 텍스트와 마주쳤을 때 나는 먼저 그것을 분석하고 이해하려는 충동이 인다.

글쓰기와 엄마됨에 관한, 둘의 결합과 분리에 관한 글은 이전에도 있었다. 그러므로 이 글을 써야 하는 이유를 증명해야 할 필요는 없다. 하지만 좋든 싫든, 나는 이 주제를 반드시 내 식대로 풀어내야 한다.

## 엄마/글쓰기: 정신분석학적 설명

엄마됨을 바라보는 정신분석학의 전통적 관점은 여성 발달과 섹슈얼리티에 관한 일반 이론과 분리할 수 없다. 프로이트와 그의 추종자들에 따르면 어린 여자아이에게는 전(前) 오이디푸스기의

"남성적"인(즉, 클리토리스의) 쾌락에서 여성적인 질의 쾌락으로 이행해야 하는 과제가 있으며, 질에서 성적 쾌락을 얻게 되는 것은 엄마로서의 역할에 대한 준비다. 이러한 변화의 과정에서 여자아이는 반드시 자신의 엄마를 거부하고 아버지를 사랑해야 하며, 아버지의 아이를 갖기를 갈망해야 한다. 또한 자신이 거세되었다는 "사실"을 받아들이고, 자신의 여성적 역할에 맞게 전 오이디푸스기의 적극적-가학적 충동을 포기하고 수동적-피학적인 만족을 선호해야 한다. 칼 아브라함은 이렇게 말한다. "정상적인 성인 여성은 자신의 성 역할을 받아들이게 된다. … 여성은 수동적인 만족을 욕망하고 아이를 갈망한다."[1] 헬레네 도이치에 따르면 정상적인 엄마됨의 필수 요소는 "기꺼이 희생하려는 피학적-여성적 의지"이며, 여성은 모성애의 충동 때문에 쉽게 희생할 수 있고, 이 모성애의 "주요한 특성은 상냥함이다. 여성의 모든 공격성과 성적 관능은 이 어머니다운 감정 표현을 통해 억압되고 전환된다."[2] 또한 여성은 아이(특히 남자아이일 경우)를 통해 자신의 삶이 가진 커다란 결핍, 즉 페니스의 결핍을 보상받을 수 있기에 쉽게 희생할 수 있다.

여성의 피학성, 여성의 수동성, 여성의 거세, 여성의 남근 선망. 현대 페미니스트들과 카렌 호나이 및 클라라 톰슨 같은 수정주의자들은 이 개념들을 하나하나 반박했다. 하지만 의미심장하게도 이들의 주장은 우리 사회에 있는 여성적 피학성, 수동성, 남근 선망이 *사실이냐 아니냐*가 아니라 이러한 특성이 선천적인 것인지 문화적으로 길들여진 것인지와 관련이 있다. 최근 줄리엣 미첼과 엘리자베스 제인웨이 같은 페미니스트들은 상대화를 통해 프로이트의 통찰을 되살려냈다. (자신은 여성이 누구인지, 여성이 무엇을 원하는지 모른다고 말했던 프로이트의 유명한 항변과 발언에도 불구하고) 프로이트에게 여성의 발달 과정은 생리학적으로 결정된 과정이었으며 그러므로 필연적인 것이었던 반면, 미첼과 제인웨이 그리고 그들 전에 있었던 호나이와 톰슨에게 여성의 피학성과 남근 선망이라는 실상은 가부장 사회에서 낮은 가치가 매겨진 여성의 지위를 반영한다. 실상은 거기에 있다. 수정되어야 하는 것은 프로이트의 설명이며, 반박되어야 하는 것은 프로이트가 말한 필연성이다. 줄리엣 미첼은 이렇게 썼다. "프로이트의 정신분석 이론은 성차별에 관한 것이다. 프로이트가 특정 성차별적 견해를 퍼뜨렸고 프로이트의 업적이 여성을 억압하는 이데올로기의 방어벽이 되어왔다는 사실은 상당히 중요하다. 하지만 그 중요성을 이해하려면 프로이트가 폭로하고 분석했던 것은 다름 아닌 가부장 사회에서 형성된 심리적 구조임을 먼저 깨달아야 한다."[3]

나는 대체로 이 견해에 동의한다. 낸시 초도로우의 저서 《모성의 재생산The Reproduction of Mothering》 또한 (대체로) 이러한 견해에 영향을 받았다. 초도로우가 보여주듯이 생물학적-인류학적 모델이나 행동과 관련된 역할 사회화 모델은 아이를 보살피는 여성의 기능이 끊임없이 이어지는 이유를 제대로 설명해내지 못한다. "여성의 아이를 보살필 수 있는 능력과 그로부터 만족감을 얻을 수 있는 능력은 강력하게 내면화되고 심리적으로 강요되며, 점차 발전해 여성의 심리 구조를 이룬다. 여성은 특정한 발달 환경 속에서 성장하며 엄마의 보살핌을 받고, 그러한 환경을 통해 심리적으로 엄마 노릇에 준비된다."[4] 그러므로 초도로우는 아버지와 남자들도 "엄마 노릇"을 하도록 육아 방법을 철저하게 바꿔야만 여성의 정신에 변화를 불러올 수 있다고 주장한다. 만약 그러한 변화가 차이를 만들어낼 수 있을 만큼 대규모로 발생한다면 글쓰기와 엄마됨의 결합은 엄마됨과 관련된 다른 결합들과 마찬가지로 완전히 다른 주제가 될 것이다. 그때까지 나는 글쓰기와 엄마됨의 특수한 결합이 (1) 문제이며, (2) 여성의 문제이며, (3) 적어도 사회적 맥락만큼 심리적 맥락에서 고려해야 할 문제라고 주장할 것이다.

다시 전통적인 문헌에서 설명하는 정신분석학적 관점으로 돌아가 보자. 이 책에 따르면 좋은, 심지어 (위니콧이 말한) 충분히 좋은 엄마는 상냥함과 "기꺼이 희생하려는 피학적-여성적 의지"라는 특성과 더불어, 그 무엇보다도 자신의 아이와 배타적이고 전면적인 관계를 맺는다는 특성을 지닌다. 초도로우는 이러한 관점을 가진 대표적 인물로 정신분석가 앨리스 밸린트를 꼽는다. 밸린트는 이렇게 말한다. "이상적 엄마는 자기의 관심사가 없다. … 엄마와 아이의 관심사가 정확히 일치한다는 것은 우리 모두에게 너무나도 자명한 사실이다. 자신과 아이의 관심사가 얼마만큼 일치한다고 생각하느냐는 엄마의 좋고 나쁨을 파악할 수 있는 일반적 기준이다." 초도로우는 이렇게 말한다. "이러한 발언은 엄마가 아이를 떠나서는 아무런 관심사도 갖지 않음을 뜻하지 않는다. 우리 모두는 이 같은 과도한 투자가 아이에게 '나쁘다'는 것을 알고 있다. 하지만 사회 평론가와 입법자, 대부분의 임상 전문가는 여성의 관심사가 엄마 노릇을 더욱 강화해주기를 바라며 여성이 오직 엄마 노릇을 강화하는 관심사만을 원하길 바란다." 즉 좋은 엄마 노릇은 "끊임없이 아이의 욕구와 필요를 섬세하게 가늠해야 하고 극도로 사심이 없어야 한다. 분석가들은 대부분의 '평범한' 엄마들이 그러한 규정을 지키기 어려워한다는 점을 고려하지 않는다."[5]

멜라니 클라인은 모든 아이들이 사랑하는 자기 엄마에게 느끼는 살인 충동을 깊은 공감과 이해를 담아 이야기한다. 하지만 엄마가 사랑하는 자기 아이에게 느낄 수도 있는 살인 충동에 대해서는 이야기하지 않는다.[6] 헬레네 도이치에 따르면 엄마됨의 영원한 비극 하나는 바로 아이들이 성장한다는 것이다. "아동 발달의 매 단계는 아이를 더욱 자유롭게 한다. 엄마(모든 엄마)는 아이를 자신에게 붙잡아두고 둘 사이의 유대를 없애는 행동을 억누르려 애쓴다."[7] 자아실현(엄마로 사는 것과는 아무 관련이 없는 자아실현)을 향한 엄마의 욕망과 엄마의 이타심에 대한 아이의 욕구 사이의 갈등에 엄마됨의 또 다른 비극이 있다는 생각은 정신분석가의 머릿속에 단 한 번도 떠오른 적이 없는 것 같다.[8] 엄마이자 작가인 카렌 호나이조차도 "엄마의 갈등"이라는 주제의 논문에서 엄마가 자신의 부모와 사이가 좋지 않을 경우 아들에게 어떤 악영향을 미칠 수 있는지에 대해서만 강조한다.[9] 마치 엄마-아이 관계에서 정신분석이 염려할 가치가 있는 유일한 자아는 아이의 자아뿐인 것처럼 보인다. 이처럼 오로지 아이에게만 초점을 맞추는 것이 엄마에게 어떤 영향을 미치는가에 대해 이제 우리는 조금씩 알아가고 있다. 엄마들이 목소리를 내기 시작했기 때문이다. "육아와 심리학 관련 문헌 대부분은 개인화의 과정이 본질적으로 아이의 드라마라고 가정한다. 이 드라마는 부모를 배경으로, 또는 부모와 함께 펼쳐지며 좋건 나쁘건 부모는 당연하게 주어진다. 당시에는 그 무엇도 나 또한 엄마임을, 당연하게 주어지는 부모 중 한 명임을 깨닫게 하지 못했을 것이다. 나는 아직 나조차도 완성되지 않은 상태임을 알고 있었기 때문이다."[10] 에이드리언 리치의 고백이다. 리치가 묘사한 이 기분을 그녀만 느끼는 것은 아니다.

*엄마는 쓰지 않는다. 쓰일 뿐이다.* 단순하게 말하자면(헬레네 도이치의 표현을 빌렸다), 글쓰기와 전반적인 예술 창작에 관한 대부분의 정신분석 이론이 이러한 가정을 깔고 있다. 프로이트에 따르면 시인은 뛰어난 공상가로, 자신의 개인적 판타지를 미적 즐거움을 주는 창작물로 변형시키는 재주를 타고났다. 하지만 판타지 그 자체는 언제나 시인의 어린 시절 자아에서 온다. "창의적인 글쓰기는 공상과 마찬가지로 어린 시절에 했던 놀이의 연속이자 대체물이다."[11] 위니콧은 이러한 견해를 자신의 이행 대상 이론을 통해 더욱 확장시켰다. 이행 대상은 본질적으로 엄마를 대체하는 기능을 한다. 위니콧에 따르면 이행 대상은 순수하게 주관적인 아이의 세계와 "내가 아닌not-me" 외적 현실 사이의 공간에, 더 정확하게 말하자면 "아기와 엄마 사이의 잠재적 공간"에 존재한다.[12] 예술 창작, 사실 모든 문화적 경험은 이행 현상의 영역에 속한다. 훌륭한 창조는 모든 창조적 삶과 마찬가지로 신뢰와 자신감에 달려 있으며, 이 신뢰와 자신감은 아기가 초기에 엄마와 맺는 관계에서 형성된다.

멜라니 클라인의 예술 창작 이론에서 엄마(라기보다는 엄마의 신체)는 탐험할 수 있는 "아름다운 땅"의 기능을 한다. 창조적인 작가와 과학자, 대부분의 예술가는 마치 탐험가처럼 "실제로, 또는 감정적으로 잃어버린 어렸을 때의 엄마를 되찾으려는 욕망"에서 동력을 얻는다.[13] 예술 작품 자체는 엄마의 신체를 나타낸다. 이 엄마의 신체는 판타지 속에서 거듭 파괴되지만 창작 행위를 통해 복구 또는 "회복"된다.

클라인에게, 또 프로이트에게 시인은 언제나 "남자"라는 사실 또한 언급할 필요가 있지만 여기서 내가 강조하고자 하는 바는 그게 아니다. 내게 더 중요한 사실은 정신분석 이론이 언제나 (남자건 여자건) 예술가를 아이의 위치에 둔다는 점이다. 엄마됨이 결국 아이의 드라마이듯, 예술 창작도 마찬가지다. 두 경우 모두 엄마는 반드시 필요하지만 침묵하는 타자이자, 아이가 자신의 모습을 발견하는 거울, 아이가 전용하려 하는 신체, 아이가 되풀이해 잃어버리거나 파괴한 후 재창조하려 하는 사물the Thing이다. 롤랑바르트는 이렇게 말한다. 작가는 "자기(이때 작가는 남성인가 여성인가? 편리하게도 프랑스어는 이 점이 모호하다. 하지만 바르트가 전달하고자 한 의미는 꽤 명확해 보인다) 엄마의 신체를 가지고 노는 사람"이다.[14]

이는 프루스트, 포, 스탕달, 울프(《등대로To the Lighthouse》를 보라), (내가 다른 지면에서 증명하고자 했던) 로브 그리예[15] 등 다수의 작가에 대한 우리의 이해를 바꿔버릴 수 있는 극도로 도발적인 생각이다. 그렇다면, 본인이 "엄마의 신체"인 작가는 어떠한가? 엄마들에게도 엄마가 있으므로 이건 바보 같은 질문인가? 글 쓰는 엄마는 오로지 자기 엄마의 자식으로서만 글을 쓰는가?

그럴지도 모른다. 하지만 나는 우리가 어떻게든 저 질문에 대답하기에는 엄마가 무엇을, 어떻게, 왜 쓰는가에 대해 아는 바가 너무 없다고 주장하려 한다. 틸리 올슨이 지적했듯이, 우리 세대 이전에 "풀타임" 작가인 엄마는 드물었으며 훌륭한 여성 작가들은 거의 예외 없이 글을 쓰는 내내, 또는 거의 내내 아이가 없었다.[16] 크리스테바가 옳다. 우리는 엄마 내면의 이야기를 거의 알

지 못한다. 정신분석 이론과 엄마에 집착하는 작가들(대개 남성이
다)의 불길한 존재 때문에 계속 쓰는 여성으로서의 엄마보다 쓰
이는 여성으로서의 엄마를 강조하는 한, 우리는 무지에서 벗어날
수 없을 것이다.

정신분석이 (엄마로서) 글 쓰는 엄마들을 보지 못하는 데에는 분
명한 이유가 있다. 가장 먼저, 정신분석은 아동 이론을 빼면 남는
게 없다. 정신분석이 성인의 모든 성격 특성과 더불어 예술적 창
조성의 근원을 과거 어린 시절(이때의 모습이 종종 성인이 될 때까지
이어진다)에서 찾는다고 해도 그리 놀랄 일은 아니다. 두 번째 이
유는 좀 더 구체적인데, 앞에서 말했듯 정상적인 여성 발달에 대
한 정신분석 이론에서 찾을 수 있다. 엄마들은 예술 작품을 창조
하지 않는다. 왜냐하면 창조적이고 공격적인 욕구를 모두 아이
낳는 데 써버리기 때문이다. 헬레네 도이치는 이렇게 말한다. "지
적이고 예술적인 창조에의 욕구와 엄마의 생식력은 같은 근원에
서 나온다. 그러므로 둘 중 *하나가 다른 하나를 대체할 수 있는 것
은 매우 당연하다.*" 여성이 어머니로서의 능력을 사용한다면 글
을 쓸 필요가 없다. "어머니인 여성은 생식 기능을 위해 자신의
다른 이해를 포기할 수 있으며 생물학적 제약이 발생할 시기가
다가오고 있다고 느끼면 다시 자신의 이해로 관심을 돌린다." 이
러한 주장은 예술 창작의 폐경기 이론이라 부를 만하며(비록 도이
치가 폐경기 여성을 묘사한 부분을 읽으면 그녀가 어떤 창작을 이야기하는
건지 의문이 들지만 말이다. "생식 기능이 쇠락함과 동시에 아름다움이 사라
지고, 따뜻하고 활력 넘치는 여성의 감정적 삶 또한 흐름을 멈춘다." 무덤이
그리 멀지 않은 것처럼 보이지 않는가), 그 자체로 "이것 아니면 저것"

이라는 양자택일 이론의 하위 범주에 속한다. 이러한 이분법적 이론은 다음과 같이 요약할 수 있다. 글쓰기 아니면 엄마됨, 일 아니면 아이, 동시에 두 개는 절대 불가능.[17]

물론 양자택일 이론은 정신분석보다 역사가 길다. 일레인 쇼월터가 보여주었듯 양자택일 이론은 이미 초기 빅토리아 시대부터 적용되었다. 빅토리아 시대의 평론가들은 대체로 아이가 없는 여성 작가보다 엄마인 여성 작가에게 더 관대했지만, "엄마는 아이가 다 성장할 때까지 가정 영역 바깥의 활동을 절대 꿈꿔서는 안 된다"는 생각이 확고했다.[18] 네 아이의 엄마였던 엘리자베스 개스켈 같은 작가조차 동의했던(개스켈은 서른여덟 살에 첫 소설을 출간했다) 이러한 주장은 좋은 아내와 좋은 엄마로서의 도덕적 의무에 기반을 두었다. 쇼월터는 이렇게 말한다. "대부분의 여성들은 여성이 가정생활에서의 책임을 회피하기 위해 문학적 재능을 사용하는 것이 터무니없고 용납 불가능하다고 보고 이를 거부했다."[19] 그리고 정신분석은 창조적 충동과 생식적 충동을 같은 것으로 보고 아이가 있는 여성은 책을 쓰고자 하는 욕구를 느끼지 않는다고 선언함으로써 도덕적 의무를 심리적 "법칙"으로 둔갑시켰다.

정신분석 이론은 이 "법칙"으로 엄마의 침묵을 우아하게 설명하고 정당화할 뿐만 아니라(완경하기 전에 책을 쓰고 싶어 하는 다른 엄마들이 스스로 "비정상"이라고 느끼도록 만든다) 몇몇 아이 없는 여성(그리고 남성)들이 책을 쓴 이유까지도 우아하게 설명해낸다. 일단 여성이 이 "법칙"을 적절하게 내면화하면(남성은 이 법칙을 내면화할 수 없는데, 아이를 낳는 선택이 불가능하기 때문이다) 죄책감과 괴로움이 무한히 생산된다. 글 쓰는 엄마가 느끼는 "비정상"이라는 느낌은 아이 없는 여성 작가가 느끼는 "부자연스러운" 느낌과 대응한다. 프로이트를 잘 알았던 버지니아 울프가 "글쓰기가 자신의 여성성을 없애고 자신을 부자연스러운 여성으로 만들까 봐 두려워했던 것"도 그만한 이유가 있었던 것이다.[20] 자신의 책을 사랑하는 아이에 비유하는 남성 작가(최근 자위행위로서의 글쓰기가 강조되기 전까지는 매우 흔한 비유였다)는 은유적 어머니다움이 자신의 남성적 자질에 추가되었다고 보는 반면, 책이 진짜 아이를 "대체한" 아이 없는 여성은 자신에게 어머니다움이 부족하면 부족했지 추가되었다고는 생각하지 않는다(사회가 그렇게 느끼도록 만든다).

하지만 정신분석에 모든 책임을 물을 수는 없다. 아이 없는 여성 그리고/또는 미혼 여성 비하는 제인 오스틴과 브론테 자매가 살았던 시대에도 이미 흔했기 때문이다. 하지만 나의 요점은 정신분석이 널리 퍼져 있었던 문화적 편견을 더욱 강화하고 "자연스러운" 법칙의 지위에 올려놓음으로써 이러한 편견에 과학적 권위를 부여했다는 것이다.

정신분석이 만들어낸 "엄마됨 신화"와 엄마됨 자체의 진실에 대한 이의 제기(현대 페미니스트 글쓰기 및 비판의 한 줄기를 이루고 있다)는 바로 이러한 맥락 안에서 이해되어야 한다. 하지만 우리는 이러한 이의 제기도 어떤 면에서는 양자택일 이론의 피해자라는 사실 또한 이해해야 한다. 유일한 차이는 책과 아이에 매겨진 가치가 서로 바뀌었다는 점이다. 니나 아우어바흐는 〈예술가와 엄마: 잘못된 동맹Artists and Mothers: A False Alliance〉에서 다음과 같이 말한다. "예술가라는 제인 오스틴의 정체성은 결코 그녀에게 간접적인 엄마됨을 부여하지 않는다. 오히려 오스틴이 얽매임에서 벗어나 정신과 영혼을 위한 공간, 변화를 위한 시간, 성장을 위한 사생활이 있는 아이 없는 세계로 들어갔음을 보여준다." 아우어

바흐는 오스틴과 조지 엘리엇이 "엄마됨에서 등을 돌려 창조성을 더욱 광활하고, 성숙하고, 더욱 폭넓은 것으로 정의하고 이를 받아들였기" 때문에 오스틴과 엘리엇을 찬양한다.[21]

양자택일 말고 다른 대안은 없을까? 우리는 책을 쓰고 아이(우리의 과거로서의 아이가 아니라 우리가 낳은, 또는 낳을 수도 있는 아이)를 거부하는 것 아니면 아이를 사랑하고 책 출간을 미루거나 포기하는 것 중 하나를 선택할 수밖에 없을까? 아니면 "특정 페미니즘이 항의, 어쩌면 반대를 하기 위해 입을 비죽거리며 스스로를 고립시키고 있지만… 우리가 모성과 여성의 창작 그리고 둘 사이의 관계를 해명할 때까지 진정한 여성 혁신은 불가능하다"라고 말했던 크리스테바가 옳을까?

이제 엄마들이 언어를 가져야 할 때다.


### 글쓰기와 엄마됨: 엄마들의 생각

상황은 그리 장밋빛이 아니다.

> 엄마가 책상에 앉아 글 쓰는 모습을 아이들이 두 눈으로 똑똑히 보고 있을 때 엄마는 일하는 중이라는 사실을 설명하려 애쓰는 것. … 나는 지하실에서 글을 쓸 때 위층에 있는 아이들이 내가 그저 여기 앉아 빈둥거리고 있다고 생각할까 봐 감히 음악을 틀지도 못한다. 팬케이크와 빵을 굽고 방을 산뜻하고 단정하게 정리해야만 아이들에게 존중받을 수 있다는 기분이 든다.
> 
> – 리브 울만[23]

글을 쓰기 시작한 후부터 계속 혼자만의 시간을 추구했다. 한때는 도망치고 싶었던, 그 위험하고 섬뜩한 자아를 소중히 여기게 되었고, 이해하기 시작했다.

[그 위험한 자아를] 길들이기 위해서 나는 규칙적이고 착실하게 글을 써야 했다. 그리고 글을 쓰기 위해서는 혼자 있어야 했다.

정신을 차리고 보니 나는 언제나 벤저민과 함께였다.

— 제인 라자르[24]

내게 시는 누군가의 엄마가 아닌 나 자신으로 존재하는 공간이다.

— 에이드리언 리치[25]

미국 독립 혁명이라는 이야기의 배경을 다 엎어버리기 시작했다. 내가 완전히 몰입할 수 있는 설정이 아니었다. 집에는 남자애 셋이 있었고, 식기세척기에 넣어야 할 접시들이 언제나 쌓여 있었다.

— 캐슬린 우디위스[26]

아이들은 지금 엄마를 원한다. 아이들의 욕구가 진짜라는 사실, 엄마가 그 욕구를 자신의 것으로 느낀다는(의무가 아니라 사랑에서) 사실. 아이들의 욕구를 책임질 사람이 자신 말고는 없다는 사실이 아이들을 가장 중요하게 만든다. … 일은 방해받고, 미뤄지고, 단념되고, 막힌다. 성과가 줄어드는 정도라면 그나마 낫다.

— 틸리 올슨[27]

옛날에는 뭔가 쓸 만한 것이 떠오르면 언제나 노트를 향해 달려가곤 했고, 상당히 들떴다. 지금은 이렇게 생각한다. "아냐. 그건 그리 좋은 내용 같지 않아." 어느 날 아침 나는 잠에서 깨어나 이렇게 생각했다.

"사라져버렸어… . 다시 돌아오길 바라지도 않아."

– 수전 힐[28]

죄책감, 우울, 자아의 분열, 감정을 돌려버리는 역할 연기("내 글쓰기는 중요치 않다, 그렇다고 마음 다치지 말 것, 그냥 세 아이들을 보자."), 줄어드는 성과에 대한 체념, 글 쓰는 자아의 포기. 이것들이 바로 글 쓰는 엄마들이 살아가는 실재이자 가능한 선택지다.

캐슬린 우디위스는 "주부 시장"을 겨냥한 역사 로맨스물의 저자이자 부유한 여성이다. 우디위스의 마지막 책은 200만 권 이상 팔려 나갔다. 우디위스는 자신을 "평범한 주부"라고 부른다. "전 요리와 청소를 즐기고, 우리 가족과 집이 좋아요. 지금 제 남편은 욕실 하나를 수리하고 있답니다." 우디위스는 엄마이자 아내로서의 역할과 글쓰기 간의 완벽한 조화라고 불릴 만한 모습을 보여준다. 어쩌면 우디위스는 대단한 재능이나 야망이 없을 수도 있다. 어쩌면 우디위스는 자신이 재능이나 야망을 갖고 있는지 자문해본 적이 한 번도 없었을지 모른다.

수전 힐은 매우 존경받는 "젊은" 영국 소설가였다. 베스트셀러류가 아닌 교양 있는 독자를 위한 소설이었다. 30대 후반에 결혼한 힐은 곧 임신했다. 당시 소설을 집필하고 있었지만 끝내 마치지 못했다. 힐은 더 이상 소설을 쓰지 않는다.

우디위스와 힐은 각자의 방식으로 글 쓰는 자아를 포기했다. 그리고 이 두 극단 사이에 수많은 대처 방식이 있다. 몇몇은 글을 남겼기에 그들의 방식이 알려져 있지만 몇몇은 그저 추측해볼 수 있을 뿐이다. 우리에겐 더 많은 정보가 필요하다. 글 쓰는 엄마들의 인터뷰와 일기, 전기, 에세이, 회고록이 더 많이 필요하다. 분명 내가 놓친 글이 많을 것이다. 하지만 나의 목표는 철저한 조사가 아니다. 나는 그저 가능성을 확인하고 싶은 것이다. 현대의 글쓰는 엄마들이 글쓰기와 엄마됨의 관계에 대한 자신의 경험에 관해, 또는 그러한 경험에서 두서없이 이야기를 풀어낼 때(시와 소설은 이후의 문제다) 어떤 주제들이 주로 반복되는지를 알아보고 싶은 것이다.

그렇다면 반복되는 주요 주제는 무엇인가? 내가 보기에 주제들은 크게 두 가지로 분류된다. 바로 대립과 통합이다. 장애물이자 갈등의 근원으로서의 엄마됨과 일, 세상과의 연결 고리로서의 엄마됨이다. 대립이라는 주제(죄책감 대 사랑, 엄마의 창조적 자아 대 아이의 욕구, 고립 대 헌신)는 내가 앞에서 강조한 인용문들에 잘 나타나 있다. 이러한 대립은 매일 엄청난 갈등과 자기 회의를 낳고 창조적 에너지를 허비하게 만든다. 게다가 여기에는 제도 또는 사회의 문제만 연관되어 있는 것이 아니다. 엄마를 대신할 양육자들이 생긴다 해도(비록 결국은 도움이 되겠지만) 이 문제를 완전히 해결할 수는 없을 것이다. 갈등은 엄마의 *내부*에 있으며 그건 엄마의 가장 근본적인 경험 중 하나이기 때문이다. 리치 등이 그랬듯 내적 갈등은 제도 권력의 결과이자 가부장 사회에 있는 엄마됨 신화로 인한 여성의 피해자화 및 고립 때문이라는 주장이 언제나 있을 수 있다. 하지만 이러한 주장은 갈등이 엄마의 내부에서 발생하는 *원인*을 이해하는 데 도움을 줄 수는 있어도 그 갈등을 없애주지는 못한다. *현재*, (유아뿐만 아니라 학교에 다니는 아이도 포함해서) 어린 아이를 둔 엄마 중 진지하게 창조적인 일(이러한 일은 자기주장과 자기에 대한 몰두, 외로운 싸움을 하겠다는 의지를 뜻한다)을 하고자 하는 사람은 가장 힘든 투쟁, 즉 자기 자신과의 투쟁을 벌일 준비가 되어 있어야 한다. 여기서 일에서 나타나는 한 신경과민 장애 유형에 대한 카렌 호나이의 묘사가 떠오른다. 호나이는 이 심리적 장애가 "자신의 존재를 지우는 유형"의 대표적 사례라고 본다.

이 사람은 인식하지 못한 채 두 가지 만성적인 장애에 부딪치게 된다. 바로 자신에 대한 폄하와 문제에 덤벼들지 못하는 무능이다. 이 자기 폄하는 대개 "건방짐"과 관련된 금기를 범하지 않기 위해 스스로를 억압하고자 하는 욕구의 결과다. 그렇게 미묘하게 자신을 깎아내리고 질책하고 의심한다. 이 사람은 스스로가 무엇을 하고 있는지도 모른 채 기력을 소진한다. … 그 결과 일을 할 때 무기력과 자신이 무가치하다는 억압적인 감정을 느끼게 된다. … 문제에 덤벼들지 못하는 무능은 주로 자기주장과 공격, 지배와 관련된 금기 때문에 발생한다. … 이 사람의 문제는 낮은 생산성이 아니다. 독창적이고 훌륭한 아이디어가 떠올라도 그 아이디어를 붙잡고 덤벼들고 문제를 해결하려고 씨름하고 확인하고 전개하고 구성하지 못하는 것이 문제다. 이렇게 언어로 표현하면 드러나지만, 우리는 대개 이와 같은 정신적 과정을 자기주장이 강하고 공격적인 행동으로 인식하지 않는다. 우리는 공격성에 대한 지나친 점검 때문에 이러한 정신적 과정이 억압될 때에만 이 사실을 깨달을 수 있다.[30]

물론 엄마, 또는 여성에게만 호나이의 묘사가 적용되는 것은 아니다.[31] 호나이는 분명 남녀 모두를 염두에 두었을 것이다. 하지만 나는 호나이가 말한 미묘하게 자신을 깎아내리는 행동, 무기력과 자신이 무가치하다는 억압적인 감정, 공격성에 대한 지나친 점검이 글 쓰는 엄마의 경우 아이에 대한 죄책감과 밀접한 관련이 있으리라 본다. 언젠가 장 폴 사르트르는 인터뷰에서 문학, 특히 자신의 소설이 갖는 가치에 대한 질문에 이렇게 답한 적이 있다. "En face d'un enfant qui meurt, La Nausée ne fait pas le poids."(의역하면 다음과 같다. "죽어가는 아이와 비교한다면《구토La Nausee》는 전혀 중요치 않다").[32] 이러한 발언이 좌파적 연민을 가진 부르주아 작가의 죄책감을 보여준다면(사르트르는 그 문제의 전문가다) 자신의 책을 죽어가는 낯선 아이가 아니라 울고 있는 자신의 아이와 비교할 엄마의 죄책감에 대해서는 뭐라 말할 수 있을까?

우는 아이를 달래는 방법 중 하나(엄마가 글을 쓸 때 아이가 실제로 울건 울지 않건 간에 엄마의 악몽 속에서 아이는 언제나 울고 있다)는 아이에게 책을 선물하는 것이다. 필리스 체슬러는 서른일곱에 겪은 첫 임신과 출산에 대한 기록《아이와 함께With Child》를 아이에게 바쳤다. "내 아들 아리엘, 너를 환영하는 의미로 직접 만든 이 선물을 네게 바친다." (나는 좋은 엄마다. 나는 나만의 선물을 준비한다.) 리브 울만은 앞에서 인용한 자신의 자서전을 딸 린에게 바쳤으며, 책머리에는 엄마와 아이가 서로 이마를 맞대고 있는 사진이 실려 있다. 책의 뒷표지는 우울해 보이는 리브 울만의 독사진이다. 책의 마지막 쪽에는 린에게 보내는 편지가 있다. 편지 내내 이어지는 엄마의 자책은 다음과 같은 믿기 힘든 질문으로 끝난다. "너에게로 달려가서 너의 삶을 살지 않을 이유가 내게는 없다는 걸 이해하겠니?" 이것이 우리 시대 최고의 배우이자 진짜 작가인 사람의 입에서 나온 말이다.

우는 아이를 달래는 또 다른 방법은 책을 쓰지 않거나 쓸 수 있는 것보다 적게 쓰는 것이다. "엄마들은, 시간과 자아를 일부만 가질 수 있었던 사람들은 불후의 문학 작품을 창조해낸 적이 거

의 없다…. 여태까지는." 1972년 틸리 올슨이 쓴 글이다.[33]

어두운 얘기는 여기까지만. 밝은 면도 있다.

아리엘, 나는 너를 통해 확장되고 나 자신보다 더 큰 무언가와 연결된
단다. 마치 사랑에 빠지고 사상적 변화를 겪듯, 그러한 연결을 통해 나
의 존재를 느끼게 돼.

— 필리스 체슬러[34]

하지만 자연의 법칙이라 해야 할까, 인간의 숙명을 긍정한 것이라 해
야 할까, 이유를 알 수 없는 무언가가 그 필연이 이미 나의 일부임을,
그 필연은 싸워야 할 대상이 아니라 표류와 정체, 정신의 죽음에 대항
할 또 다른 무기임을 받아들이게 한다.

— 에이드리언 리치[35]

엄마는 여러 종류의 사람일 수 있다. 엄마는 훌륭할 수도, 평범할 수
도, 절제에 능할 수도, 성질이 격할 수도, 아마존 여전사처럼 공격적
일 수도, 이해력이 클 수도 있다. 하지만 어떤 사람이건 간에 엄마가
되면 자신의 한계를 받아들일 수밖에 없다. 그리고 엄마로서 자신의
한계를 받아들일 때, 삶의 다른 영역에 있는 한계 또한 받아들일 수 있
게 된다. 엄마로서 매일 끝도 없이 경험하는 마찰은 적어도 자기중심
성을 놓을 수 있는 기회를 줄 것이다. 그리고 결국 아이로서의 삶을 멈
출 수 있게 될 것이다.

— 제인 라자르[36]

아이가 태어나고 사랑을 시작하는 것, 아마도 이것은 여성이 진정으로 타인을 사랑할 수 있는 유일한 방법일 것이다. … 우리는 여성에게 너무나도 힘겨운 그 관계, 타자와의 관계에 응할 기회를 갖는다. 상징계와의 관계, 윤리와의 관계. 만약 임신이 자연과 문화 사이의 문턱이라면, 엄마됨은 단독성과 윤리 사이를 이어주는 다리다….

　　　　　　　　　　　　　　　　　　　　　　　 – 줄리아 크리스테바[37]

여성에게 사랑한다는 것은 어떤 의미인가? 글을 쓰는 것과 같다.… 말 WORD/살FLESH. 하나에서 다른 하나로, 영원히, 분열된 비전들, 보이지 않는 것의 은유.

　　　　　　　　　　　　　　　　　　　　　　　 – 줄리아 크리스테바[38]

　통합, 연결, 손 내밀기. 표류와 정신적 죽음에 대한 방어, 어린 시절의 유아론적 태도에서 벗어날 수 있는 방법, 관계를 맺는 방법, 글을 쓰는 방법. 이 또한 엄마들이 바라보는 엄마됨이다. 그리고 대개 이러한 시각은 평소 일과 아이 사이에서 발생하는 갈등 때문에 분열된다고 느끼는 바로 그 엄마들에게서 나온 것이다. 제인 라자르는 《아이와의 끈》의 끝 부분에서 "엄마"와 "검은 여인"의 토론을 상상한다. 엄마는 라자르에게 둘째를 낳으라고 재촉하고, 검은 여인은 그러지 말라고 설득한다. 검은 여인은 이렇게 말한다. "난 네게 주어질 세세하고 현실적인 책무에 대해 말하고 있는 게 아냐. 그 끝없는 일들이 네 정신에 미칠 영향에 네가 관심을 좀 가졌으면 하는 거라고." 엄마는 이렇게 맞선다. "다시 한 번 아기가 네 안에서 움직이는 느낌을 느끼고 싶지 않아?" 하지만 마지막에 결국 검은 여인이 변장한 엄마라는 사실이 드러난다. 엄마가 바로 검은 여인이다. 라자르는 둘 모두이고, 둘 모두가 라자르의 머릿속에 들어 있다.

결국 우리는 에이드리언 리치가 시작했던 지점에 도착한 것일까? "아이들은 내게 한 번도 경험해보지 못한 격렬한 고통을 안겨준다. 양가감정이라는 고통이다. 나는 쓰라린 분노와 날카롭게 곤두선 신경, 더없는 행복에 대한 감사와 애정 사이를 죽을 듯이 오간다."[39] 그렇기도 하고 아니기도 하다. 일기에서 나타나듯 리치에게 양가감정은 분노와 애정이, 아이에 대한 거부와 아이에게로의 손 내밀기가 번갈아 발생하는 것이다. 이 두 개의 충동은 마치 서로 단절되어 있고, 극복 불가능한 대립에 갇혀 있는 것 같다. 작가로서의 자신을 긍정하고픈 엄마의 욕구와 엄마의 이타심에 대한 아이의 욕구(또는 아이에게 그러한 욕구가 있으리라는 엄마의 믿음)가 서로 대립하듯이 말이다. 라자르의 우화에도 이러한 분투가 어느 정도 나타나긴 하지만, 대립하는 요소 사이의 갈등이 아닌 조화의 가능성 또한 나타난다. 엄마가 검은 여인이고 검은 여인이 엄마라면, 둘 중 하나가 가진 에너지와 열망은 곧 다른 한쪽이 가진 에너지와 열망일 것이다. 엄마로서의 애정과 검은 여인의 자기표현 욕구는 서로를 방해하지 않고 도울 수 있다.

바로 이것이 체슬러가, 또 다른 일기에서 리치가(바로 앞에서 인용한 일기), 특히 크리스테바가 말하고자 한 바다. 크리스테바는 암시에서 더 나아가 분명하게 진술한다. "엄마됨은 (실존주의적 신화가 여전히 사람들로 하여금 믿게 하려는 내용과는 달리) 전혀 창조성과 모순을 일으키지 않는다. 경제적 제약이 너무 가혹하지 않다면, 엄마됨은 그 자체로 일부 여성적 창조를 장려할 수 있다. 엄마됨이 고착을 풀어내고, 삶과 죽음, 자기와 타자, 문화와 자연 사이

에서 열정의 순환을 일으킨다면…."[40] 크리스테바는 신중하다. 무
조건적인 주장은 하지 않는다(엄마됨은 창조를 장려할 수 있다. 항상
그렇다는 것은 아니다). 물질적 장애물 또한 인식하고 있다(아기를 봐
줄 사람이 없다면, 또는 아기를 키우기 위해 다른 일로 돈을 벌어야 한다면
엄마가 어떻게 글을 쓸 수 있겠는가? 틸리 올슨의 질문이다). 그러나 프랑
스 페미니스트 이론의 중요한 전환기(현재 미국 페미니스트 사상에서
덜 추상적인 모습으로 나타나고 있다)에 크리스테바는 양자택일의 딜
레마를 거부하고 엄마됨과 여성적 창조가 함께 갈 수 있다고 말
한다.

1977년《텔켈Tel Quel》겨울 호에 실린 두 개의 에세이에서 크리
스테바가 한 주장은 매우 복잡하고 긴 분석을 필요로 한다. 이 지
면이 분석에 적절한 공간은 아니지만 잠시 시간을 내어 크리스테
바의 주장을 자세히 살펴보자.

크리스테바의 주장은 대략 다음과 같이 요약할 수 있다. 특히
여성은 역사적 이유에서건 다른 이유에서건 간에 상징계의 질서,
즉 언어와 문화, 법, (라캉의 용어를 사용하자면) 아버지의 이름이라
는 질서에 진입하기가 어렵다. 이때 여성과 사회 세계 사이에 *자
연적 연결 고리*(아이)를 마련해주는 엄마됨은 문화와 언어의 질서
로 진입할 수 있는 특권적 수단을 제공한다. (특히 이 지점에서 내가
크리스테바를 제대로 이해한 것이 맞다면) 이러한 특권은 엄마에게 속
하며 엄마가 아닌 여성뿐만 아니라 남성도 이를 갖지 못하는데,
남성이 상징적 질서와 맺는 관계는 그 자체로 문제가 많고 단절,
분리, 부재라는 특성을 지니기 때문이다. 상징계는 남성에게든
여성에게든 (가닿을 수 없는) 타자의 영역, 사물보다는 임의적 기호
의 영역으로 기능한다. 그러므로 상징계는 좌절된 관계의 영역이

자 불가능한 사랑의 영역이다. 타자의 궁극적 기호인 신의 사랑은 불가능하다. 하지만 크리스테바에 따르면 엄마에게 타자는 (그저) 임의적 기호, 필연적 부재가(부재인 것만은) 아니다. 타자는 아이이며 물리적 실재다. 아이의 존재와 아이가 엄마와 갖는 신체적 연결은 부정할 수 없는 기정사실이다. 만약 여성에게 (자기 아이를) 사랑하는 것이 곧 글을 쓰는 것과 같다면, 둘이 만나는 지점에서 우리는 현대적이고 세속적인, 살로 만들어진 말을 갖는다.

하지만 어떤 면에서는 이러한 간단한 요약은 배신이다. 크리스테바의 주장에서 가장 흥미로운 점은 그녀의 주장이 매우 복잡하고 간접적이라는 데 있다. 크리스테바의 두 에세이 중 첫 번째는 "여성 연구recherches féminines"를 주제로 한 《텔켈》 특별 호의 서문으로, 표면적으로는 엄마됨, 심지어 여성에 관한 글이 전혀 아니다. 실제로는 지식인의 가능성과 서구 문화에서의 지식인의 저항에 관한 글이다. 엄마됨이 여성 창작과 맺는 관계에 대한 언급은 가부장적 규범에서 어쩌면 저항적일 수 있는 여성의 역할에 관한 부분에 있다. 인간 번식이라는 더 근본적인 규범은 본질적으로 여성의 손에 달려 있으므로, 크리스테바는 사실 엄마들이 저항의 위치에 있는 건 아닐지, 인류를 유지한다고 기존 사회 질서까지 유지하고 보장하는 건 아니지 않을지 의심한다. 크리스테바는 이 질문에 직접 대답하지 않는다. 하지만 내 생각에 만약 대답을 해야만 한다면 크리스테바는 이렇게 답할 것이다. "맞다. 동시에 아니다." 언어와 의미 *이전에* 존재하는 본질적 박동과 파열, 분열의 장소인 엄마의 신체는 필연적으로 추방의 장소이며, 문화라는 집단적 질서와 비교했을 때 무질서의 장소이자 극단적인 특이성의 장소다. 동시에, 엄마의 신체는 자연과 문화의 연결 고리이기에 그만큼 기존 규범을 보호하는 역할을 할 수밖에 없다.

하지만 내게 흥미로웠던 것은 크리스테바가 던진 또 다른 질문이다. "동정녀 마리아 이후, 우리는 엄마의 내적 담론에 대해 무엇을 알고 있는가?" 이 질문은 도발적이면서도 기괴하다. 기괴함은 문장의 첫 부분에 있다. 우리는 다른 엄마들의 내적 담론보다 동정녀 마리아의 내적 담론을 더 많이 알고 있는가? 기껏해야 우리는 동정녀 마리아에게 부여된 담론, 사실상 동정녀 마리아를 창조해낸 담론만을 알고 있다. 바로 기독교의 담론, 교회의 아버지, 즉 교부들의 담론이다.

크리스테바는 이를 알고 있었다. 첫 번째 에세이보다 훨씬 긴 크리스테바의 두 번째 에세이 "이단적 사랑Hérétique de l'amour"은 정확히 어떻게 기독교 담론이 동정녀 마리아 신화를 다듬어왔는지, 동정녀 마리아 신화가 서구의 상상 속에서 어떻게 기능해왔는지 질문을 던진다. 무엇보다도 크리스테바는 다음 질문의 대답을 구한다. 기독교는 동정녀 마리아에게서 이상적인 엄마됨을 어떻게 재현하고 있으며 지난 수백 년 동안 여성에게 충분했던 이 재현이 왜 오늘날에는 더 이상 충분하지 않은가? 크리스테바의 모호한 대답은, 기독교가 동정녀 마리아의 이미지를 통해 오랫동안 여성 편집증을 잘 해결해주는 타협 방안을 제공했다는 것이다. 그 타협안이란 생식에서 남성이 맡는 역할의 부정(처녀 잉태), 여성의 권력에 대한 욕망 실현(하늘의 여왕인 성모 마리아), 마리아의 유방(젖을 빠는 아기 예수)과 고통(슬픔에 잠긴 성모the Mater dolorosa)에 높은 가치를 부여함으로써 여성의 살인적이고 강렬한 욕망을 승화, 불멸 영생이라는 판타지의 실현(성모 승천), 무엇보다도 성모 마리아의 엄마를 포함한 다른 여성에 대한 부정("온 여성 중 유일한 성모")이다. 이 모든 것에는 한 가지 조건이 있다. 성모 마리아는 예수 앞에 무릎 꿇고 복종하며, 아들 예수의 모습으로 남성의 궁극적 우위와 신성함이 유지되어야 한다.

크리스테바에 따르면 동정녀 마리아에게서 나타나는 이 타협안은 아무리 간접적일지라도 여성이 동일시할 수 있는 모델을 제공했으며 동시에 사회적-상징적 질서를 책임지는 자들이 계속 통제권을 유지할 수 있게 했다. (동정녀 마리아의 기독교적 재현이 정신분석 담론에서의 이상적인 엄마됨 재현과 어느 정도 유사하다는 점에 주목할 필요가 있을지도 모르겠다. 기독교의 재현이 정신분석의 재현보다 훨씬 더 강력하지만 말이다. 두 재현 모두 정확히 엄마가 아들 앞에 바싹 엎드린 만큼 엄마를 추켜세운다. 프로이트가 볼 때 엄마는 자기가 가장 사랑하는 아들이 영예를 얻는 모습을 볼 때 가장 큰 만족감을 얻으며 아들의 영예는 곧 엄마의 명예가 된다.) 하지만 크리스테바는 오늘날의 여성에게 있어 동정녀 마리아 신화가 그 긍정적 힘을 잃었다고 주장한다. 동정녀 마리아 신화는 너무 많은 것들을 말하지 않은 채 남겨두며 여성 경험의 양상을 너무 많이 삭제한다. 이렇게 삭제되는 경험으로는 출산의 경험, 엄마의 신체가 갖는 일반적인 경험, 여성이 자기 엄마(그리고 자기 딸)와 맺는 관계, 여성이 (아들이 아닌 성인) 남성과 맺는 관계가 있다. 이 모든 관계에 관해 엄마됨은 질문을 던지고 그 대답을 향해 첫걸음을 내디딜 수 있는 중심점을 제공한다.

마치 바로 이것을 보여주려는 듯이 크리스테바는 분석적이고 추론적인 텍스트 사이사이에 서정적이고 불연속적인 "다른" 텍스트의 파편을 배치한다. 이 "다른" 텍스트들은 엄마인 크리스테바 자신의 내적 담론이다. 서정적인 텍스트들은 추론적인 텍스트에 둘러싸여 있으므로 두 텍스트를 "엄마"와 "아이"로 보고 서정적인 텍스트가 아이를 나타낸다고 보기 쉽다. (이 생각은 캐럴린 버크가 내게 제안한 것이다.) 하지만 역설적이게도 "아이-텍스트"에서 출산, 아기와 놀아주기, 처음 몸이 아픈 아이를 지켜보기, 아이와 분리된 동시에 결합된 것 같은 느낌, 자기 엄마에 대한 기억("다른 여성"), 언어 및 규범과의 관계와 같은 자신의 경험을 쓴 사람은 엄마다. 그러므로 서정적인 텍스트들은 문체상으로도 내용상으로도 추론적인 텍스트와 대조를 이룬다. 마치 엄마의 *내적* 담론이 서구 문화의 지배적 질서인 기독교가 구성해서 부여한 담론과 대조를 이루듯 말이다.

내가 보기에 크리스테바의 이 두 에세이는 세 가지 이유에서 특히 중요하다. 첫째, 크리스테바는 엄마됨에 관한 서구 문화의 전통적 담론의 한계를 드러내고 분석하고자 한다. 둘째, 그녀는 비록 불완전하고 잠정적일지라도 엄마됨과 여성 창작의 관계에 대한 이론을 제시한다. 셋째, 그녀는 그러한 창작의 사례로서 직접 어머니의 텍스트를 쓴다. 이 야심찬 작업은 프랑스 현대 페미니스트 이론이라는 훨씬 광범위한 맥락의 일부로, 프랑스 페미니스트 이론은 지난 수 년 동안 여성적 글쓰기l'écriture feminine에 관한 이론을 다듬고 여성적 글쓰기가 가진 특별함을 보여주려고 애썼다. 뤼스 이리가레이와 (아이 엄마이기도 한) 엘렌 식수는 여성성과 모성을 구분하려는 시도 없이 여성의 글쓰기가 가부장적인 문화에서 본질적으로 체제 전복적이고 질서를 파괴하는 특징을 갖는다고 주장해왔다. 이는 아마도 (적어도 식수에게는) 여성이라는 바로 그 사실이 곧 "'엄마'에게서 절대 멀어질 수 없음"을 의미하며, 이는 곧 남성 담론의 건조한 합리주의에서 철저히 "타자"의

자리에 위치한 회복과 자양분의 힘에서 절대 멀어질 수 없음을 의미하기 때문일 것이다.

다른 한편 크리스테바보다 훨씬 급진적인 샹탈 샤와프는 여성적 글쓰기의 실천을 엄마됨의 생물학적 사실과 연결시켰다. 샤와프는 두 아이의 엄마이며 서정적인 자서전체로 여러 권의 책을 쓴 작가다. 샤와프가 쓴 모든 글의 중심에는 엄마됨 및 모성애에 대한 신체적-감정적 경험이 있으며 샤와프는 이 모성애에 준우주적 중요성을 부여한다. 샤와프의 최근 저서 중 하나인《모성 *Maternité*》은 정신 쇠약에 걸리기 직전인 엄마와 두 아이 간의 사랑을 노래하는 감각적인 산문시로 이루어져 있다. 책 속의 엄마는 두 아이가 고독과 영원한 어둠이 아닌 소통과 빛으로 가닿을 수 있는 유일한 연결 고리라고 본다. 샤와프는 인터뷰와 작품 해설에서 자신에게는 엄마됨이 문학 창작의 유일한 수단이라고 말했다.《모성》에서 그녀는 "살찐 명사, 부정사 허벅지로 이루어진 새로운 문장론", 너무나도 신체적이어서 자양분이 되고 "모든 문장을 피부와 점막의 가까운 친척으로 만드는" 언어를 이야기한다.[42]

프랑스 급진 페미니스트들의 작업은 분명 글쓰기와 여성성의 관계, 다소 직접적으로는 글쓰기와 엄마됨의 관계를 이론화하려는 역사상 가장 야심찬 시도를 보여준다. 개인적 의구심이 하나 있다면(이들의 작업은 분명 진행 중에 있으므로 명확한 의견을 내기엔 너무 이르다), 이들의 작업에 배타적 측면이 있다는 점이다. 여성과 어머니가 가부장적 담론 질서에서 배제되었음을 인식하고 남성의 글쓰기와 관련해 어머니와 여성의 글쓰기가 가진 긍정적 차이점을 주장하는 것은 이 시점까지는 유익할 수 있다. 하지만 여성 "타자"를 배제하고 억압하는 남성의 태도를 똑같은 태도로 받아

쳐야 한다면 정말 유감스러울 것이다. 뻔한 남성 배제를 말하는 것이 아니다. (엘렌 식수를 포함한) 몇몇 프랑스 페미니스트들은 특정 남성 시인들이 글쓰기에서 "여성적" 지위를 획득했음을 기꺼이 인정하기 때문이다. 그보다 나는 "남성적"이고 억압적이며 논리적이고 권력의 담론이라고 임의로 규정된 특정 종류의 글쓰기와 담론의 배제를 말하는 것이다. 그러한 태도는 필연적으로 "여성적" 글쓰기를 소수자의 자리에, 권력의 바깥에 위치시킨다. 나는 여성이 그보다 더 좋은 자리에 있을 수 있다고 생각한다.

글쓰기와 관련해 여성 신체를 페티시화하는 것에도 의구심이 든다. 여성성과 여성성의 전형적 체현, 엄마됨이 언어와 모국어에 가닿을 수 있는 특권적 방식을 제공할 수 있다는 것이 사실일 수도 있다. 우려되는 지점은 이러한 통찰을 근거로 여성의 글쓰기와 글쓰기 스타일을 규범화하는 것이다. 최근 프랑스 페미니스트 이론과 실천에서는 글의 주제와 글쓰기 스타일이라는 측면 모두에서 그러한 규범화의 경향이 나타나고 있다. 여성의 신체와 피가 갖는 중심적 위치, 여성과 자연의 근접성, "건조한" 의미보다 목소리의 특징을 중요시하기, 근원적인 리듬과 (생리혈, 모유, 자궁액처럼) 흐르듯 글쓰기, "액체와 같은" 문장, 반드시 필요한 서정성, 수용성, 통합, 공격성 없음…. 우리는 새로운 장르가 탄생하는 지점으로 향하고 있으며, 새로운 장르의 탄생은 언제나 좋은 일일 수 있다. 하지만 이 장르에서 진정한 여성적 글쓰기의 방식이 단 하나만 있다고 보는 건 실수라고 생각한다.[43]

## 글쓰기와 엄마됨: 엄마의 소설

이론 이야기는 여기까지 하고, 보다 구체적인 이야기로 돌아와보자. 엄마들은 글을 쓴다. 사적인 이야기도 쓰고, 소설도 쓴다. 틸리 올슨은 엄마인 현대 (영국과 미국) 소설가들과 관련해 "자신의 엄마됨을 작품의 중심 소재로 직접 활용하는 사람은 많지 않다"고 말했다.[44] 흥미로운 질문을 암시한다. 하지만 나는 더 구체적인 질문에 마음이 간다. (엄마들이 "나 자신"을 이야기하는 보다 직접적인 글과는 달리) 글 쓰는 엄마들의 소설 안에서 글쓰기와 엄마됨의 교차점은 굴절되는가? 굴절된다면 어떻게 굴절되는가? 이 질문에 대한 대답에 어쩌면 정신분석이 유추로나마 도움이 될 수도 있다. 소설은 거리를 두고 작가의 판타지를 형식상 "위장"한 것이라는 프로이트의 주장을 출발점으로 삼는다면, 우리는 다음과 같은 질문을 던질 수 있다. 글 쓰는 엄마의 판타지는 존재하는가? 만약 존재한다면 소설로 바뀌는 과정에서 어떻게 변화하는가? 조금 다르게 말하자면, 직접적인 표현이 아니라 소설이라는 간접적인 형식을 선택할 때 엄마의 담론은 어떻게 나타나는가?

질문을 던지긴 했지만 나 또한 이 질문에 어떻게 대답해야 할지 잘 모른다. 하지만 문제될 건 없다. 나는 엄마의 판타지가 존재하며, 엄마의 판타지를 표현하는 것이 가능하고, 엄마의 판타지가 소설 창작에 자극이 될 수 있다고(되어야 하는 것은 아니다) 가정할 것이다. 또한 더 나아가 엄마인 여성 작가의 소설 어딘가에서 엄마의 판타지를 발견할 수 있다고 가정할 것이다. 이 가정들이 과학적이지는 않더라도 문학비평적으로는 유용하다는 것을 증명하기 위해 한 작가가 쓴 두 작품을 읽어보고자 한다. 세 페이지짜리 단편 〈훌륭한 살림살이Good Housekeeping〉와 소설《엄마의 자

서전*The Autobiography of My Mother*》이다.[45]

"훌륭한 살림살이." 여러 가지 해석이 가능한 제목이다. 소설 속 엄마는 낮잠을 재우려고 아이를 눕히고 아이 뒤에서 클로즈업으로 사진을 찍는다. 엄마는 사진작가로 암실에 있는 사진의 화학물질이 이미 마른 지 오래인 지금 일을 하고 있다. 하지만 엄마는 프로다. 이미 다음 전시에서 사진을 어떻게 전시할지 구상 중이며("처음부터 끝까지 무작위로, 무광으로. 암묵적인 순서 없이, 반어적 의미 없이") 일하는 속도도 빠르다. 아기의 뒷모습 사진 다음에는 침전물이 쌓인 커피포트, 변기의 안쪽, 산처럼 쌓인 세탁물, 껍질과 함께 널려 있는 껍질 벗긴 채소들, 쭈글쭈글한 침대보, 엄마 자신의 질(카메라의 뷰파인더를 통해서만 보인다), 박스 안에 어지럽게 흩어져 있는 한줌의 콘돔, 더러운 창문, 채소 모종을 심어놓은 신선한 흙, 서랍에 든 잡동사니들, 양념 통에 숨겨놓은 담배 마는 종이와 마리화나, 연필깎이의 내부, 훤히 드러나 있는 못생긴 벽지, 진흙이 말라붙은 발 깔개. 엄마는 일렬로 늘어놓은 깡통과 특별히 만든 오믈렛 사진은 어울리지 않다고 보고 제외한다. "너무 훌륭한 살림살이 같다." 고양이가 남겨놓고 간 새의 깃털 무더기도 마찬가지다. 새의 깃털은 고양이 없이는 의미가 불분명하다. 게다가, "죽은 새는 모든 가정의 일부인가?"

그때 아기가 일어나 소리를 지른다. 창문 가리개를 끝까지 올린 방은 매우 밝아서 "막 떨어질 듯한 고드름처럼 떨리는 아기의 목젖까지 보인다." 아기는 카메라를 보자 울음을 그치고 카메라에 마음을 빼앗긴다. "카메라 같은 두 눈. 아이의 엄마는 아이의 두 눈 속에서 자신의 모습을 바라보았다. 그녀의 무릎 위에는 한 가운데에 기묘한 빛의 별이 있는 검은색 박스가 있었다." 아기가 웃으며 엄마를 향해(아니면 카메라를 향해?) 침대 난간 사이로 손을 뻗는다. 엄마가 취한 행동은 다음과 같다(소설의 마지막 문단이다).

> 엄마는 두 손으로 머리를 감싸 쥐었다. 그러다 한 손으로 카메라의 포커스를 맞추며 아기에게 다가갔다. 아기는 침대의 난간 사이로 손을 뻗어 엄마를 쳤고, 활짝 웃으며 쌕쌕거리는 소리를 냈다. 엄마는 아기의 서늘한 맨 허벅지를, 그 분홍빛 탄탄함을 보았다. 그리고 세 손가락으로 아기의 허벅지를 꼬집었다. 그렇게 화가 난 목젖을, 축축하게 젖은 혀를 다시 볼 수 있을 때까지 점점 더 세게 꼬집었다. 확대 렌즈를 통해 바라본 혀는 마치 어떤 식물처럼, 아니면 바다 아래에 있는 해면처럼 우툴두툴했다.

놀라울 정도로 힘 있는 이야기다. 여러 번 읽어도 매번 그렇다. 이 소설이 가진 힘(그리고 이 소설이 내게 미친 강력한 영향)을 설명할 때 나는 언제나 마지막 문단으로 되돌아간다. 자신의 두 눈이 아닌 카메라를 통해 자기 아이를 바라보고 아이를 하나의 대상으로 바꿔버리는 엄마. 아이의 허벅지에서 살을, 자기의 살을 느끼지 않고 프로페셔널하게 "분홍빛 탄탄함"을 느끼는 엄마. 아이가 울음을 터뜨릴 때까지 아이를 꼬집는 엄마. 이를 통해 엄마가 포착하고자 했던 떨리는 목젖. 그 냉담함. 동시에 그 끝없는 비유의 가능성. 고드름, 우툴두툴한 식물, 바다 아래의 해면. 감상적이고 진부한 분홍빛 허벅지는 기껏해야 훌륭한 살림살이에나 알맞다. 반면 화난 목젖은 앞서 등장한 다른 좋은 대상들("모든 가정의 일부")처럼 무작위 순서로, 무광으로 전시될 것이다. 이건 선전(우리 모두 훌륭한 살림꾼이 되어 분홍빛 아기를 낳자)이 아니라 예술이다.

예술? 그렇다면 우는 아이는? 내가 보기에 이 소설이 가진 힘은 내가 이야기에서 읽어낸(또는 내가 부여한) 판타지에 있다. "나는 내가 쓰는 모든 단어로, 모든 은유로, 모든 진실한 창작의 행위로 아이를 다치게 한다."

나의 해석이 과한가? 그렇지 않을 것이다. 내게 이 소설은 여성 잡지에서 신화화된 것이 아닌(그 난장판과 잡동사니들, 온갖 종류의 보관 장소들, 섬세하게 관찰한 그 내부, 점점 늘어나는 숨겨둔 물건들을 생각해보라) 엄마가 *직접 느낀* 엄마됨의 내적 세계에 대한 이야기일 뿐만 아니라 엄마가 직접 *재현한* 엄마됨에 대한 이야기이기도 하다. 엄마는 "거리를 두고 자기를 바라보며 해야 할 일을 하는 자신에 관해 해야 할 일을 했다." 또한 이 소설은 예술가인 엄마와 아이의 거울 관계에 대한 이야기다. *예술가로서* (카메라를 들고) 아이의 눈 속에 비치는 자기 자신을 바라보는 엄마는 아이를 고정시키고 아이를 하나의 이미지, 은유, 텍스트로 바꿔버린다. 엄마인 예술가의 초상이다. 아니면, 공격성이 애정을 이긴 찰나의 승리다.

내가 찰나의 승리라고 한 건, 이 이야기에 괴로움과 죄책감이 부재하기 때문이다. 괴로움과 죄책감은 아이에 대한 공격으로 글을 쓰는 현실 속 엄마의 판타지에 필연적으로 수반된다. 이 소설은 예술가가 아이와 자신의 모정에 반하는 방식으로 스스로를 긍정한 바로 그 순간, 죄책감(또는 광기. 만약 엄마가 계속해서 아이를 아프게 한다면, 우리는 그녀를 미쳤다고 할 것이기 때문이다)이 나타날 기회를 포착하기 전에 끝난다. 그 결과 소설과 소설의 언어가 만들어낸 효과에서 해방감과 형식적인 통제가 생겨나고, 감상적이거나 자기 연민에 빠질 가능성이 차단된다. 이 소설과 유사한 경험을 이야기하는 알타의 긴 시, 《모마*Momma*》와 비교하면 이는 더욱 분명해진다. 《모마》에서 시인인 엄마는 아이에 대해 글을 쓰기 위해 방에서 아이를 쫓아내고, 아이를 이름으로, 또 텍스트로 포착하기 위해 아이의 물리적 존재를 부정한다. 《모마》의 어조는 괴로움이다. 엄마는 아이의 고통을 느끼고, 시 속에서 과거로 거슬러 올라가면서 죄책감과 자책을 표현하기 때문이다. 과거를 돌아보기보다는 현재적 관점을 선택함으로써 브라운의 소설은 (내가 보기엔 꽤 의도적으로) 자책이 만들어내는 완화(그리고 감상적) 효과를 거부한다. 우리는 소설 속 엄마가 이후 자신의 행동에 대해 어떤 감정을 느꼈는지 모른다. 엄마가 울고 있는 아이에게 카메라를 갖다 댈 때(여기서 그녀가 아이를 보지 않고 오로지 "화난 목젖"만을 본다는 점이 중요하다), 우리는 사진을 찍는 엄마의 냉담한 집중 상태만을 안다. 이 소설의 언어는 이 마지막 비유를 통해 엄마의 행동에 이중의 의미를 부여한다.

캐서린 앤 포터는 자기 작품에 대해 글을 쓰는 순간에는 "의도적인 냉담함을 갖는 것이 가장 좋다"라고 말했다.[46] 이 소설의 주제이자 소설의 언어 속에 특별한 힘을 부여하는 것은 바로 의도적인 냉담함과 강렬한 감정 간의 대립, 일과 아이 사이에서 엄마의 문제적 위치를 보여주는 대립이다.

브라운의 또 다른 소설 《엄마의 자서전》은 같은 주제를 더욱 복잡하게 확장한다. 이 소설은 엄마와 딸의 이야기가 교차로 구성되어 있으며, 딸 또한 어린 자식의 엄마다. 70대인 엄마는 아직까지 민권 변호사로 활발하게 활동하고 있는 유명 인사다. 1960년대 후반 히피였던 딸은 여러 공동체와 캘리포니아 등지에서 생활하다 지금은 아무 일도 하지 않고 있다. 딸은 자기 딸과 함께 10

년 만에 어퍼웨스트사이드의 아파트에 살고 있는 엄마를 만나러 뉴욕으로 돌아온다.

엄마의 이야기에서 우리는 엄마가 대단히 불행하고 사랑 없는 어린 시절을 보냈으며 극도의 자기 통제와 이성적 행동을 추구하고 일부러 열정과 애정을 억누른다는 사실을 알게 된다. 또한 엄마가 고독하고 감정이 없으며 사람들과 오로지 추상적인 수준에서밖에 교류하지 못한다는 사실도 알게 된다. 딸의 이야기에서 우리는 딸이 버림받았다는 기분을 느끼며 자신은 가치 없고 실패한 사람이라는 느낌에 병적으로 사로잡혀 있다는 것, 사람들과는 가장 천박한 성적 수준에서밖에 교류하지 못하며 엄마를 마음속 깊이 증오하는 동시에 엄마에게 감정적으로 의존하고 있다는 사실을 알게 된다. 엄마와 딸이 함께 출연하는 텔레비전 토크쇼에서 딸은 단 한마디도 하지 않는다. 절대 말문이 막히지 않는 엄마에 대한 딸의 복수는 절대적 수동성과 침묵의 형태를 띤다.

두 여성 사이에는 그동안 상처와 오해가 너무 많이 쌓여왔기에 회복의 가능성이 없다. 하지만 둘 사이에는 손녀딸이 있다. 할머니를 닮아 고집이 세고 의지가 강하며 엄마를 닮아 상처를 잘 받는 이 손녀딸은 일종의 화해, 아니면 적어도 새로운 시작의 가능성을 쥐고 있는 것처럼 보인다. 심지어 손녀딸은 할머니에게 아예 존재하지 않는 것처럼 보였던 모정을 일깨우는 데 성공한다.

하지만 일은 그렇게 순조롭게 풀리지 않는다. 할머니는 법적으로 딸에게서 손녀를 빼앗을 계획을 세운다. 이 계획을 밝히려던 소풍날 할머니는 폭포 아래로 손녀를 데려가고, 그 사이 아이 엄마는 위에서 둘을 지켜보고 있다. 할머니는 아이의 손을 꼭 잡고 있지 않았고, 어느 순간 아이는 사라지고 없다. 물에 휩쓸려 익사

한 것이다. 전에 할머니는 이렇게 말한 적이 있다. "인생에 사고 란 없다."

이 충격적인 책을 어떻게 이해해야 할까? 제목에서부터 시작하 자. 어떤 엄마의 자서전인가? 저자는 누구인가? 내가 기억하기로 는 거트루드 스타인이 《앨리스 토클라스의 자서전*The Autobiography of Alice B. Toklas*》이라는 책을 썼다. 브라운의 소설 속에서 할머니의 이 름은 게르다 스타인이며, 셰익스피어를 언급하며 스스로를 거트 루드라고 부르기도 한다. 또한 변호사가 되겠다고 결정하기 전에 는 작가가 되고 싶었다고도 말한다. 소설 속 거트루드는 실존했 던 거트루드의 대역인가? 그럴 수도 있다. 하지만 이 "자서전"의 저자는 로젤린 브라운이다. 거트루드 스타인이 다른 자서전의 저 자인 것처럼 말이다. 구조상 거트루드 스타인의 대역은 로젤린이 다. 둘 모두 자서전의 저자이기 때문이다. 하지만 책의 제목('엄마 의' 자서전)을 중요하게 고려한다면 (소설 속) 게르다/거트루드 스 타인은 로젤린 브라운의 엄마가 된다. 그러므로 로젤린은 거트루 드의 딸이자 거트루드 자신이며, 작가이자 작가의 딸이다. 어쩌 면 소설 속의 두 이야기는 이 분열을 반영할 수 있다. 소설 속에 서 엄마와 딸이 거의 비슷하게 독자의 공감을 이끌어내는(때로는 밀어내는) 것처럼 말이다.

하지만 다음과 같은 질문이 나를 괴롭힌다. 아름답고 순진무구 한 아이인 손녀딸은 왜 죽어야 했는가? 손녀딸을 죽인 사람은 누 구인가?

무모한 설명을 한번 해보겠다. 손녀딸은 "비정상적인" 엄마에 대한 처벌로 죽는다. 이 비정상적인 엄마는 손녀딸의 엄마가 아 닌, 엄마의 엄마인 게르다 스타인이다. 손녀딸의 죽음은 스스로에게 내린 처벌이다. 게르다는 아이를 사랑하며, "인생에 사고란 없기" 때문이다. 또한 손녀딸의 죽음은 게르다의 딸이 엄마에게 가한 처벌이다. 그동안 딸의 삶은 서서히 진행된 자살이자 엄마를 향한 끝없는 비난이었다. 딸은 사고에 개입하지 않음으로써 자기 딸이 죽게 놔뒀고, 이 죽음은 엄마를 향한 최대의 비난이었다(그러므로 여기서 딸도 자신이 "비정상적인" 엄마임을 입증한다).<sup>47</sup> 그리고 마침내 딸은 원하는 것을 얻는다. 태어나서 처음으로 자기 엄마가 우는 모습을 본 것이다.

물론 아이를 죽인 건 게르다도 딸도 아니다. 아이를 죽인 사람은 게르다이자 딸인 로젤린 브라운이다. 나는 이 소설의 결말을 글 쓰는 엄마의 자기 처벌로, 소설 자체를 〈훌륭한 살림살이〉의 암울한 자매 편으로 해석했다. 《엄마의 자서전》에서 예술가인 엄마의 공격 충동은 자기 자신에게로 향한다. 게르다는 작가가 되지 못한 작가 지망생이자 실패한 엄마다. 딸과의 관계에서 게르다는 글 쓰는 엄마의 가장 끔찍한 판타지를 실현한다. "나는 우리가 우리 사이에 있는 하나의 삶을 나눠 가져야 하는지 몰랐어. 결국 내 삶이 더 커질수록 딸아이의 삶은 더 비게 돼."

내가 알기로 브라운은 엄마들의 예술 창작에 수반되는 격렬한 에너지와 폭력, 죄책감을 온전히 소설이라는 형식 안에서 탐험한 유일한 현대 소설가다. 이 주제와 관련해서 브라운과 비교해봤을 때 "모성의 소설가"<sup>48</sup>라고 불려온 마거릿 드래블은 놀라울 정도로 단순하다. 드래블의 소설에서 글을 쓰거나 창조적 직업을 추구하는 엄마들(《예루살렘 더 골든Jerusalem the Golden》의 나이 많고 유명한 소설가, 《맷돌The Millstone》의 논문 쓰는 주인공, 시인인 《폭포The Waterfall》의 주인공, 고고학자인 《황금의 영토The Realms of Gold》의 주인공)은 하나같이 자식들과 문제 하나 없는, 거의 이상적이라고 할 수 있는 관계를 맺고 있다.《예루살렘 더 골든》에서 소설가인 주인공의 자식들은 다 성장한 성인으로, 독자는 주인공이 모르는 사람의 아기를 돌보는 모습을 본다.《맷돌》의 여주인공은 아이가 태어난 후 글을 더 잘 쓴다.《폭포》에서 화자이기도 한 주인공은 임신 중 양가감정을 느낀다고 말하지만, 이러한 감정은 아이가 태어나자 기적처럼 증발해버린다. 주인공이 글을 쓰면서 겪는 문제는 아이가 아닌 남편, 애인과 엮여 있다.《황금의 영토》의 여주인공에 대해 말하자면, 이 주인공은 일단 애정 생활에서 겪는 문제가 해결되면 더 이상 문제가 없다. 만약 탐구의 복잡성이 소설을 평가하는 기준이라면, 내가 보기에 드래블은 다른 게 아닌 어른들의 사랑을 이야기하는 소설가다. 드래블의 여주인공들은 거의 예외 없이 모두 엄마지만, 이들의 엄마됨은 무엇보다도 남자들과의 관계(그 관계가 만족스럽든 좌절스럽든 간에)와 관련이 있다. 내 생각에 드래블의 소설에 깔려 있는 질문은 이것이다. 창조적인 일을 하는 아이 있는 여성은 남자와 변치 않는 만족스러운 관계를 맺을 수 있는가? 이 질문은 그 자체로 흥미롭지만, *다른* 문제다.

글쓰기와 엄마됨에 관해 어쩌면 드래블은 브라운의 끔찍한 판타지와 정확히 반대인 소원 성취 판타지를 제공해주는 건지도 모른다. 둘 사이에는 탐험해야 할 공간이 무수히 많이 남아 있다. 소설 속에서도, 진짜 삶에서도.

부록

미닝 포럼

엄마됨과 예술,
사과 파이에 대하여

〈엄마됨과 예술, 사과 파이에 대하여Forum: On Motherhood, Art, and Apple Pie〉

《미닝MEANING》중에서

◆───────────────────────────────────────

수전 비, 미라 쇼어, 미렐 셰르닉, 디나 쇼튼커크, 조앤 스나이더, 엘크 솔로몬, 마사 윌슨, 바바라 저커는 미닝 포럼을 위해 쓴 글들에서 엄마됨과 예술가로서의 삶이 교차하는 지점에 대해 이야기한다. 이 짧고 간결한 글들은 시간 낭비 없이 문제의 핵심으로 바로 치고 들어가 노골적이고 위트 있게 각자의 통찰을 내놓는다. 씁쓸한 유머와 뜻밖의 아이러니가 녹아 있는 이들의 이야기는 오래도록 기억에 남을 만하다.

우리는 아이가 있는 다양한 집단의 여성 예술가들에게 엄마됨과
예술이 교차하는 지점에 관한 다음 질문을 읽고 회신을 보내줄
것을 부탁했다.

엄마됨이 여성의 창조성에서 가장 중요한 부분을 차지한다고 보는 시
각은 창조적인 예술가로서의 여성의 자격에 그늘을 드리워왔습니다.
또한 우리가 살고 있는 사회는 일도 하고 엄마도 되고 싶은 여성들에게
실질적인 지원을 거의 해주지 않습니다. 저희 또한 여성 예술가들에게
엄마됨이 공적으로 논의하기에 다소 터부시되는 주제라는 걸 알고 있
지만, 그래도 이번 기회에 여러분의 시각을 나눠주시기를 바랍니다.
다음은 저희가 만든 질문입니다. 하지만 질문과 상관없이 주제와 관련
해 여러분의 경험에서 가장 중요하고 가장 연관성이 높은 다른 이야기
를 마음껏 들려주셔도 좋습니다.

당신이 엄마라는 사실이 다른 사람들의 반응 또는 예술 작품에 대한 반응에 어떤 영향을 미칩니까? 또한 커리어에는 어떤 영향을 미쳤습니까? 엄마 또는 임신부라는 이유로 다른 예술가나 딜러, 갤러리, 예술학교, 비평가들에게 차별을 당한 적이 있습니까? 아이가 어렸을 때 당신의 커리어를 미루거나 일을 중단한 적이 있습니까? 아이가 있는 남성 예술가 또는 아이가 없는 여성 예술가와 비교했을 때 본인이 다르게 대우받는다면 그 차이는 무엇입니까? 아이를 낳은 것이 당신의 창조성을 강화하거나 작품의 방향에 영향을 미쳤습니까?

지난 6년 동안 M/E/A/N/I/N/G은 포럼을 네 번 진행했다. 그 중에서도 엄마됨에 관한 이번 포럼에 쏟아진 반응은 주목할 만하다. 둘째 아이를 임신 중인 편집자와 아이가 없는 편집자의 논의에서 시작된 이번 포럼은 여태까지 있었던 포럼 중 가장 뜨거운 반응을 얻었다. 또한 많은 예술가들이 이 주제에 관해 글을 쓸 수 있는 기회가 있었던 것에 열정과 감사를 표해주었다. "이 편지가 제 마음에 와서 박혔어요", "이 경험을 인정해줘서 고마워요", "엄마이자 예술가로서의 경험에 대해 말할 수 있는 기회를 줘서 얼마나 고마운지 몰라요", "이 포럼을 열어준 여러분께 브라보". 하지만 몇몇 예술가에게 이 주제는 답장을 할 수 없을 정도로 고통스러웠다. 아이와 예술 세계에서의 삶은 완전히 분리되어 있는데 자신에게 아이가 있는 것을 우리가 어떻게 알았는지 궁금해하는 예술가도 여럿 있었다.

마지막으로, 이 텍스트들이 시간, 경제 조건, 육아, 여성 전반을 향한 편견, 아이 없는 여성에 대한 모순적 견해, 아버지와 남성 예술가들에 대한 사회의 기대, 예술가 엄마를 둔 아이들의 경험 등 여러 다른 측면을 이야기하고 있음에 주목해야 할 것이다.

— 수전 비, 미라 쇼어

우리 쌍둥이는 9월에 1학년이 됩니다. 이 주제는 제게 무척 중요하기 때문에 보내주신 편지가 정말 흥미로웠어요. 답장을 쓸 수 있는 시간이 더 많기를 바랐지만… 처음 편지를 읽었을 때 저는 마감 기한이 8월 31일이라고 생각했어요. 그런데 다른 날 밤 편지를 다시 보니 기한은 31일이 아니라 1일이더라고요. 이게 바로 제 삶입니다. 시간이 항상 부족해요. 아이들과 보낼 시간, 작업을 할 시간, 돈을 벌 시간, 재미있어 보이는 전시나 공연을 볼 시간, 예술 공동체의 구성원으로 활동할 시간… 고립되고 진이 다 빠졌다고 느낄 때가 많아요. 제 삶은 정신없이 바쁘고 조각조각 나뉘어 있어요. 숨을 돌릴 시간도 거의 없고요. 다행히 저는 제 작업에 열정이 커서 그 열정으로 견디고 있습니다만, 아이들이 태어나고 일을 미뤄야만 했던 시기가 분명 있었어요. 일을 할 시간을 마련하는 건 끝없는 투쟁입니다. 이 나라는 보육 제도가 부족해요. 제 생각에 예술 세계에서 아이를 낳기로 결정한 여성은 일에 덜 진지한 것으로 여겨집니다. 사실 이건 제 편견일지도 모릅니다. 저 또한 어렸을 때 아이를 절대 낳지 않겠다고 맹세했거든요. 저는 종종 제가 아이를 낳지 않기로 결정한 여자보다 일에 덜 헌신한다고 느낍니다. 하지만 엄마됨과 연결되어 있는 여러 강렬한 감정들, 정열, 사랑, 분노, 즐거움, 좌절, 절망은 어떤 충동을 일으켜 작품 활동을 활발하게 해주기 때문에 제 작업에도 유익한 영향을 미칩니다. 그동안 저는 삶의 다른 영역들과 접촉하는 것이 중요하다는 걸 깨달았어요. 엄마됨과 관련된 이론은 제게 새로운 호기심을 불러일으킵니다. 엄마와 엄마됨, 창조성과 관련된 정신분석학 및 페미니즘 글에서 저는 제 삶과 연결되는 지점과 함께 여러 흥미진진한 작업의 방향을 발견해요. 저는 아이들을 통해 저에 대해서 더 많이 알게 되었고, 앞으로도 더 배워 나갈 겁니다. 아이들의 자연스러운 창조성과 상상력, 긴 시간 푹 빠져 있는 환상 놀이, 귀에 들리는 모든 것에 대해 계속 질문하기, 엄마와 자기 삶 속에 있는 모든 사람들을 시험하면서 끊임없이 한계를 밀고 나가기, 지식과 정보에 대한 갈망 그리고 충동과 유머 감각은 제가 작업할 때 추구하는 자질이자 제가 안일함에 빠지지 않게 막아주는 자질입니다. 남자들은 아이를 낳을 수 없기 때문에 예술을 창조한다고들 합니다. 그리고 이런 말은 종종 여성 억압의 핑계로 쓰이곤 하죠. 저는 이 사회에서 여성이 예술을 창조하고 아이를 낳는 것이 그리 어렵지 않기를 바랍니다. 제가 보기에 남자들(아버지이건 아니건)은 작품 활동을 통해 "놀 수 있는" 자유, 또 그렇게 함으로써 진지한 예술가로 받아들여질 수 있는 자유가 더 많아요.

편지에 있는 질문 중 하나에 구체적인 대답을 해보자면, 저는 출산이 제 커리어에 직접적인 영향을 미쳤다고 생각합니다. 계속 작품 활동을 하고(물론 아주 느린 속도로요) 전시회도 열고 있긴 하지만 연락을 하고, 오프닝에 가고, 전화를 하거나 사람들과 만나고, 스튜디오를 방문할 시간이 거의 없습니다. 제 작업이 사람들의 눈에 띄도록, 전시회에 걸릴 수 있도록 하는 데 반드시 필요한 일들이죠. 여행을 하는 것도 몹시 어렵습니다. 저는 설치 미술을 하기 때문에 여행이 어렵다는 건 곧 제가 전시를 할 수 있는 중요한 전시장의 수가 줄어든다는 걸 뜻합니다. 개념 예술을 하는 사람으로서 저는 제 작품을 통해 돈을 벌 가능성이 거의 없기 때문에 반드시 "다른" 일을 해야 합니다. 이 다른 일을 하느라 대략 매주 20~30시간을 쓰고요. 이런 상황이 시간을 더욱 부족하게 만들어요.

그동안 이런 점들이 힘들었지만 현재로서는 다른 방법이 없기에 너무 좌절하지 않으려고 노력하고 있어요. 누구도 저를 지원해주지 않을 거거든요. 제가 분명하게 아는 건 이거예요. 아이들은 자랄 거고, 그것도 너무 빨리 자라서 아이들과 함께 보내는 시간이 더 소중해질 거예요. 예술 세계는 어디 가지 않아요. 아이들이 더 이상 저를 지금처럼 많이 필요로 하지 않을 때 저는 다시 스스로를 위해 시간을 보내는 사치를 누릴 수 있게 될 거예요.

남편의 역할을 언급하지 않았네요. 운 좋게도 제 남편은 제 작업과 작품 활동을 계속하고 싶어 하는 제 욕구를 지지해줍니다. 남편의 감정적·물리적 지지가 없었다면(우리는 자녀 양육의 의무를 똑같이 지고 있습니다) 지금만큼 일을 할 수 없었을 거예요.

― 미렐 셰르닉


## 엄마됨

도덕성과 예의범절, 전과 기록과 마찬가지로 엄마됨은 예술 창작과 아무런 관련이 없습니다. 엄마됨은 개인의 능력을 향상시키지도 않고, 정액을 분출하면 생명력이 사라진다는 니체의 우려스러운 가정처럼 개인의 창조성을 약화시키지도 않습니다. 출산이 자연히 포기를 의미하는 건 아닙니다.

이렇게 말해놨지만, 다시 앞의 발언을 철회하고 싶네요. 세상에는 한계가 있습니다. 심각한 질병이나 아이를 낳는 것만큼 세상의 한계를 증명해주는 건 없죠.

잠시만요. 이 말은 너무 거칠군요. 전 저의 아이들을 무척 사랑합니다. 첫째를 낳기 전까진 진정한 열정을 알지 못했어요. 딸아이의 목 깊숙한 곳에서 풍겨 나오는 냄새는 말 그대로 저를 취하게 만듭니다. 전 아기 침대 위로 몸을 구부려 제 얼굴을 아이의 목에 파묻고는 등에 힘이 빠지거나 제가 과호흡을 시작할 때까지 아이의 냄새를 들이마십니다. 저는 어미 야생동물들이 언제나 자기 자식의 냄새를 알아차리고 겉보기엔 똑같아 보이는 다른 새끼들과 자기 새끼를 냄새로 구분하는 게 신기하지 않습니다. 자기 자식의 냄새는 그 어떤 감각적인 경험보다도 더 생생하고 강렬합니다. 이러한 본능이 뇌에서 더 많이 발달한 부위나 지능과 관련된 부위에서 나온다고 생각하지는 않지만, 어쨌든 저는 이보다 더 농축된 즐거움을 거의 느껴본 적이 없습니다.

사적인 삶, 그러니까 공적인 삶의 틈새로 이어져 있지도 않고 정신없이 시달린 하루의 끝에 맞이하는 단 몇 분간의 "소중한 시간"도 아닌, 사방이 막힌 집 안 세계에서 하루 종일 즐거이 새 생명의 경이를 지켜보는 사치를 누릴 수 있는 사생활은 유행에서 완전히 뒤떨어졌습니다. 사적인 영역은 시급을 받으며 일할 생각이 있는 사람들에게 맡겨야만 하는 존재의 양상으로 격하됩니다. 하지만 시간에 얽매이지 않고 자연스러운 속도로 아이들과 함께 하루를 보내는 데서 오는 편안한 즐거움은 사적인 세계가 공적인 삶의 시간표에 의해 제약을 받는 순간 거의 사라져버립니다. 요구되는 일은 많아지고 카오스를 인내할 수 있는 관용은 줄어들죠. 그건 아이들에게 적합한 알고리즘이 아닙니다. 아기와 어린 아이들은 뚜껑을 열면 인형이 튀어나오는 상자든 방바닥에 던져진 우유 잔이든 상관없이 모든 종류의 자극에서 괴상한 즐거움을 느낍니다. 아이들에겐 그 모든 것이 똑같이 흥분되는 일이에요. 아이들은 몸에 있는 모든 세포를 통해 온몸으로 반응합니다. 동료들의 평가와 쿨함은 아직 먼 미래에 안전하게 갇혀 있습니다. 아이들은 매 순간 모든 것을 경험합니다. 모든 영역 중 가장 사적인 영역으로 세상이 좁아지는 것, 그게 바로 미끼이자 낚시 바늘이 물속으로 가라앉게 하는 낚시 추입니다.

필립 아리에스와 조르주 뒤비가 우리 시대를 다루기 위해 《사생활의 역사A History of Private Life》 6권을 출간했다면 분명 소책자로 제작되었을 겁니다. 페미니즘의 아이러니한 부작용은 여성 세계에서 가장 전통적인 요소를 폄하한 것입니다. 그 요소란 바로 아이와 노인을 돌보는 일, 즉 일반적으로 금전적 보상 없이 타인을 위해 무언가를 하는 것이지요. 타인을 돌보는 일은 저임금을 받는 외국인 노동자 또는 읽기와 쓰기를 제대로 하지 못하는 자국 시민을 위한 일자리가 아닙니다. 야망이 있는 교육받은 여성이라면 누구도 우리의 엄마나 할머니가 그랬던 것처럼 스스로를 미천한 지위로 격하시키려 하지 않을 겁니다. 우리는 남자들이 하는 일을 하고 싶어 합니다. 그건 그렇다 칩시다. 하지만 결국 우리는 정말 남자들이 그렇게 훌륭한 게 맞는지 질문해야 합니다. 그러니까, 누가 개자식처럼 되고 싶겠어요?

저는 살면서 많은 남편들을 보아왔고, 그중 몇몇은 저의 남편이기도 했습니다. 그리고 그 남편들의 자녀 양육 습관이 놀라울 정도로 한결같다는 점을 발견했죠. 저희 시어머니는 그게 다 유전자 때문이라고 주장합니다. 남자들은 그냥 그렇게 태어났다는 거예요. 우울한 생각이지만, 저는 어쩌면 시어머니가 맞을 수도 있다고 생각하기 시작했습니다. 쥐의 꼬리는 그저 문화적인 거라고 말할 수도 있겠지만, 모든 쥐가 꼬리를 갖고 있다면 그 주장은 공허해집니다. 여기 논리적인 규칙이 있습니다. 남편들은 절대로, 결코, 자녀 양육과 관련된 일의 절반만큼도 하질 않습니다. 요즘 몇몇 남편들은 진지하게 자기가 그만큼 일을 하고 있다고 생각하더군요. 가정교육을 잘 받았고 정치적으로도 올바른 수많은 남자들이 자신은 자녀 양육 및 집안일과 관련된 책임과 의무에 깊이 관여하고 있다고 말하는 건 수없이 많이 들었습니다만 그들의 아내가 그 말에 동의하는 건 들어본 적이 없습니다. 어떤 비평가는 최근 저에게 자기 아내가 일주일 동안 집을 떠나면서 혼자 아들을 돌봐야 했는데, 그 전까지는 항상 자기가 자녀 양육의 30퍼센트 정도는 도맡고 있다고 생각했다고 하더군요. 자신이 하는 일의 양을 꽤 온당하고 진보적으로 평가한 것이지요. 하지만 아내가 돌아온 후 그는 어쩔 수 없이 수치를 10퍼센트로 수정해야 했습니다. 그렇다고 이 사건 이후 그가 새로운 행동 규칙을 따르기 시작하진 않았을 겁니다. 그보다는 더욱더 아내에게 고마워하게 됐겠지요.

저는 이 보편적인 현상이 적어도 둘 중 하나를 증명해준다고 생각합니다. 여자가 정말 남자보다 어리석거나, 남자가 정말 여자보다 사악하거나.

1번. 남자들은 식료품 쇼핑, 빨래, 학원이나 모임에 아이 데려다주기, 주기적인 병원 방문, 옷 쇼핑, 침실 치우기, 장난감 구매, 아이 친구 부모와 놀이 시간 정하기, 베이비시터와 일정 맞추기, 아이 선생님과 상담하기 같은 자잘하고 귀찮은 일을 최소한도 이상으로 하기 위해 몸을 일으키지 못합니다. 여자들은 이 일들이 자신이 밖에서 하는 업무의 양과 무관하다고 생각합니다. 여성이 풀타임으로 일을 할 때도 이 산더미 같은 일들의 대부분은 여성의 몫입니다. 남자들은 너무 바쁘다고, 아니면 그냥 까먹었다고 주장합니다. 그리고 *교묘하게 빠져나가지요*. 이 같은 승리는 쉽게 남성의 우월성을 보여주는 명백한 논거로 비춰집니다.

이 보편적인 현상이 다른 사실을 증명해줄 수도 있습니다. 남자들은 진정한 악당이고 여자들은 그 정도로 이기적이고 경솔해지길 원치 않는 것이지요. 아이를 정기 검진에 데려가기를 "깜빡"하거나 빨래를 영원히 방치하는 엄마는 거의 없습니다. 그러니 여성이 도덕적으로 우월하다는 고리타분한 주장은 사실일지도 모릅니다.

하지만 여성이 자녀 양육을 떠맡고 있는 현실에 어떤 궁극적 의미가 있는지 논의하는 것과는 별개로, 아이를 낳는 것과 예술가로 살아가는 일의 병행 가능성에 대해서는 무어라 말해야 할까요? 저는 세 가지 가능성이 있다고 생각합니다. 당신이 아직 십대이고 엄마와 함께 살고 있다면 아이를 낳을 수 있습니다. 엄마는 진짜로 당신을 도와줄 수 있는 사람이니까요. 엄마는 자기가 하고 있는 일의 양에 대해 거짓말을 하지 않을 겁니다. 당신이 서른다섯 살쯤 되면 아이들은 다 자라서 다시 당신의 삶을 되찾을 수 있지요. 두 번째, 돈이 엄청 많으면 됩니다. 당신이 스튜디오에 갈 수 있도록 해야 할 일들을 대신 해줄 여성을 고용하기 위해서는 돈이 많이 필요합니다. 아이가 당신에게 의존하는 20년이라는 긴 기간 내내 돈을 잘 벌 수 있는 예술가는 거의 없습니다. 만약 엄마가 오로지 자기 힘으로 먹고살아야 할 경우 도우미에게 최저

임금 2만 달러를 지불하기 위해서는 세금과 중개 수수료, 스튜디오 렌트비와 재료비, 보조자의 월급 등 작품 제작에 필요한 비용을 제하고 최소 5만 달러를 벌어야 합니다. 그러면 생활비로 3만 달러가 남죠. 그러니까 매일 스튜디오에 갈 수 있으려면 20년 동안 끊임없이 작품을 팔아서 매년 적어도 12만 달러를 벌어야 하는 겁니다. 세 번째, 아이가 있는 예술가들이 대개 하는 일들을 하면 됩니다. 녹초가 될 때까지 일하고, 설거지를 미루고, 베이비시터 비용을 대느라 궁상맞게 지내고, 아이를 소아과에 데려가기 위해 스튜디오 방문을 미루고, 힘든 상황에서 나름대로 최선을 다하는 거죠. 본인처럼 지치고 피곤해하는 월급쟁이 남편이 있는 경우가 많고요.

이쯤에서 "다이아몬드는 여자의 가장 좋은 친구다"라는 말이 슬며시 떠오릅니다. 아기는 돈이 듭니다. 여기에 더해 믿을 만한 밥줄이라고는 하기 힘든 예술가라는 직업과 경제적 공포는 분명 우리들을 잠 못 들게 합니다. 하지만 이것들은 인간 기억력의 취약함을 보여주는 증거입니다. 아이가 뽀뽀를 해달라고 그 작은 얼굴을 들이밀면 그 모든 걱정과 공포는 하늘로 증발해버리거든요. 아이들의 근사함은 다른 모든 현실적 걱정을 얌전히 물러나게 합니다. 돈과 생활비 문제는 어린 아이의 사랑스러움을 당해내지 못해요. 가장 중요한 것들은 존재감을 드러내기 마련이고, 일상생활에서의 단조로운 문제들은 아이들과 함께 열정적 사랑과 강력한 즐거움을 느끼는 순간에 비하면 분명 하찮아 보입니다. 삶의 마지막 순간을 맞이한 사람들은 일을 잘했던 시기를 회상하며 기뻐하지 않습니다. 이들이 떠올리는 건 철없는 아이들이 아이 하나를 목 밑까지 모래로 덮었던 해변에서의 하루, 아이가 처음으로 자전거 타기에 성공했던 날, 방 한가운데 떨어져버린 첫 번째 생일 케이크 같은 것들입니다. 그리고 우리들은 예술가가 되는 것과 거의 비슷한 방식으로 엄마가 됩니다. 현실에서 발생할 결과는 아랑곳 않고 태평하게 말이죠. 그런데 정말, 이것 말고 다른 삶의 방식이 있나요?

— 디나 쇼튼커크

## 엄마가 된다는 것…

엄마이자 예술가가 된다는 것. 어렵습니다. 싱글맘이자 예술가가 된다는 것. 더 어렵습니다. 엄마가 된다는 건 엄마가 된다는 거고 엄마가 된다는 거예요. 예술가가 된다는 건 자기 일을 하는 것이죠. 시간이 필요하고 도움이 필요합니다. 수년간 끊임없는 도움이 필요해요. 힘든 일입니다. 힘들고, 창의력을 요구하고, 시간을 잡아먹는 일이요. 아이가 건강하다면 정말로 운이 좋은 거예요. 저에겐 엄청나게 건강하고 예쁘고 차분하고 현명하고 자기 중심이 있는, 징징거리는 법을 모르는 아이가 하나 있습니다. 어린 아기였을 때 몰리는 언제나 자기를 사랑해주는 수많은 사람들에게 둘러싸여 있었어요. 지금도 그렇고요. 그러니 몰리도 저도 운이 좋지요.

질문 중 하나에 대답을 하자면 저는 예술 세계에서 임신하거나 아이가 있다는 이유로 차별받은 적은 없어요. 모두가 언제나 제 삶의 이러한 측면을 지지해줬던 것 같아요. 예술 세계에서 차별을 야기하는 건 엄마라는 사실이 아니라 여자라는 사실이죠.

다음은 예술 세계에서 여성이 받는 부당한 차별을 완벽하게 묘사한 힐튼 크레이머의 말입니다.

신표현주의라는 현상, 특히 미국에서의 현상(슈나벨, 살레, 에릭 피슬 그리고 그 세대 사람들)은 1970년대 예술에서 시각적 빈혈이라는 기준을 확립했던 미니멀리즘 및 색채를 강조한 추상과 관련해서 이해해야만 한다. 당시에는 시각적 사건이 더 풍부한 예술에 대한 갈망이 있었고, 이는 다음 세대가 '우린 손으로 만질 수 있는 모든 것으로 지면 위를 채울 거야'라고 말하도록 유혹했다.

하지만 당시 그런 방식으로 작업했던 건 남성 예술가들이 아닙니다. 우리였다고요! 우리 여자들이 했어요. 엄마들이 했어요. 대학 내에서 고립된 채 작업을 하던 여자들이, 우리의 새로운 언어를 이해하지 못했던 남자 교수들 옆에서 그렇게 했어요. 누구에게도 주목받지 못했기에 역시나 자기 스튜디오에 고립되어 있었던 전 세계의 여성들이 그렇게 했어요. 70년대와 80년대의 예술 세계에 다시 피를 공급한 건 크레이머가 치켜세운 남자들이 아니라 여성 예술가들이었어요. 팝과 미니멀리즘이 절정이던 때, 우리는 새로운 예술을 하고 있었어요. 개인적이고, 자전적이고, 표현주의적이고, 서술적이고, 정치적인 예술이요. 힐튼 크레이머가 말한 것처럼 손으로 만질 수 있는 모든 것으로 지면 위를 채운 사람들은 단어를 이용하고, 자르고, 붙이고, 재료들을 겹겹이 쌓아 붙이고, 새로운 재료를 실험했던 여성들이었어요. 우리의 작업은 페미니스트 아트라고 불렸습니다. 이게 바로 1980년대의 예술이 결국 종착했던, 그 시대의 가장 유명한 남성 예술가들이 전용했던 거였죠. 그 남자들은 예술에 표현력과 개인적 특성을 탑재해낸 영웅으로 불렸습니다. 우리는 페미니스트라고 불렸습니다(당시 페미니스트란 말은 욕이었죠). 사람들은 그들을 신표현주의자라고 불렀습니다. 우리에겐 전혀 새로운 게 아니었는데 말이죠.

또 다른 질문에 대답하자면, 엄마로 사는 건 작업에 영향을 미칩니다. 엄마로 사는 건 저의 온 존재, 신체와 정신과 마음과 영혼에 영향을 미치기 때문에 당연히 작업에도 영향을 미칩니다. 엄마로 사는 게 정말 어떤 거냐면요, 그건 나의 삶과 아이의 삶이라는 두 개의 삶을 사는 겁니다. 매일요. 아마 가장 힘든 부분은 "생활 유지"일 텐데, 아이들은 계속 먹고 자라기 때문입니다. 그러니 대략 여섯 달 정도마다 무슨 일이 있어도 아이들은 새 옷과 새 신발(새 신발을 알아보고 오래된 신발은 처리해야 합니다), 이발, 치과 검진과 건강 검진, 새 놀이 일정, 심지어 새 친구들을 필요로 합니다. 저는 그걸 13년 동안 해왔어요. 몰리의 담당 의사, 치과 의사, 치위생사, 치아 교정 전문가와의 예약에 빠짐없이 갔죠. 아이가 앓은 고열과 두통, 복통, 귓병을 빠짐없이 겪었고, 아이 학교에서 하는 연극, 무용 발표, 발표회, 콘서트, 공연, 선생님과의 상담도 빠짐없이, 13년 동안, 혼자 갔습니다. 엄마들은 여기저기서 도움을 받아야 하지만 이런 건 직접 해야 합니다… 우리가 직접 해야 해요…(친구나 애인도 해주지 않습니다). 그러니 이 모든 것들이 제 시간과 작업을 잡아먹는 것처럼 들릴 겁니다. 진짜 그래요. (그동안 줄리언 슈나벨은 어디선가 그림을 그리고 있겠지요.) 하지만 전 이 일들이 제 작업을 방해한다고 생각하지 않습니다. 왜냐하면 엄마가 된다는 건 엄마가 된다는 거고 엄마가 된다는 건 존재하는 것이니까요.

## 추신

7월 18일 토요일: 여든여섯이신 어머니와 아흔둘이신 아버지를 모시고 나가 머리를 잘라드리고 새 신발을 사드리고 저녁을 먹었다.

7월 21일 화요일: 엄마를 브루클린에 있는 킹스하이웨이 병원 응급실에 모시고 갔다. 언니는 아버지를 돌보러 뛰어갔다. 오빠에게 전화해서 엄마 상황에 대해 말해줬다.

7월 22일 수요일: 엄마가 수술을 받으시고 위독한 상태로 병원 중환자실에 계신다. 나는 하루에 세 번 엄마에게 가고 그 사이사이 아빠를 돌보러 간다. 우리 오빠는 모두들 어떻게 지내고 있는지 알아보려고 우리에게 전화를 한다.

7월 26일 일요일: 몰리를 3주간 진행되는 캠프 버스에 태워 보냈다…. 엄마는 아직 중환자실에 계신다.

엄마가 된다는 건 엄마가 된다는 거고 딸이 된다는 건 딸이 된다는 겁니다. 이 중에 예술 세계와 관련이 있는 건 아무것도 없습니다…. 이건 전부 제 작업 및 시간과 관련이 있습니다.

그러니까, 예술 세계에서 차별받기 위해서는 엄마나 딸이 될 필요가 없습니다…. 그냥 여성이면 됩니다.

— 조앤 스나이더

'60년대 말과 70년대 초'는 제 안에 양자택일의 태도를 심었습니다. 아이를 낳느냐, 일에 온전히 집중하느냐. 70년대 말이 되자 아이를 갖겠다고 결정할 수 있었습니다. 여자들은 냄비를 젓고, 아이 기저귀를 갈고, 소설을 쓰는 일을 동시에 할 수 있도록 훈련받아왔습니다. 알렉스가 태어났을 때 저의 우선순위는… 알렉스는 우유를 먹고 기저귀를 갈아야 할 때 우유를 먹고 기저귀를 갈아야 했습니다. 그게 다예요! 저는 아주 능숙해졌습니다. 무엇보다도 저는 안 보이는 깊숙한 곳에 숨었습니다. 그곳에서 저는 진지한 예술가이면서 진지한 부모가 될 수 있었어요. 지금 저는 그 당시 제가 얼마나 고립되어 있었는지를 깨닫습니다.

저는 새로운 페미니즘이 한창이던 60년대 후반과 70년대 초반, 아이가 있는 친구들을 통해 우리 새 페미니스트들이 "그들의" 욕구에 섬세하게 반응하지 않고 있다는 걸 알게 되었습니다. 90년대에도 우리는 여전히 엄마들과 다른 여성들을 통해 탁아소와 법정 휴가, 출산 전 관리, 출산 휴가, 양육 지원, 폭력 피해 여성 지원, 가족계획, 학교에서의 성교육, 한 부모, 게이 및 레즈비언 부모에게 충분한 지원이 이루어지지 않고 있음을 배우고 있습니다.

여성이라면 엄마가 되는 것이 "자연스럽다"고들 합니다. 우리의 신체는 엄마가 되도록 만들어졌습니다. 오로지 여성만이 엄마가 될 수 있습니다. 남자들은 아이를 돌볼 수 있지요. 예술 세계에서 특정 나이 이전에 또는 특정 나이 이후에 아이를 낳는 것은 비정상입니다. 아이가 없으면 비정상입니다. 그리고 남자들은 예술을 합니다. 자기 아이를 갤러리나 오프닝에 데려오면 진지한 예술가로 받아들여지지 않을 수 있으니 그러지 말라는 이야기를 들은 남자가 몇이나 될까요? '자신의 진짜 일인 예술을 하면서' 아기까지 돌보는 남자들은 희귀하고 훌륭한 초인으로 대접받고, 가족이 있는 여성 예술가들은 자신의 의지를 자유롭게 행사한 것으로 여겨지기보다는 마치 그게 당연한 것처럼 여겨집니다.

전 엄마로 사는 걸 사랑하고 또 싫어합니다. 엄마로 사는 건 삶을 긍정적이고 풍요롭고 낙관적으로 사는 것이고, 또 고통스러울 정도로 어려운 것입니다. 우리는 죽을 때까지 다른 인간을 돌봄

니다. 전 예술가로 사는 걸 사랑하고 또 싫어합니다. 전 예술 세
계에서 여성 예술가로 사는 걸 사랑하지 않습니다. 예술을 하는
데는 시간이 필요하고, 아기를 낳는 일에도 시간이 필요합니다.
아이들이 점점 부모에게서 독립하면 부모가 신경 써야 할 부분이
달라지고 시간이 더 많이 생기게 됩니다. 알렉스는 제게 가장 분
명하고 명백한 방식으로 알려주었습니다. 상황과 관심, 우선순위
는 항상 변한다는 걸, 삶이 예술에 앞선다는 걸요.

— 엘크 솔로몬

당신이 엄마라는 사실이 다른 사람들의 반응 또는 예술 작품에 대한 반
응에 어떤 영향을 미칩니까?

아기가 생기면 커리어는 끝나는 거라고 생각했던 사람 중 한
명이 접니다. 하지만 엘런 럼이 이렇게 말했죠. "당신은 퍼포먼스
예술가다. 당신의 신체는 당신의 수단이다. 그렇다면 아기가 작
업의 연장선상에 있다고 생각하면 어떻겠는가?"

커리어에는 어떤 영향을 미쳤습니까?

탁아소에 생각했던 것보다 훨씬 돈을 많이 쓰고 있습니다.

차별을 당한 적이 있습니까?

아니요. 하지만 저는 혼자 일합니다.

아이가 어렸을 때 커리어를 미루거나 일을 중단한 적이 있습니까?

저는 제가 아기가 있는 나이 많은 여성인 것이 기쁩니다. 비록
지하철에서 가끔 "할머니" 소리를 듣긴 하지만요. 처음 커리어를

시작할 때는 스스로를 아기 돌보듯 해야 하는데, 아이를 보살피면서 그렇게 하기란 힘들 겁니다.

자신이 다른 사람과 다르게 대우받는다면 그 차이는 무엇입니까?
모르겠습니다.

아이를 낳은 것이 당신의 창조성을 강화했습니까?
제가 하는 모든 작업은 어쨌거나 여성의 시각을 갖고 있고 아이를 낳는 것은 남자는 할 수 없는 여러 가지 일 중 하나입니다. 저는 알려지지 않은 것에 관심이 있었습니다. 지금 제가 알고 있는 건 뭘까요? 아이 키우는 일이 제가 생각했던 것보다 재미있다는 것, 제2차 세계대전의 잔해에서 저를 키웠던 우리 엄마를 통해 느꼈던 것보다 재미있다는 것이지요. 저는 제가 한 생명을 "창조"했지만 아이는 100퍼센트 자기 자신이고 저는 어쩌면 아무 영향력도 갖지 못한 건 아닐까 생각합니다. 아이를 낳는 것은 예술가가 아닌 수많은 여성들이 황홀함에 그리고 예술이 우리에게 주는 창조적 "놀이"의 상태에 가닿을 수 있는 방법입니다.
— 마사 윌슨

엄마로 산다는 것이 제 삶(여기에는 창조적 삶도 포함됩니다)을 제약한 건 타인이 저를 대하는 태도의 결과가 아니라 제 내부의 문제였습니다. 딸아이가 태어났을 때 오랫동안 잠들어 있던 제 안의 무언가가 움직이기 시작했습니다. 그게 그때부터 내내 작동하고 있습니다. 신경과민일 정도로, 예상치 못한 방식으로요.
실질적이고 비분석적인 측면에서 이 "무언가"를 이기심의 상실이라고 부를 수 있을 듯합니다. 이기심은 창작을 하고자 하는 사람들에게 절대적으로 필요한 특성이지요. 억울했고, 미칠 것 같았습니다. 어느 순간 저는 다른 누군가의 필요에 따라 움직이는 꼭두각시처럼 행동했습니다. 딸아이가 가장 먼저였습니다. 두 번째가 누구인지, 제가 세 번째는 되는 건지 아직도 잘 모르겠습니다. 하룻밤 사이에 게임의 작전이 완전히 바뀌어버렸고, 오늘날까지도 게임의 규칙이 뭔지 파악하지 못하고 있습니다.

엄마를 지원해주는 체제는 사실상 없습니다. 당시 저의 남편이었던 사람은 보수적이었고(1969년이었습니다), 부모님은 수 시간 떨어진 곳에 사셨고, 친척들은 정신 나간 사람들이었습니다. 전 제 아기와 저를 동일시했습니다. 세상은 가혹한 곳이고, 우릴 도와줄 사람은 없으며, 딸아이를 보호하는 것이 나의 일이라고 생각했습니다. 그것도 영원히요!

이런 태도는 제게 마음의 평안을 주지 않았습니다. 저에겐 제 스튜디오가 있었습니다. 시간제로 일하고 있었지요. 문제는 저였습니다. 아이가 아프거나 찡찡거리면 바로 무너졌습니다. 상사병에 걸려버렸고 제 삶의 리듬을 통제하지 못했습니다. 저는 항상 딸아이와 함께했습니다. 모두가 저처럼 세상을 바라보지는 않습니다. 어떤 사람들은 세상이 친절하다고 생각하고 세상을 신뢰합니다. 그 사람들은 다른 사람의 손에 아이를 맡겨놓고 일하러 가도 아이가 죽지 않는다는 걸 잘 압니다.

사라져버린 이기심 외에 또 하나 제 안에 잠들어 있던 건 어린 바버라였습니다. 어린 바버라는 제가 엄마가 되자 폭발적인 힘으로 잠에서 깨어났습니다. 전 딸아이의 두려움뿐만 아니라 어린 바버라/저의 두려움까지 달래주어야 했습니다. 딸아이의 탄생은

억눌린 채 그동안 인식하지 못했던 어린 시절의 온갖 두려움을 만나게 해주었습니다.

그렇다면 좋은 점은 무엇일까요? 이 모든 불안과 혼란으로 말미암아 저는 상담을 받기 시작했고, 상담을 통해 몇 가지를 이해하게 되었습니다. 저는 전보다 일을 더 열심히 했는데, 엄마됨이 커리어 추구를 막지 않는다는 걸 증명해야 했기 때문입니다.

제 딸은 저를 황홀하게 만들어줍니다. 아이를 향한 제 사랑에 다른 것들은 빛을 잃습니다. 아이는 제게 공원과 서커스와 밝은 빛깔을 되돌려주었습니다(아이가 태어나기 전에는 온통 검은색뿐이었어요). 아이는 저 혼자 힘으로는 절대 찾지 못했을 여러 친구들을 만들어주었고, 저를 훨씬 덜 비판적이고 더 좋은 사람으로 바꿔놓았고, 저를 디즈니랜드에 데려갔고, 부모님과 다시 연락하게 했고, 궁극적으로는 다시 저를 우주와 연결시켜주었습니다.

서커스는 제가 1976년부터 1980년까지 작업했던 '할리퀸 폴스'라는 제목을 가진 조각 시리즈의 주제가 되었습니다. 디즈니랜드는 1978년부터 1980년까지 작업한 기계화되어 움직이는 설치 작품 세 개(뉴욕 루이스턴의 아트파크에 있는 〈위 씨 유We See You〉, 조슬린 미술관에 있는 〈홀리의 트라이앵글Holly's Triangle〉, 크리에이티브 타임을 통해 뉴욕 세관에 설치된 〈유즈-리유즈Use-Reuse〉)에 원동력 역할을 했습니다.

아이를 낳는 것은 커다란 위기였습니다. 오직 위기만이 빠르고 실질적인 변화를 이끌어냅니다. 저는, 더 나아가 제 작품과 창작의 과정은 아이를 낳기 전과 절대 같지 않습니다.

— 바바라 저커

# 미주

1    Joel Kovel, "The Castration Complex Reconsidered," *in Women and Analysis*, ed. Jean Strouse(New York: Viking, 1974), p. 136.

2    Helene Deutsch, *The Psychology of Women*(1945; rpt. New York: Bantam, 1973), vol. II, pp. 411~412, 420.

3    Juliet Mitchell, "On Freud and the Distinction between the Sexes," in *Women and Analysis*, ed. Strouse, p. 32.

4    Nancy Chodorow, *The Reproduction of Mothering: Psychoanalysis and the Sociology of Gender*(Berkeley: University of California Press, 1978), p. 39.

5    Chodorow, *Reproduction of Mothering*, pp. 77, 82, 84~85.

6    특히 1937년 에세이 "Love, Guilt, and Reparation," reprinted in *Love, Guilt, and Reparation and Other Works, 1921~1945*(New York; Doubleday, 1977), pp. 306~343.

7    Deutsch, *Psychology of Women*, p. 331.

8    독자는 내가 언급한 정신분석가들이 거의 여성이라는 사실을 눈치 챌 것이다. 이들의 발언은 이들이 자신의 경험에서 놀라울 만큼 소외되어 있음을 보여줄 수도 있고(이들이 아무 문제없이 여성성의 "수동 마조히즘적 만족"에 적응해서 분석가와 작가가 된 것은 분명 아닐 것이다). 아니면 놀라울 정도의 자기혐오를 보여줄 수도 있다(이들의 발달 과정은 "비정상적"이었다. 이들은 자기 삶에서 남성성 콤플렉스라는 경로를 선택했기 때문이다). 놀라운 사실은 최근 헬레네 도이치가 자신이 오래전부터 페미니스트였다고 선언했다는 점이다. 도이치는 자신의 여성 환자들이 "자기 삶에 들어올 수 있는 남자와 아이들이 아닌 다른 것에 열정과 흥미를 갖기를" 가장 바란다고 했다. "정상적인" 여성성에 관해 그 누구보다도 프로이트에 충실한 이론가의 입에서 나온, 기이한 발언이다. 마샤 카벨(Marcia Cavell)이 정확하게 지적했듯 이 발언은 분명 테라피스트 도이치와 이론가 도이치 사이의 깊은 분열을 보여준다. Cavell, "Since 1924: Toward New Psychology of Women," *Women and Analysis*, ed. Strouse, p. 167.

9    Karen Horney, "Maternal Conflicts," in *Feminine Psychology*(New York: Norton, 1973), pp. 175~181.

10   Adrienne Rich, *Of Woman Born: Motherhood as Experience and Institution*(New York: Bantam, 1977), p. 17.

11   Sigmund Freud, "Creative Writers and Day-Dreaming"(1908), in *Standard

*Edition*, IX, p. 52.

**12** D. W. Winnicott, *Playing and Reality*(NewYork; Basic Books, 1971), pp. 107 and passim.

**13** Klein, "Love, Guilt and Reparation," p. 334.

**14** Roland Barthes, *Le Plaisir du texte*(Paris, 1973), p. 60.

**15** Susan Rubin Suleiman, "Reading Robbe-Grillet: Sadism and Text in Projet pour une révolution á New York," *Romantic Review*, 68(January 1977), pp. 43~62.

**16** Tillie Olsen, *Silences*(New York: Doubleday, 1979), pp. 16, 31.

**17** Deutsch, *Psychology of Women*, pp. 479, 481.

**18** Elaine Showalter, "Women Writers and the Double Standard," in *Woman in Sexist Society*, ed. Vivian Gornick and BarbaraMoran(New York: Basic Books, 1971), p. 333.

**19** Elaine Showalter, *A Literature of Their Own: British Women Novelists from Brontë to Lessing*(Princeton: Princeton University Press, 1977), p. 65.

**20** Phyllis Rose, as paraphrased in Elaine Showalter, *A Literature of Their Own*, p. 270.

**21** Nina Auerbach, "Artists and Mothers: A False Alliance," *Women and Literature*, 6(Spring 1978), pp. 9, 14.

**22** Julia Kristeva, "Un Nouveau Type d'intellectuel: Le dissident," *Tel Quel*, no. 74 (Winter 1977), pp. 6~7.

**23** Liv Ullman, *Changing*(New York: Bantam, 1978), pp. 36~37.

**24** Jane Lazarre, *The Mother Knot*(New York: Dell, 1977), pp. 55~56.

**25** Rich, *Of Woman Born*, p. 12.

**26** Kathleen E. Woodiwiss, interviewed by Judy Klemensrud, *New York Times Book Review*, November 4, 1979, p. 52.

**27** Olsen, *Silences*, p. 19.

**28** Susan Hill, "On Ceasing to Be a Novelist"(interview with Robert Robinson), *The Listener*, February 2, 1978, p. 154.

**29** Woodiwiss, interviewed by Klemensrud.

**30** Karen Horney, "Neurotic Disturbances in Work," in *Neurosis and Human Growth: The Struggle Toward Self-Realization*(New York: Norton, 1970), pp. 319~320.

**31** 하지만 나는 호나이의 묘사가 여성 작가들의 뻔뻔하지 못함에 대한 시몬 드 보부아르의 설명과 정확히 일치한다는 점에 감명받았다. "여성의 가장 큰 관심사는 다른 사람을 기쁘게 하는 것이다. 여성은 자신이 글을 쓴다는 단순한 사실 때문에 여성으로서 다른 사람을 불쾌하게 할까 봐 두려워한다. … 독창성 있는 작

가는 죽지 않았다면 언제나 충격적 스캔들을 일으킨다. 참신함은 사람들을 불안하게 만들고 혐오감을 준다. 여성은 사상과 예술의 세계, 즉 남성의 세계에 진입이 허용되었다는 사실을 여전히 놀라워하고 으쓱해한다. 여성은 얌전하게 행동한다. 여성은 혼란을 일으키고 자세히 조사하고 격렬하게 주장하기를 두려워한다. 여성은 얌전함과 고상함을 통해 자신의 문학적 허세에 용서를 구해야 한다고 느낀다. 여성은 순응이라는 확실한 가치에 자신을 건다." [*The Second Sex*, trans. and ed. H. M. Parshley(New York: Bantam, 1961), p. 666.]

**32** Jean Ricardou in Simone de Beauvoir et al., *Que peut la littérature?*(Paris: Union Générale, 1965), p. 59.

**33** Olsen, *Silences*, p. 19.

**34** Phyllis Chesler, *With Child: A Diary of Motherhood*(New York: Crowell, 1979), p. 246.

**35** Rich, *Of Woman Born*, p. 9.

**36** Lazarre, *Mother Knot*, p. 216.

**37** Kristeva, "Nouveau Type d'intellectuel," p. 6.

**38** Julia Kristeva, "Héréthique de l'amour," *Tel Quel*, no. 74(Winter 1977), p. 31. Reprinted as "StabatMater" in Kristeva, *Histoires d'amour*(Paris: Denoël, 1983).

**39** Rich, *Of Woman Born*, p. 1.

**40** Kristeva, "Nouveau Type d'intellectuel," p. 6.

**41** Cixous, "Sorties," in Catherine Clément and Hélène Cixous, *La Jeune Née*(Paris: Union Générale, 1975), esp. pp. 169~180.

**42** Chantal Chawaf, *Maternité*(Paris, 1979), p. 20.

**43** 단지 스타일의 문제라기보다는 정치적 문제로 여겨져온 여성적 글쓰기 논쟁은 프랑스 페미니스트들 사이에서 그 역사가 매우 길며 때로는 말이 험악해지기도 했다. 이 문제는 식수와 클레망(Clement)의 책("Jeune Nee") 마지막 장과 클레망의 에세이("Enslaved Enclave"), 식수의 에세이("Laugh of the Medusa")에 잘 정리되어 있다. 관점은 다르지만 크리스테바도 클레망과 마찬가지로 여성적 글쓰기 개념을 비판했다("A partirde Polylogue").

**44** Olsen, *Silences*, p. 32.

**45** 〈훌륭한 살림살이〉는 1973년 《아메리칸 리뷰》에 처음 실렸고 이후 다음 책에 다시 실렸다. *Bitches and Sad Ladies: An Anthology of Fiction by and about Women*, ed. Pat Rotter, pp. 68~70. 《엄마의 자서전》은 1976년에 출간되었다. 로젤린 브라운은 어린 두 딸의 엄마다.

**46** Katherine Anne Porter, "Notes on Writing," in *The Creative Process*, ed. Brewster Ghiselin(1952; rpt. New American Library, n.d.), p. 199.

**47** 흥미롭게도 이 장면은 마거릿 드래블의 소설 《개릭의 해 *The Garrick Year*》에서 매우 중요한 장면 중 하나와 대조를 이룬다. 《개릭의 해》에서 여주인공은 어린 딸

이 강에 빠지는 걸 보고 즉시 강에 뛰어들어 아이를 구한다. 드래블의 소설에서 엄마와 아이 간의 유대에는 그 어떤 문제도 없다.

**48** Showalter, *A Literature of Their Own*, p. 305.

## 발췌 목록